锦绣乡村

钟素艳◎主编

北方联合出版传媒（集团）股份有限公司
春风文艺出版社
·沈 阳·

灯塔市后屯村红色步道　　　　　辽阳县梨庇峪村

弓长岭区红穆村乡村振兴工作座谈会

太子河区窦双树村"两委"班子研究乡村振兴工作

辽阳县南穆村广场舞展演

灯塔市亮子口村

辽阳县大西沟村采摘节开幕

辽阳县前杜村

宏伟区西喻村

文圣区江官村大集

倾情状写新时代的山乡巨变（代序）

吕阳镜

在连续完成《情牵也迷里》《誓言无声》报告文学集采写出版任务后，中共辽阳市委组织部再次交给市文联、市作协一个写作任务，目标十分明确：以现实主义的文学创作手法，记述辽阳广大农村在党的坚强领导下，巩固脱贫攻坚成果、壮大乡村集体经济、保护山乡生态、提高农民生活水平的感人事迹，热情讴歌党的正确领导，讴歌人民群众在乡村振兴的火热实践中奋发有为、拼搏进取的中国精神。

作为迎接党的二十大胜利召开的献礼作品，这部报告文学集被定名为"锦绣乡村"。

一、决策者：心系"国之大者"

乡村振兴离不开党的领导，关乎我们的国家的前途命运和中华民族伟大复兴，是"国之大者"。市委组织部决策的这次活动，我的感觉有三个特点，即：主题思想正确；选题方向准确；采访对象明确。

首先说主题思想正确。这是一次贯彻落实习近平总书记关于文艺工作重要讲话精神的深度践行，是辽阳作家以实际行动迎接党的二十大胜利召开的好形式，同时也是为推动新时代辽阳文学出精品、出人才搭建有效平台。

其次说它选题方向准确。"新时代山乡巨变"的写作，是2022年中国作协的重要任务之一。辽阳作家的这个集体行动，与中国作协的工作部署高度契合，为作家扎根人民、展示时代气象找到了有效路径。

最后说采访对象明确。这次，市委组织部经过大量详细深入的了解，为市文联、市作协确定了采写对象，并为作家提供基本资料，为作家精准聚焦现实创造了条件。采写任务目标明确到村（先进党组织）、到事（乡村振兴），更便于作家的采写动作与乡村党建工作和群众的生产生活密切呼应，这样就极大地方便了作家把"人民性"落到实处。

二、组织者：沉甸甸的责任

近年来，在市委组织部的支持下，我市的报告文学写作，已经有过两次实践，积累了一些经验，锻炼了作家队伍，也在省内产生了一定的影响。市文联、市作协第三次接到采写任务后，仍然不敢怠慢，因为此次采写主题事关"国之大者"，是迎接党的二十大胜利召开的具体举措，所以感到肩上的责任是沉甸甸的。

在动员和组织采写过程中，我们不断告诫自己，既要引领作家自觉承续前辈农村题材创作的经验和传统，也要号召作家在新时代努力创新，将"国之大者""人民性"这两个关键词作为指针，以不辜负党领导人民群众实现乡村振兴的伟大实践，不辜负市委组织部对市文联、市作协的期待。

在指导和引领写作实践中，市文联、市作协还要求作家们力戒使用新闻报道式的概念性语言，努力向人民群众的生活深处、灵魂深处掘进，用文学故事讲述他们的光荣与梦想、艰辛与欢乐；把乡村放置在乡土中国的大背景下，用比较宏阔的视角考察和探索新时代乡村振兴中人与人、人与自然的关系；把文学的叙事方式、社会学的调查方法以及历史学的研究方针同时调动起来，力争使作品成为时代肌理清晰、人文信息活跃、情感力量充沛的文本。

这个集子应该体现出的是一种社会调查性的写作，一种社会生活窥斑知豹性的写作，一种对时代纹理凝思追远性的写作。

当然，我知道，我们并没有做得很好，但我们确实是在这样努力着。

三、写作者：厚植人民情怀

习近平总书记说："广大文艺工作者只有深入人民群众、了解人民的辛勤劳动、感知人民的喜怒哀乐，才能洞悉生活本质，才能把握时代脉动，才能领悟人民心声，才能使文艺创作具有深沉的力量和隽永的魅力。"对作家来说，厚植人民情怀，是立场，也应该是方法；是人生目标，也应该是日常准则。

可喜的是，我们的作家大都能够自觉地践行"深入生活、扎根人民"的思想，努力做到用心用情用力为人民书写。

采访工作一如既往的艰辛。因为书中所写的十个村庄，分散在全市各个角落，其中有五个是山村，最远的村距离市区五十几公里。尽管有当地组织部门的大力支持帮助，提供了许多相关资料，但采访是作家创作前不可或缺、无法替代的必要环节。十位作家平均到村或乡镇采访三次以上，多的近十次。老作家李大葆采访前列出八个采访要点，并提出五项请区、镇、村支持配合的采访事项。完成写作后，还写了一篇两千多字的创作感受。现将他的采访创作过程摘引如下：

3月12日，乘28路公交车，单独进村，进行村容村貌考察。

13日，上网查找关于"乡村振兴"的文件，草拟了实双树村的地形图，发现它就是一棵大树的造型，很兴奋，于是有了题目《好大一棵树》。

14日，雨雪纷纷。乘公交车到小祁家站，到镇、村采访一天……

15日，按计划到村里的老党员、先进人物家采访……

16日，看了一天资料。

17日，听采访录音。打了几个电话，询问，询问，还是询问，为的是弄清几个细节。

18日，进入构思阶段，酝酿作品主题与结构。

19日，进入写作阶段。"树"是我力图在文中暗含的核心意象，同时将采访到的素材按逻辑意义分成不同片段，围绕"树"设计几个小标题，并对窦双树村的振兴历程进行了具象反映。

25日，初稿完成，但还有一些空格要填。又一次到村进行补充采访。

26—30日，将稿件逐级送给窦双树村、祁家镇、太子河区党组织审阅。其间，按审稿反馈意见，对不准确的地方做了纠正。

一叶知秋。大葆老师的采写过程就是作家们这次集体创作中躬身践行"深入生活，扎根人民"思想的缩影。

其实，《锦绣乡村》这书名，已经规定了内容的质地及调性，规范了文本的精神气象，使各位作家既有了各自的跑道，也不至于羁绊各自的步态。《锦绣乡村》中的每一篇作品，在完成"规定动作"的同时，都倾注了作家个人的情感思考，较好地完成了文学作品人物形象的塑造，比较成功地表现了文学的"这一个"。试举几例：

《绿水青山》讲述的是辽阳县下达河乡大西沟村从2012年的省级贫困村，到2021年成为"辽宁省脱贫攻坚先进集体"的蜕变故事。

故事中，以村党支部书记沈晓峰为代表的村"两委"班子成员，积极探索建温室大棚种植蔬菜、水果和建鱼塘养鱼的门路，带领乡亲们走上了致富路，人均年收入由2012年的2000元左右，增长到2020年的1.80万元，大西沟村还被评为"辽宁省休闲农业和乡村旅游特色村"。作者刘丹生将共产党员在乡村振兴中的作用展示得生动鲜活，尤其是暴雪中温室大棚抢险过程中，那一句"我爸是党员"的铿锵话语，如响雷贯耳，令人难忘。

《遍地红花》讲述的是辽阳市弓长岭区汤河镇红穆村，在短短几年内，由"一个地地道道埋埋汰汰的山沟子"成为"辽宁省环境优美村""全国生态文化村"的故事。故事的主人公是历任村党支部带头人付广强、刘廷波、张晓敏等党员群体。作者富福安从多个视角，立体地描述了红穆村村容村貌的改变靠的是党员干部团结群众苦干实干巧干；红穆村的富裕靠的是党员干部引导村民因地制宜，发展种植、养殖、农业旅游，给人留下"八仙过海、各显其能"的深刻印象。

《草莓的味道》讲述的是辽阳县刘二堡镇前杜村，由从前"吃粮靠返销，花钱靠贷款"的贫困村，到如今基本实现"农业产业化、工业规模化、三产多元化、生活城市化"的"全国最美乡村"的嬗变过程。故事中，作者王翔展现了村党支部老书记王绍永解放思想、敢为人先的"闯"字精神，村党组织新生力量的代表苏娜居安思危的忧患意识，刻画了新老共产党员敢于创新、公而忘私的感人形象，通过人物的言语、心理、行动道出了前杜村发展变化的真谛。文中对大学毕业生纷纷回村就业的描写，尤其发人深思。

限于篇幅，恕我不能对所有作品一一展开评述，下面，再围绕其他作品，简单谈谈作为一名初读者的体会。

赵彦梅在《梨花深处》中塑造了毛遂自荐承办"梨花汇"黄金旅游热线活动的辽阳县韩岭镇梨庇峪村党支部书记胡仲强、支持儿子回村办酒厂的老村支书张泽舜、一听打造古村品牌就"立刻来了精神"的张荣耀等党员群像，成功地展示了基层党组织在乡村振兴中的凝聚力和战斗力。孙浩、李成鸣在《亮子口的亮色》中塑造了让亮子村有了亮色的村支部书记陈永胜，有着六十多年党龄、积极做村民思想工作的老党员赵成柱等党员形象，让读者对农村党员干部在乡村振兴中的带头作用感受尤深。王秀英的《跳跃红色音符的村庄》中，那个灯塔市铧子镇的后屯村全体党员参加铺设地下排水管道的义务劳动的场面描写，使共产党员吃苦在前，急难险重任务冲在前的模范带头形象如在眼前。李大葆在《好大一棵树》中一大段区委书记和窦双树村党支部书记刘家义合组并村的对话场面描写，生动地再现了这位基层党组织负责人在重大历史时刻灵魂深处的思想斗争，让人物形象真实可信。邱静在《那一路，花开锦绣》中塑造的"劈山填水，开启新生活之路"的文圣区小屯镇江官屯村老村支书尚永江，自己凑钱也要带领乡亲种植大榛子致富的普通党员佟玉琢等党员形象，实干苦干、公而忘私的精神令人动容。唐文贤在《本色》中写的宏伟区兰家镇西喻村以"化缘""为民争名夺利"著称的前后两任村支部书记———一位是曾经担任过二十九年村党支部书记的喻纯拥，另一位是在村支部书记任上不满两年的李爱军，这两位"像极了这个朴实无华的村庄"的村"两委"带头人，让我们对基层党员的政治"本色"有了新的认识。蒋丽英在《希望的田野》中描写的被父亲苦口婆心劝回村当村支部书记的盖金国，把"风生水起的买卖"交给妻子，带领辽阳县穆家镇南穆家村党总支部真抓实干，村里的各项工作几乎都成为全镇的典型，成功地塑造了"有钱了，就帮帮走在后面的乡亲"的共产党员典型形象。

就像书名"锦绣乡村"一样，正是我们的作家不辞辛苦深入到一线，多方采集创作素材，展开才思构思故事，倾注热情塑造人物，才让这些工作生活在人民中的共产党员和基层党组织的形象如锦似绣、生动鲜活地展现在读者眼前；才让我们得以一观实施乡村振兴战略中的"辽阳行动"，一睹为辽阳乡村振兴而在一线拼搏的奋斗者的风采；才让我们更加深刻地感受到，我们党的基层组织在乡村振兴中的引领和凝聚作用；才让我们懂得，我们新时代的乡村何以能如此生机盎然、锦绣多姿。

　　我们处于一个伟大变革的时代，处在一个动态的、不断变化与发展的社会之中。农村也处于社会变革和转型阶段。历史已经无数次证明，中华民族坚忍不拔的民族性、顽强的生命力和解决难题的创造力在中国广大农民身上体现得尤为突出。这就需要我们的作家用充满深情的笔墨去采写、去记录、去思考此时此刻我们的国家和民族，去表现在这一过程中冲锋在前、表现优异的先进群体。

　　这就是《锦绣乡村》的意义所在。尽管她可能也是稚嫩的、欠丰润的、浅显的。

2022 年 6 月 19 日

目　录

绿水青山

刘丹生

一

南面苍松翠柏的一座座小山紧密相连，绵延起伏。北面翠柏苍松的一座座小山相连紧密，起伏绵延。两山中间一条小河蜿蜒流淌。南面的山叫南山，北面的山叫北山。小河名叫西沟河。河边小山村的村民依山傍水而居，静静地有山陪伴，有水滋养。

清晨，旭日东升。阳光在两山中间，逆着西沟河的方向，唤醒整座村庄，唤出炊烟袅袅，唤出日出而耕。傍晚，夕阳西下，顺着西沟河的方向，送回一片安宁，送回日落而息。

盛夏炎热的风吹经南山，化作阵阵凉爽的山风，送入山村，山村便感知不到夏季的炎热。严冬北来的寒流经北山的阻挡，寒冷在山村里就不显那么强烈。

这是坐落在辽阳东部山区辽阳县下达河乡的一个小山村。它因两面是山，和两山间流淌的西沟河而得名：大西沟村。

大西沟村是辽阳汤河水库西支上游旁的小村庄。占地面积48万平方米，耕地面积2794亩。全村422户，1438口人。人均耕地面积1.9亩。几代人种大田苞米，产业单一，收入微薄。村民年人均收入

2000元左右。54户贫困户，贫困人口104人。村里无集体经济收入。

这个小山村里，没有硬面路。雨天拖拉机在路上需要人拉人推，才能行走。

这里没有路灯。晚上行走需要借助月光，没有月光就需要手电筒。

由于地理位置偏僻，这里看病困难，这里上学困难。

这里是大西沟村小西一组1-2号，沈书坤家。从村委会向东南望去一座无名小山南面的一户人家，步行出村到村口需要将近两个小时。老伴哮喘，隔两三个月就住院一次。儿子左腿残疾，干不了重活。全家生活靠种苞米的收入，半年后就得依靠乡里贫困救济。沈书坤说："就那房子，我出生之前就有了，我20多岁嫁到这院子里，住的还是那房子。我70多了，那房子就没修过。"她说，"那房子推两下子，就能倒。倒了就没地方住了。"

这里是大西沟村6-23号，高素娟家。村委会向南半里地，算是村中心住户。自家大田就在门前，种苞米，庄稼长势好。可是地少，苞米产量低，又卖不上价。靠卖苞米的收入很难维持一家6口人的生活。高素娟说："自己家地就在门口好哇，半夜孩子肚子咕噜叫，睡不着觉。我出去两步道，掰一穗苞米，回来扔灶膛里烧一会儿。熟了，吃完就能睡觉了。"她说，"家里的日子靠政府扶贫才能年顶年地过。丫头上学就是经常穿着她爸的鞋我的衣服。"

这里是大西沟村2-22号，赵淑彦家。家院前有村级公路通过，院后是长满松树的小山，在村里应该是比较好的位置。可是院子里的房子却是破旧得不能再破旧了。驼背的赵淑彦说："老伴因病头几年就去世了。孩子嫌这里看不到希望，户口迁到鞍山，成家不回来了。"她说，"就那房子雨天漏雨，刮风天漏风。冬天炕烧热了，在被窝里不冷，脸露在被外面就是冰凉的。借钱修房子，又还不起。也没人愿意借给你。"

这里是大西沟村。是的，这就是大西沟村。这里的村民们日出而耕，日落而息，精心照看着人均1.9亩的耕地，维系着仅能生存的生活。这里村民们也曾放眼远望，寻找并实现改变命运的梦想。可大山阻挡了他们的视线、阻挡了他们的脚步。这是一个静卧在山沟里的贫困小山村。它可以弥补你对贫困的一切认知和想象。它是辽宁省省级贫困村。一个静静地坐落在绿水青山中的贫困小山村。

这一年是2012年。

二

这一年是2013年。这天是3月20日。沈晓锋当选下达河乡大西沟村村党支部书记。他以"我要让村民们过上好日子"一句朴实的话，赢得了村民们的信任、村民们的掌声。在他深深向村民们鞠躬致谢的那一刻，他深知责任在肩，任务艰巨。

3月26日。春分刚过，暖阳高照。大地的冻土渐渐化开、松软，向空气中飘散着湿润的泥土香气。小草在树下在水边在阳坡上，露出嫩绿的牙叶。北方真正的春天马上就要到来了。

上午10时，沈晓锋书记敲响乡党委书记邹恒占办公室的门。推门进屋，一双大手便紧紧握在了沈晓锋的手上。邹书记没有放手，就势拉沈晓锋进屋。

"怎么样，晓锋，新官上任，工作上有什么困难吗？"邹书记话语随和，亲和力很强，让沈晓锋瞬间缓和了在领导面前的压力。

"没有，工作上没有困难。就是村民们的生活太困难了。"

"是的，就是要让你带领村民们脱贫致富。"

"邹书记，我有信心，让大西沟村变成富裕的村子。"沈晓锋的话铿锵有力。

"我相信你，乡党委乡政府是你的坚强后盾！有困难你找我。"

沈晓锋和邹恒占书记面对面交谈。他感觉到初春上午的阳光照射到屋里，身体是暖的，心也是暖的。他把自己的工作计划详细地向邹恒占书记做了汇报。他信心倍增。

3月28日一大早沈晓锋就穿戴整齐，开车奔往辽阳石化公司。

辽阳石化公司是沈晓锋最熟悉的地方，年轻时外出打工就在这里，在这里组建了自己的第一个工程队，后来自己公司主要的工程项目也都是在这里。沈晓锋放下车窗，让大山里的风吹拂自己的脸。山风清凉浸肤入肌，他感到从没有过的清爽。

辽阳南部山区的山都是小山，公路穿行不用挖隧道。将山挖掘出公路宽窄，山和路就融为一体。沈晓锋开车在山中穿行，他感到自己也和山融为一体了。这是一个高大壮实的北方汉子，言谈爽快，做事雷厉风行。他年轻时因村里贫困外出打工，后来有了自己的公司，富裕了。可是每次回村，他都没有衣锦还乡的感觉。老父亲找到他，希望他回村里带领村民们脱贫致富。老父亲是大西沟村20世纪90年代的老书记。他曾和沈晓锋说，自己在任时没能让大西沟村富裕起来，总是觉得愧对乡亲们。于是沈晓锋关停了自己的公司，回到了村里。

8点刚过，沈晓锋就来到了辽阳石化公司矿区事业部王柏荣主任的办公室。老朋友见面免不了寒暄，免不了爽朗的大笑。

"村领导！"王柏荣"哈哈哈"笑着，笑声里满含着真诚，"有什么需要我帮忙的吗？"

"当然需要你帮忙。我要让大西沟村脱贫致富。"

沈晓锋需要的就是"有什么需要我帮忙的吗"这句话，虽然是问话，但沈晓锋知道那比肯定的语言还要肯定，它如同"有事你说话"一样让沈晓锋心里有了底。

一个月后大西沟村被辽阳石化公司确定为重点扶贫对象。就在这时，下达河乡壮大村集体经济资金200万元、辽阳石化公司106万元的扶贫款及物资来到了大西沟村。

6月2日，沈晓锋主持下达河乡大西沟村党支部、大西沟村村民委员会扩大会议。

破旧的村部门前聚集着村"两委"班子成员，聚集着村民代表。还有前来旁听的村民。沈晓锋要让"两委"班子成为团结的集体，要让村民们信任新一届"两委"班子，让偏见和不信任成为过去。

"我们有力气，我们努力去干，我们就一定能够脱贫致富，甩掉贫困村的帽子。我们努力去干，让大西沟村变成美丽的、富裕的村子。"沈晓锋站在"两委"班子中间，面对着村民，高声鼓励着大西沟村的村民。掌声雷动。这掌声蕴含着几代人的希望，让新一届"两委"班子信心十足。

6月9日一大早，在沈晓锋的引领下，4台推土机、3台轧道机、2台挖掘机开进了村里。机器的轰鸣声让小山村一下子就苏醒了，小山村感觉到大地在震动。

30名身强力壮的村民组成的施工队，拿着铁锹、拿着镐头，围拢在沈晓锋周围，听他布置工作。挖掘机、推土机平整原有的土路路面，打地基。施工队员帮助挖掘机、推土机，在它们达不到的、不便行走的地方平整路面。每家每户的村民们拿着自己的工具，将自家门前的石块、废弃的碾盘搬开，便于挖掘机、推土机到达。拉石块的车进村了，村委会会计沈康生引领他们，将石块倾卸到路边。大石块一堆一堆，小石块一堆一堆，沿路两边堆成小山，向村里、向远方堆去。村妇联主席高素静带领村民为施工队员送水，为他们防暑降温。黑色的饱含沥青的碎石子铺到了大小石块铺好的路基上面，热气蒸腾。蒸腾的热气携带着浓烈的焦油气味，在空气中弥漫着。村民们拥到路边，像观风景一样看着这壮观的铺路场面，看着黑色的柏油马路一段一段向村里延伸。

这时候村民们和沈晓锋带领的"两委"班子一样，他们看到的不光是伸向村里的柏油马路，他们看到的是希望，是脱贫致富的希望。所有人都知道"要想富先修路"的道理。

入秋后施工队员纷纷回家收割自家种植的苞米，铺路进程放缓。进入冬季工程停了下来。

北方的冬季总是实实在在地来，风刮得实实在在，雪下得实实在在。就像北方人，就像北方的庄稼汉子。沈晓锋带领的"两委"班子，都是实实在在的北方人。他们有热情，工作勇于担当。

进入腊月，沈晓锋带领"两委"班子开始分头走访贫困户，年前"两委"班子的工作重点是让所有贫困户都能过上个好年。他们将各级政府的扶贫物资送到贫困户家中，送去政府的关怀和温暖。

冬季的寒风在沈书坤家院子里转来转去，地上的浮土、残叶也就随着风转来转去，充满了整个院子，敲打着门窗，用力往门缝窗户缝里钻。雪花从早上就开始纷纷扬扬地飘落，没能让灰色的瓦变白，却让天空变灰了。沈晓锋和会计沈康生拎着米、面、油，推门进屋，寒冷的风也随着他们挤进屋来。屋里充满了煤烟的气味，让刚进屋的两个人不敢大喘气。

沈书坤接过沈晓锋带来的米、面、油，脸上略带兴奋。屋里炕上躺着沈书坤的老伴，他因病卧床好几年，失去了劳动能力。炕沿上坐着沈书坤的儿子，他左腿残疾，快到50岁的人，有着60岁的面相。

"大姐，要过年了，带点米面油来看看你们。"沈晓锋也坐到炕沿上，他摸了摸炕，炕是热的。他闻到了屋里的饭菜味，知道三口人刚刚吃完午饭。

"谢谢沈书记。"沈书坤满脸感激。

"大姐，家里……"沈晓锋想说"家里有什么困难吗"，可是他没说，他停住了。这家里还有什么不困难的吗？"大姐，家里有什么需要帮助的，你到村上找我去，我们都能帮你。"

"好的，需要帮忙我一定找你去。"这是个说话略显拘谨的几十年务农的老大姐。"书记，能帮我把这房子修一下吗？七十多年了，说不定哪天下大雪，就给压塌了。"

沈晓锋和沈康生走出沈书坤家门，再次来到院子里。沈晓峰没有马上回答沈书坤的要求。他看了看房子，看了看送他们出来的70多岁的沈书坤，她是这家唯一的劳动力。沈晓锋突然哽咽难言。破旧的房子在他眼里模糊了，他挥手轻拂了几下眼前的雪花，用手揉了揉眼睛。他在心里默默筹划。这个院子他会再来，会很快再来。

他要推倒这个漏风漏雨的房子，给他们盖新房。

沈晓锋要改变沈书坤一家三口的生活状态，也要改变所有贫困户的生活。扶贫款只能改变一时，米、面、油也很快就会吃完，可贫困还在。让贫困户有固定的经济来源，这才是脱贫的根本。让因病、因家庭劳动力少而致贫的家庭尽快脱贫。给他们米、面、油，给他们扶贫款，这是输血；让他们能有挣钱的途径和方法，脱贫致富，这是造血。这一概念这一刻在沈晓锋脑海里形成了！

2014年4月，村民自家的苞米播种结束以后，铺路工程继续进行。机器再次在村里轰鸣。门前铺完柏油马路的村民开始到路上去跺跺脚，看看路面是否结实。路没有铺到门前的村民也每天到路边翘首期盼，他们没见过这样轰轰烈烈的铺路场面，更想象不到自家门前的柏油马路是个什么样子，只是知道下雨天在这样的路上走，脚底下没有泥。

9月15日，随着最后一盏太阳能灯安装到路灯杆上，铺路工程宣告结束。晚上7点，漂亮的太阳能路灯依次亮起来，照亮了新铺的柏油马路，照亮了整个大西沟村。小山村沸腾了。饭后的村民聚集在路边，聚集到路灯下，看着随着太阳落山、繁星闪烁下的路灯越来越亮，看着路灯下翻飞的小虫子，兴奋的心情跟随着翻飞的小虫子一起翻飞起舞。

沈晓锋和村"两委"班子一起，也在兴奋的村民当中。经过一年多的努力，5公里的柏油马路修完了。这5公里是建设美丽乡村的第一步，是脱贫攻坚战第一步。这5公里是可计算的距离，公路到村民家门口的一段一段却是不能计算的距离。那是一段段惠民的路段、是温暖民心的路段。从公路上一段段分出去的路，像从树的主干分出去的枝，铺到了村民家门口、铺到了村民们的心上。从此村民们从自家院子里迈出的第一步就是踏在坚实的柏油马路上，脚下没有了以往的泥泞。

柏油马路像给小山村铺设了一条硬实的筋骨，村庄有了精气神，村民们有了想让自己的生活环境变好的愿望。清理房前屋后堆放多年的垃圾，定点投放、及时清理生活垃圾逐渐成为自觉。沈晓锋觉得大规模治理"脏、乱、差"的时机到了。于是，治理西沟河河道工程正式开始。各党小组的党员带动周围的村民自愿组成治理河道的大军，加入的村民越来越多。党员们村民们争先恐后下河道，一锹一锹、一铲一铲，将河道里的淤泥、垃圾清理出去，将河岸两侧堆放的杂物、垃圾清理干净。

这个时候，在下达河乡政府的协调下，修建景观围墙的红砖、沙子、水泥运进大西沟村，堆放在柏油马路两旁。路旁文化小广场开始硬化地面，健身设备打桩安装。沈晓锋自筹资金修建新办公楼的准备工作已经开始。

景观围墙在村民家门前，取代了原来石块堆砌的高矮不一的围墙、树枝捆绑的破破烂烂的栅栏墙。村民家门前漂亮了。村民一家到另一家之间被景观围墙紧密连接。彩色涂料涂刷到墙上，漂亮、气派、整齐划一。

日出日落伴随着小山村的村民们，幸福感伴随着小山村的村民们，对未来生活的美好愿望伴随着小山村的村民们。"我们有力气，我们努力去干，我们就一定能够脱贫致富，甩掉贫困村的帽子。我们努力去干，让大西沟村变成美丽的、富裕的村子。"这句2013年夏季沈晓锋主持下达河乡大西沟村党支部、大西沟村村民委员会扩大会议时，鼓励、动员村民的话，时刻鼓舞着大西沟村的村民，美好的生活、幸福的日子是努力的结果。

2015年初春，大西沟村破旧的村部被推倒，在北山脚下、西沟河北岸新建两层办公楼，计划建筑面积800平方米。村部前右侧1000平方米文化广场开始平整土地，左侧建大西沟村便民服务大厅、日间照料室、村民娱乐活动室。跟随破旧的村部一起被推倒的还有大西沟村小西一组1-2号沈书坤家漏风漏雨的危房。挖掘机在村部新址向下挖掘建新办公楼的地基，新办公楼气派的样子已在沈晓锋脑海里形成。建房工人在沈书坤家房子旧址向上垒砌1米高的地基，3间瓦房漂亮的样子也在沈晓锋脑海里有了初步的形式。

这年春天，沈晓锋书记和村"两委"班子成员在自家荒山上试种大果榛子，为小山村丰富产业结构做引领带头。

6月初，辽阳石化公司精准扶贫工作正式启动。扶贫工作队进驻大西沟村，走访贫困户、调研产业结构、与村"两委"班子座谈、和"两委"班子共同制订"建蔬菜大棚种植反季蔬菜、水果"的计划。6月中旬，清理河道工程结束的同时，从辽阳石化公司运来加固河沿的石块、沙子、水泥，卸在了西沟河两岸。下河道清理淤泥的村民上到河岸上，和水泥垒石块，加固河沿。加固的西沟河如同穿上了坚固的铠甲，在大西沟村里将清清亮亮的河水从村西迎进来，在村东又将清清亮亮的河水送出，送入汤河水库。河水清亮了，走在维修加固好了的小桥上的村民心也敞亮了。6月底，修建蔬菜大棚的钢筋、铁管、角铁、大块的保温砖从辽阳石化公司运来，卸在村委会前的广场上，堆积如山。

沈晓锋找来原来自己工程队里的电焊工人做师傅，村民们做徒弟，将钢筋、铁管按要求的尺寸截短，按图纸焊接成大棚钢架。火花四溅，挥汗如雨，盛夏的村委会广场上一派繁忙景象。一个又一个大棚钢架焊接成型、站立起来。

入秋后，村委会开始做流转土地经营权工作。劳动力少的贫困户把自家的土地经营权让给村里，每亩地村里给村民每年补贴800元，大棚建好后，贫困户优先使用。合同一份一份签好。

大西沟村迎来了2016年。初春明媚的阳光和南来温暖的风，悄悄来到了这片民风淳朴的土地上。用万物复苏形容这年的春天是如此贴切。汤河水库边南来的苍鹭引吭高歌，筑巢，觅食。水库上空湿润的春风，吹过大西沟村，吹醒了小山村，吹绿了这里的山山水水。黝黑的柏油马路上、清洁的西沟河河岸上行走的大西沟村村民，沐浴春风的脸上洋溢着自豪。40名强壮的村民就这样，从四面八方走来，聚集到村委会门前的广场上。

沈晓锋一声令下，大西沟村蔬菜大棚建设正式开始。

从铺设柏油马路、到清理河道、到砌景观围墙、到焊接大棚钢架、到建蔬菜大棚，村党支部、村委会策划领导，党小组党员示范带头，村民们积极参与。在建设美丽家园、脱贫致富的道路上，他们并肩努力。

　　2016年6月，大西沟村第四党小组、第七党小组被中共下达河乡党委评为2014—2015年度先进党小组。

　　大西沟村党支部被中共下达河乡党委和中共辽阳市委评为先进党支部。

　　大西沟村在2016年辽阳市村容整洁工作中被评定为达标村。

　　也是在这年的9月，下达河乡大西沟村合作社成立。合作社吸收预脱贫人口的财政专项扶贫资金作为入股资金，开展经营活动，定期向贫困人口支付优先股股息，以增加贫困人口的财产性收入。合作社成立之前村民们的生产活动都是个体活动，缺少互帮互助，缺少集体意识，缺少应对风险的保障。村合作社成立更具有合作的意义。

　　这年深秋，霜叶在南山上在北山上一片一片红了起来，让小山美了。小山村里10栋大棚，拔地而起，覆盖上蓝莹莹的塑料膜，整齐排列，如同棋子安放在小山村这个大大的棋盘上，让小山村美了。村民们围拢在大棚周围，议论着这些大棚能种什么，种什么能挣钱。没有经验，谁都不敢带头租大棚。沈晓锋、村"两委"班子反复鼓励，世代种苞米的村民仍然信心不足。沈晓锋带头，并鼓励大家："我先租一栋，等有了经验，我介绍给大家。"郝春辉、刘永波两位党员也站了出来，分别租了一栋大棚。沈晓锋找到贫困户宋巍、刘海荣夫妻，他俩是肢体残疾人，"你们租大棚，不会干，我帮你们，干不了力气活，我找人帮你们。"这样贫困户宋巍家租了一栋大棚。沈晓锋又找到水库移民王荣宏家："你家困难，你们也租一栋大棚，种不好，算我的。"王荣宏家租了一栋。就这样，10栋大棚在沈晓锋带动下成功租出去了。

　　沈晓锋建议大家统一种西红柿，这样可以互相交流经验。从育苗、栽植，到绿油油的小苗长高，不停地有村民前来参观。直到青绿色的小西红柿蛋子挂到了枝上，所有悬着的心都放下了。两亩地一栋的大棚清一色的西红柿秧，那叫一个整齐，那叫一个赏心悦目。青绿色的小西红柿蛋子一天天变大了，变红了。喜悦的心情也随着西红柿变红挂到了租用大棚的村民们脸上了。

2017年大棚西红柿上市，正赶上春节，西红柿卖了个好价钱，平均每栋大棚收入3万元。2016年初沈晓锋利用扶贫款给沈书坤家修了猪圈，帮她家抓了4头仔猪。沈书坤和儿子精心饲养了一年，春节也卖了3.20万元。2015年春天沈晓锋在自家山上试种大果榛子获得成功，第二年他把自家的榛子树苗无偿提供给村民，推广荒山种植大果榛子。

村民们看到了大棚的收入，看到了希望。纷纷报名，与村委会签订租用蔬菜大棚的合同。随后村里建一栋大棚，村民们就租走一栋大棚，在精准扶贫单位辽阳石化公司的帮助下，共建成了42栋蔬菜大棚。

这年新春伊始，辽阳石化公司127万建设鱼塘的资金到账。从辽阳石化公司开来4台挖掘机进村同时作业，40名村民一同参与，场面宏大。一边热火朝天挖鱼塘，一边紧锣密鼓建大棚，沸腾的小山村打破了几十年、几百年的沉寂，就为脱去贫困的帽子，迎来幸福的日子。用时两个月，总面积60亩的5个鱼塘建成了。泉水溢满鱼塘，波光粼粼。

贫困户优先租用蔬菜大棚、使用鱼塘，没有能力经营的贫困户可以到大棚里打工、到鱼塘打工。这样贫困户不出村就可以打工挣钱，日工资可达130元。所有贫困户为脱贫致富都行动起来了，唯独不见贫困户高素娟家。

高素娟性格开朗、善言谈，家在村中心。大西沟村贫困户登记22号。这天是4月初，天气还有点凉。高素娟为沈晓锋书记和马兴石副书记开门时，正在做午饭。灶台散发出来的热气和高素娟的热情，一下子就把沈晓锋和马兴石包裹住了。他们感受到了屋里的温暖。高素娟老伴沈书虎被诊断患肺癌两年多，现在卧床。她招呼沈晓锋和马兴石上炕坐。沈晓锋他俩坐到炕沿上。

"大姐，你平时挺能张罗事的，怎么不去签合同租个大棚呢？"马兴石副书记的身板高大宽厚，鼻音浓重，说话声音富有磁性。

"我家在贫困户当中不是最困难的。我去看了，村里大棚就那些，让给其他贫困户吧。我想自己凑钱，在我家地上建个大棚。"

沈晓锋和马兴石对视了一下。他们的心为之一振。这是怎样的胸怀？用淳朴一词能形容得了吗？能，这就是淳朴！贫困没能让她的心贫困，贫困没能遮挡她淳朴善良的心。这句质朴的话打动了沈晓锋和马兴石，让他们的心瞬间温暖了，同时更加坚信了带领群众脱贫致富的决心。沈晓锋对高素娟大姐承诺：

"好！你要能自建大棚，我自己拿钱，你建一个大棚我补贴给你2000元。"就这样，村民和村书记的理解、信任、鼓励式的"打赌"形成了。高素娟在亲朋好友的帮助下，建起了两栋冷棚。沈晓锋书记兑现承诺，"自掏腰包"给高素娟家送去了4000块钱。就这样村民和书记的感情加深了。

沈晓锋书记常开玩笑说，你家建大棚我拿钱了，你干不好可不行，我要监督你。高素娟也开玩笑说，我建大棚书记给我拿了钱，干不好，对不起书记。这样，两个人又把玩笑当成承诺来兑现。沈晓锋一有空就来看看大棚蔬菜、水果长势，看看需要不需要请专家指导。高素娟家当年每栋大棚收入3万元。

大西沟村2-22号，赵淑彦家。村贫困户登记31号，贫困人口1口人。看这信息就知道家里就赵淑彦1个人。老伴生病去世多年，儿子嫌这里看不到希望，二十多年前就把户口迁走，到鞍山成家，不回来了。赵淑彦驼背，没有劳动能力。一个人依靠政府的扶贫款艰难地守着漏风漏雨的房子、破旧的院子，成了大西沟村最难脱贫的贫困户。年初村里轰轰烈烈挖鱼塘、建大棚的时候，沈晓锋就通过电话联系上了赵淑彦老人的儿子沈春海，邀请他回村看看。沈晓锋带他看了鱼塘、看了大棚，告诉他可以优先租大棚、使用鱼塘。

"我不会种菜，不会种水果，养鱼更不会了。"沈春海四十七八岁，性格耿直，直言不讳。"我想放羊。"他从小就有一个做羊倌的梦。

"大棚、鱼塘可以先使用，经营好了再给村上租金。可是村里哪来的羊让你先放养？"沈晓锋略为难。

"我今后可以不离开大西沟村，在家里陪伴老娘。我放羊，家里脱贫没问题。"

"那好，我借给你钱买羊。你放羊，挣了钱，再还给我。"

沈晓锋书记和沈春海两人握手定约。沈晓锋书记自己借给沈春海3万块钱。一个月后沈春海手拿着羊鞭，赶着40头羊上山吃草去了。

从雨天泥泞的道路到柏油马路，从晚上出门照亮靠手电筒到太阳能路灯，从垃圾淤泥堵塞的河道到畅通的河道流淌着清亮的河水，从房前屋后随便堆放垃圾的脏乱差到定点投放垃圾定时清理，大西沟村漂亮起来了。从单一的种植苞米到大棚种植反季蔬菜水果、鱼塘养鱼、荒山种植大果榛子，到养猪、放羊，大西沟村产业结构多元化了，大西沟村富裕起来了。

2017年11月大西沟村获"全国文明村"称号。

2017年年底全村人均年收入15000元，村集体经济收入50万元。全村脱贫。

从2013年年初到2017年年底，沈晓锋带领大西沟村党支部和村委会利用近五年时间，让小山村变成全国文明村，脱去省级贫困村的帽子。党支部书记、村委会主任沈晓锋，驻村第一书记于金海，党支部副书记马兴实，党支部委员、村经管员任喜栋，党支部委员张景龙，村妇联主席沈海丽，村会计沈康生，村纪检委员刘永波，时间见证了他们的努力和付出。

2018年，我们可以跟随时间的脚步，在大西沟村里慢慢走走转转，去见一见老熟人、老面孔。寒冷的1月，鱼塘冰厚1尺，城里来的钓鱼爱好者利用长长的钢钎，凿冰洞，投鱼饵，一条条大鱼被钓出水面。王国成指着自家的鱼塘笑着说："每天有10多个人在这钓鱼，风雪无阻。今年冬天的活动就是垂钓。明年春节前，我家鱼塘准备搞'冬季捕捞'。"春节刚过，沈书坤就趴在院子里猪圈的矮墙上看空荡荡的猪圈。去年养的4头猪春节前都卖了，卖了3.20万元。头一次过年没用扶贫款，用自己挣来的钱过年，心里舒坦。她指着猪圈说："我想在这旁边再建一个一样大的猪圈。今年开春多抓几头仔猪。"4月，小山村已经转暖，沈春海刚刚结束和收购羊毛的商人"讨价还价"。他家的羊毛一次卖了1.60万元。他指着羊群得意地说："到了今年秋天，我的羊群就可以变成60只、70只。我的目标是150只。到那时，我卖羊毛，一次就可以挣到6万块钱。"6月中旬，艳阳高照，大西沟村因独特的地理环境，吹过小山村的风仍湿润清凉。高素娟从早上进入自家蔬菜大棚干活已有三个多小时，脸上、脖子上的汗珠不停地滑落到地上。大棚里清一色的西红柿秧，红彤彤的西红柿已经挂满枝头。直起腰杆的高素娟指着自家的大棚，自豪地说："一年种两季蔬菜，干大半年活，休小半年。一个大棚一年收入3万元。"

2018年6月，大西沟村党支部被辽宁省委评为辽宁省先进党组织。

7月，辽阳石化公司医院20名专家入村入户义诊。大西沟村2015年最后一次村贫困户登记，36户贫困户，有34户因病因残导致贫困。2017年全村脱贫，贫困户富裕起来了，但疾病还在，不能让脱贫户因病返贫，大西沟村与辽阳石化公司医院达成协议，定期义诊。义诊结束后，有病的村民知道了自己的病怎么治疗，知道了看病时找哪位专家。

我们继续跟随时间的脚步，来到2019年。这年是小山村彻底漂亮起来的一年。富裕起来的村民们纷纷推倒老房子，盖起新房。沈春海家的羊群已达到100只，他带头推倒了他家那漏风漏雨的破房子，盖了3间大瓦房，他家的房子成为全村脱贫户中最气派的房子。一座座新房让小山村漂亮起来，也让小山村年轻起来，更具有了活力!

2019年10月，秋风阵阵。大西沟村村口党建广场落成。广场占地6000平方米，花坛、甬道、长廊，还有党建知识宣传板。"群众富不富，全靠党支部"写在长廊醒目的地方，充分体现了群众对党的信任。为村民提供休闲活动的地方和宣传党建知识相结合，成为下达河乡最大、最具特色的广场。广场建在村口，是来大西沟村乡村旅游必经之地，成为小山村现代农村建设的亮点。

2019年全村人均年收入1.70万元。

精准脱贫是党的政策。小山村感恩遇到了好政策。

2020年2月13日，大西沟村合作社将1万元股份红利捐赠给县红十字会，支持疫情防控工作，为抗击疫情贡献力量。富裕了的村民吃水不忘挖井人，将收入回馈给社会，可以看到党和政府让小山村的村民物资和精神双富裕的扶贫政策，在山村里正在开花结果。

这年6月10日大西沟村合作社举行分红大会，合作社为36户63口人每人发放300元。从没有集体收入到创办合作社，集体收入每年递增，到给合作社社员分红，这是小山村富裕了的体现，是质的飞跃。

2020年12月，大西沟村被辽宁省评为辽宁省休闲农业和乡村旅游特色村。

2020年全村人均年收入1.80万元。

时间来到了2021年1月22日，大西沟村鱼塘边人头攒动。冻红的脸蛋和呼出的"哈气"是最能显示北方的寒冷的。9点28分，随着沉甸甸的一网鱼被十几名村民拉出水面，一年一度的民俗冬捕宣布开幕。壮硕肥美的鱼在大网里欢腾跳跃。跟随着鲢鱼、草鱼、鲟鱼、鲫鱼的欢跃，前来游玩、参观和购买年货的城里人欢呼声不断。王国成笑得合不拢嘴，他说："最大的一条有30斤。"他用手比量着鱼的大小，"今天能出2万斤鱼。"从种大田的农民，到养鱼的渔民，身份变了，收入增加了，钱袋子也鼓起来了。但无论身份怎么变，仍是大西沟村人。鱼一条条都被卖出去，去往千家万户，留给大西沟村村民的是年年有余。

时间来到了2021年5月8日。下达河乡大西沟村首届采摘节甜蜜开幕。用甜蜜形容开幕是对的。大西沟村的油桃、葡萄是甜蜜的，大西沟村村民的日子也是甜蜜的。5月本应该是果树花落坐果的季节，可大西沟村大棚里的油桃和葡萄却迎来了收获的旺季。沈晓锋站在村委会广场中间，手拿麦克风高声宣布：大西沟村首届采摘节甜蜜开幕。辽阳市民间艺术团载歌载舞，这是大西沟村的节日。沈晓锋引导着宾朋和前来参加乡村旅游的客人进入栽植油桃的暖棚。累累果实挂满绿色的枝丫，明媚的阳光透过塑料膜照到饱满鲜亮的油桃上，油桃红润的表皮泛着油脂的光泽。品尝的客人脸上立刻显现出酸甜的微笑，心急的客人开始拿起柳条筐摘桃子了。沈晓锋引导着大家进入种植葡萄的大棚。大棚里的香甜味立刻就充满了每一个人的鼻孔，直达肺腑。新品种茉莉香葡萄颗粒紧实，紫色水晶般晶莹剔透，品尝甜香如蜜。从你一粒我一粒的品尝，到你一筐我一筐的欢笑，吃的就是亲手采摘的快乐。反季的水果和新品种，实实在在让乡村旅游的客人尝到了新鲜，也实实在在让种植户增加了收入，让村民们生活甜如蜜。

2021年5月，大西沟村被辽宁省委、省政府评为辽宁省脱贫攻坚先进集体。

时间来到了2021年9月初，这是大西沟村大果榛子的采摘期。榛园里郁郁葱葱，树上饱满的榛子果压弯了枝头。大西沟村的大果榛子种植面积达到2000多亩，每年产榛子20万斤。这是小山村人致富的又一途径。山下村民家院里，采摘回来的榛子堆积如山。村民们席地而坐。熟练地脱粒、晾晒。他们议论着大果榛子的成色等级，议论着今年的产量，实际上就是议论今年的收获。

这里是大西沟村。是的，这就是大西沟村。这里村民们勤劳，日出而耕，日落而息。他们摆脱了几十年靠天吃饭的生活方式，用勤劳的双手改变了自己的命运，实现了自己的梦想。大山不能阻挡他们的视线，也阻挡不了他们在致富路上坚实的脚步。

这是一个静卧在山沟里的小山村。它在村党支部、村委会的领导下，在政府的扶持下，在精准扶贫单位的帮助下，利用近十年时间，让一个贫困落后、脏乱差的山村，变成一个富庶、宜居的美丽小山村。

近十年的工程，伟大的设计，在这里实现了。它的实现掷地有声，它的实现精巧而壮丽，它让理想中的村庄在这里落地开花。美丽山村在这里有了清晰的模样，规划布局科学、村容环境整洁、乡风淳朴文明，宜居宜业宜游，是乡村旅游的好去处，是小山村村民幸福的家园，是被理想激活了的有了精气神的山村。

这里有山、有小桥、有流水、有人家，有袅袅升腾的炊烟，有勤劳致富后幸福的笑声，是理想山村的样子。是的，它可以弥补你对美丽富庶山村的一切认知和想象，这是一个静静地坐落在绿水青山中的幸福的小山村。

三

时间来到了2021年11月7日。沈晓锋在他的办公室里做完来年建喷泉广场、供销社、村史馆的可行性报告后，已经是晚上9点多了。他站起来直了直腰。下周"两委"会班子开会讨论，能够通过，明年美丽乡村的100万款项一到账，开春就可以施工建设了。在沈晓锋脑海里又一组美化乡村的景观及配套建筑的蓝图已经呈现。

他看了一眼窗外，窗外白茫茫一片，下大雪了。他看了一眼手表，开始穿衣服。沈晓锋有个习惯，逢下雨、下雪和刮风天，他都要去看看大棚。他走向办公楼的大门，大风带着雪拥着门，门挤着沈晓锋，他费了很大劲才打开大门。冷风戗进他的嘴里、鼻子里，让他窒息地喘不上来气。他屏住呼吸，转身锁上门，系紧帽带，艰难地往大棚方向走去。

这个时候是晚上9点半。整个小山村静了下来，如同孩子玩耍疲乏后的睡眠。只有天上的大雪疯狂地、肆无忌惮地砸向小山村的每一个角落。72岁的沈书库老人正在用手机听评书。85岁的李长库老人和儿子李景华正在热炕头上唠嗑儿。这个宁静的小山村正被今年的第一场雪慢慢地包裹着、掩盖着。

沈晓锋艰难地走在去往大棚的路上。脚下是硬实的柏油马路，可他的脚却接触不到路面，每一脚踩下去都是雪的柔软。雪密实地挡在他的眼前，他的可视距离非常有限。风拥着他，让他左晃右晃。

蔬菜大棚外已有人拿着"雪耙"把大棚上面的雪向下挠。"雪耙"是大棚必备的工具，目的就是在下雪天把大棚上的雪挠下来，几乎是每棚一个。

雪落在大棚上厚厚一层，大棚发出了咯吱、咯吱的声音。沈晓锋看了看灰白的天空，又看了看大棚上的雪。他赶紧拿出手机，拨通了马兴实副书记的电话："喊支部委员、村委会委员，雪下得太大了，大棚恐怕有危险，都过来支援一下。"他把手机揣进裤兜，又迅速拿了出来。再次拨通马兴实的电话，大声喊："喊党员！"

马兴实听明白了。这时候，他已经到了自家院子里了。手机屏幕能看到，打字已经不可能了。他迅速按下语音键："大西沟所有党员注意，雪下得太大，要闹灾，大棚要被压塌。马上到大棚支援！"他揣起手机，向大雪中冲去。这时他看到的不是往日里平铺在地的雪，是立体的雪！是站起来的雪！马兴实的老伴拿着手套、围脖跑到院子里，"马兴实"三个字都没喊出来，她惊呆了！大雪瞬间吞噬了马兴实，她连马兴实的背影都没看到。

沈书库听完评书，刚把手机放到炕沿上，微信就响了。他拿起老花镜戴上，看了一眼。迅速关掉微信，拨通了儿子沈海涛的电话："海涛，快去大棚那帮忙，雪下得太大了，大棚危险。"沈书库还想嘱咐几句，可他就听到一个字"好"，电话就挂断了。

沈晓锋拿着铁锹，把大棚阳坡下面雪耙挠下来的雪铲到远处去。大棚上挠下来的雪太多，不及时铲走人就没法接近大棚，雪会把抢险的人埋在里面。他周围的人在逐渐增多。远处有人说话，有人在喊。他知道别的大棚旁边的人也在增多。

大雪在下！看不到雪花，只知道雪是从天上倾泻下来的。

雪被雪耙从大棚上挠下来，堆积在大棚旁边，已不可能及时铲走。从大棚上挠下来的雪，把救援的人埋到了大腿、埋到了腰。人走动非常难。一个人把头顶上的雪挠干净了，把雪耙传递给下一个人，这个人把头顶上的雪挠干净了，再把雪耙传递给下一个人。这样人不动，雪耙在动。回过头一看，第一个人头顶大棚上的雪又积了厚厚的一层。大棚咯吱、咯吱的声音越来越大了。

"沈书记，张立娥家的大棚倒了！"声音从远处传过来。

"伤到人没？"沈晓锋高声、拉着长声大喊。这样声音可以传得更远。

"没有。"声音远远地传来。

"别管它，救没倒的。"沈晓锋书记大声喊，"谁都不许进大棚。"喊声传向远方。他大声喊着，"谁都不许进大棚。"他不知道自己的声音能传出多远，他大声喊着。在财产和生命受到威胁时，他选择的是人民群众的生命安全！

"沈书记说了，谁都不许进大棚。""沈书记说了，谁都不许进大棚。""沈书记说了，谁都不许进大棚。"接力，传递！喊声在大雪的缝隙间传向远方。

雪在下，大雪在下，大雪倾盆而下。

沈晓锋和周围的人继续把大棚阳坡下的雪铲起来扔向远处，他们要把半身埋在雪里的人挖出来。身体埋雪里时间长了会冻伤。挠大棚上积雪的人继续向下挠，雪从高处坠落，轰的一声，冲击的力量让附近的人来回乱晃，然后被埋得更深。

沈晓锋看不清周围的人是谁。他大声喊："任喜栋，任喜栋在不？"

"在！"声音从不远处传来。

"喊人！喊党员！"

"喊人！"任喜栋重复了一遍，说明他听懂了。他拿出手机，雪瞬间盖满了手机屏幕。他用衣袖擦掉手机屏上的雪，就势用胳膊挡着雪。他找到大西沟村村民微信群，按住语音键："大西沟村党员，雪太大了，有大棚被雪压塌了，快到大棚这救灾。"

"刘永波家大棚倒了。"声音从远处传来。

这个时候，85岁的李长库老人和儿子李景华正在热炕头上唠嗑儿。李景华手机微信响了，他打开看了一眼。"爸，雪把蔬菜大棚压塌了。村上喊党员去支援呢。"

李长库老人转头看了一眼窗外，又迅速转头回来。大声对李景华说："景华，快去大棚那支援去！"

李景华今年55岁，已年过半百，动作仍然迅速。他穿鞋、穿衣、戴帽、找细绳把裤脚系紧，然后戴上手套。他跑到厨房抄起一把铁锹就往外跑，到门前他推门，门推不开。大雪把门堵住了。他用铁锹把把门别开，拿着铁锹冲了出去。在他身后，在门口，在风口上站着的是他85岁的老父亲，有四十年党龄的李长库老人。

大雪掩埋到李景华的膝盖，他蹚着雪艰难前行，他用铁锹为自己开路。铁锹成了李景华能够到达蔬菜大棚参加救灾的唯一保障。这个时候，李景华就一个想法：村里蔬菜大棚受灾了，老父亲让自己快点去帮忙！

雪下得越来越大。蔬菜大棚旁边的人越来越多。大家都干着同样的活：把大棚上的雪用雪耙挠下来，把挠下来的雪铲到远处去。村民们都是种大田出身，拿铁锹干活没有问题，可是一个动作不停地干，一个小时，两个小时，胳膊上的肌肉就开始紧缩着酸疼了。汗从头上、脸上、脖子上流出来，流到了前胸后背上，衣服就是湿的。上身衣服湿透了，下身还在雪里埋着。他们挥动着膀子、扭动着腰，不停地把雪铲起来扔到远处。

雪越下越大！雪耙从大棚上把积雪挠下来的速度赶不上下雪堆积的速度。远处大棚倒塌的声音一个接一个，轰隆隆，轰隆隆。没有人再喊是谁家的大棚了。倒塌的声音让村民们加快了干活的速度。沈晓锋拿着铁锹和村民们一起铲雪,他的手已经冻僵。他不停地喊着:"快!快点!"他的声音很大,他想让周围的人能听见,也想让远处的人能听见。大家也在喊着:"快!快!"是想告诉自己、也是告诉别人,只有快才能挽救大棚。

雪越下越大!要把小山村淹没。这时已经是后半夜了。干了四五个小时的村民们已经精疲力竭,但没有一个人放慢干活的速度。这时有人口渴了,大量地出汗,加上张嘴喘气,水分丢失得太快太多,已经出现了脱水的症状。这个时刻,那些面向党旗庄严宣过誓的人,是中坚力量。这个时刻,群众没有一个落后的。

大雪还在下,大棚还在不停地倒塌。在近处、在远处,轰隆隆、轰隆隆。没有人知道倒了多少栋大棚。只知道快点把雪从大棚上挠下来。大棚倒在地上,也倒在了村民们的心上。他们不停地挥动着铁锹。汗在他们脸上是水,在他们头发上是冰。头发一缕一缕地被冻成直线。

大棚倒塌的声音逐渐少了。天快亮了。抬头看看天空,村东头的天已经泛白。倾盆而下的大雪变成了雪花,一片一片向下飘落。大棚上的雪被挠下来后,大棚的塑料棚顶能干净一会儿。村民们把自己身边的雪挖开,把自己挖出来。他们离开积雪厚的大棚南坡边上,聚集到开阔的空地上,这里地上积雪少些,但也能没过膝盖。

沈晓锋没有说话。他看着没有倒塌的大棚,看着村民们,他明白这就是他的希望。现在他已经能看清村民们的脸了。他知道有淳朴的村民们在就没有战胜不了的困难。沈晓锋深深向村民们鞠了一躬,说了声:"谢谢大家。"他清晰记得九年前他当选村支部书记时也向村民们鞠了一躬,那是希望村民们能支持自己的工作。今天他的鞠躬是感谢大家支持自己的工作。

"景龙,查查人数吧。"沈晓锋嗓子已经喊哑,他低声对村支部委员张景龙交代。

"数数倒了多少大棚不？"

"不数了。查查人数吧！党员留下来，群众先回家吃饭。"

党员、群众分别站成两个队伍。

群众队伍29人，其中2名入党积极分子。党员队伍35人，其中2名预备党员。张景龙发现党员群中多了沈海涛，他不是党员。

"海涛，你不是党员，你别站在这里。"

"我爸是党员！"沈海涛声音洪亮，铿锵有力。

沈晓锋突然转过身去，蹚着雪向远处走去。大家看到他的背影，知道他哭了。

张景龙心里记下了34和35这两个数字。34代表着今天参加救灾的34名党员。那35又代表什么呢？

张景龙让村民群众回家吃饭。党员先留下，清理大棚南坡下堆积的雪，为突然变天，再次抢险做准备。

李景华没有离开，沈海涛没有离开。还有人没有离开。"我不是党员，我爸是党员"。我不是党员，我爸是党员。我爸是党员。这一刻，我爸是党员成为他们留下来的充分理由。他的父亲是党员，他感到无上光荣！今天在大西沟村里，在这个关键时刻，我是党员和我爸是党员一样光荣、一样重要！

沈书库老人告诉儿子："海涛，快去大棚那帮忙，雪下得太大了，大棚危险。"李长库老人告诉儿子："景华，快去大棚那支援去！"在困难的时候老党员想起了自己的儿子，不是想自己儿子的安逸，是想整个村子的安逸生活。在危险的时候他们想起了自己的儿子，不是想自己儿子的安全，是想人民生命财产的安全。老党员是什么样子？当你脑海里还没有清晰的印象的时候，你可以去这个偏远的小山村看看，去听听。

今天大西沟村所有党员，除年龄大活动不便的、有病身体不好的，悉数到来。因为他们在党旗下做过宣誓。今天30名村民群众前来救灾，人数不多，但他们知道消息的时候，大雪已经封门。就是这群淳朴的村民群众、这群党员，还有老党员的儿子们，在这历史罕见的大雪中救下了20栋大棚，没有让大西沟村的蔬菜大棚"全军覆没"！这，是惊天地泣鬼神的壮举！

沈晓锋的老父亲在九年前让他关闭自己的公司，回到村里带领村民们脱贫致富。这一刻沈晓锋真正明白了这个道理：我爸是党员！

四

2022年新春伊始，沈晓锋和"两委"班子成员分头带领村民们，把被大雪压弯、压折的大棚钢架，用锤子敲打直、用电焊焊接成型。利用精准扶贫单位辽阳石化公司拨来的救灾款60万元、大西沟村集体收入20万元，让倒掉的22栋大棚重新站立起来，交还给原使用大棚的村民。村民们抓紧时间抢种蔬菜、水果，最大限度减少损失。

大西沟村中心建音乐喷泉广场，及广场旁边修建供销社、村史馆的计划；西沟河蓄水工程；西沟河种植荷花、养观赏鱼的计划；沿西沟河种植垂柳、修建观景长廊的计划；鱼塘边修建休息垂钓凉亭的计划；南山山坡栽种映山红的计划；汤河水库边面向水库建观景台的计划，都经村支部、村委会讨论通过，只待今年美丽乡村建设的100万元款项到账，就可以开工建设了。乡村旅游的特色小山村，美丽乡村的样子，清晰呈现在了村民们的眼前。

小山村的村民静等村委会的号召。一声命令，他们可以随时出发。干！美丽家乡、幸福家园是干出来的。干！抄起一把铁锹，就出发。这是大西沟村人世代的传承。

想当年他们的祖先从山东闯东北，说走就走，抄起一把铁锹，卷上铺盖，用腿丈量、用铁锹开路，来到了这片依山傍水的土地上。那年打日本鬼子，保卫家园，他们没有枪炮，他们也是抄起这把铁锹就上战场。那年挖水库，那年开山挖矿，都是抄起这把铁锹出发的！我们移回视线到现在，修路、清理河道、建大棚、修鱼塘、上山种榛子、抗击雪灾，村民们也都是抄起了这把铁锹！干就完了，没有多余的语言！干，淳朴的村民，淳朴的方式。我们幸福的生活，就是干出来的！干，是大西沟村祖辈的传承！抄起一把铁锹就开干，这种豪气、这种豪迈只有在村民们抄起那把铁锹时才可以真正体会到！干就完了，这里的村民是绿水青山、幸福美丽家园的建设者，保护者！

希望的田野

蒋丽英

为什么我的眼里常含泪水？因为我对这土地爱得深沉……

——题记

引 子

这里是太子河冲积平原，有大片丰腴的土地；这里是温带大陆性季风气候，盛产粮谷和蔬菜；这里是世代农人的家园，水系发达，四季分明，雨热同季，光照充足……

在太子河支流杨柳河北岸，有一处普通的乡村，东与东穆家村接壤，北与黄青堆村为邻，西与接官堡村、郑家厂村相连，南与海城市隔河相望。总面积10.2平方公里，耕地面积5968亩，5个居民组，1145户，3200口人，有党员85名，人均年收入可达1.60万元。

这便是位于辽阳县西南的穆家镇南穆家村。它还是镇政府所在地，腾于线公路穿村而过，独特的区位优势使这普通的乡村更别具特色。这里的村民头脑灵活，思维前卫，有极强的参政意识。改革开放后，大批农民走出土地，或下海经商，或出门务工，日子格外充实。

走进南穆家村，温馨和谐的气息扑面而来；走进洁净的街巷，美丽的庭院、宽敞的瓦屋无声地诠释着现代乡村的富庶和文明；走进家家户户，年轻人会和你聊他们一心为民的领导班子，老人会拉着你的手诉说党的关怀，话匣子打开便有说不尽的故事……

从两代人的交接说起

2013年年底，老书记安洪涛、老村主任盖余坤到站了，年逾花甲的两位老人要为全村选一位让百姓信得过的接班人，他们一家一户地把全村的中青年都掂量考查了一遍，最后把目光锁定在老主任的儿子盖金国身上。于是，父子有了一次对南穆家村的发展来说有着特殊意义的谈话。

父亲严肃郑重地对儿子说："儿子，回村来接我的班吧。"

历来孝顺唯父之言是听的儿子第一次违逆了父亲，他摇头回绝了。

他说父亲1998年当选村主任，从上任的那一天起，就没过过安生日子。那时的南穆家村，哪里还像村的样子，仅外债就欠了73万元，2004年西穆家村和南穆家村合并，又带来50多万元的外债！

村部的院子长满了杂草，办公的房屋坍塌了一半，冬天透风，夏天漏水。全村垃圾满道，蚊蝇成灾，晴天一身土，雨天两脚泥，村民家园子里的蔬菜运不出去，眼睁睁烂在地里……父亲在全村大会上对村民许愿：他要办好三件大事：修路、修房、还清债。为了这三件事，父亲几乎脱了一层皮。但他做到了，在任期间，真的还清了外债，修好了路，也翻盖了村部。

只有他知道，父亲如何上下奔波，跑资金，跑施工队，亲自看进度，看质量，马不停蹄地忙碌；只有他知道，当上村主任的父亲起早贪黑何曾管过家，何曾照顾过妻儿，他回到家便筋疲力尽腰酸背疼……

父亲听着儿子叙述自己十几年的经历，坦然而欣慰地说："这不是一个共产党员应该做的吗？再说，一个人，走在乡村里，能赢得那么多乡亲的尊敬和爱戴不是一件值得骄傲的事吗？"

儿子却说："可是，您忘了当时老百姓怎么看的吗？他们以为这么大的工程，您怎么可能没拿回扣？辽宁大伙房疏水工程补偿款和电厂占地补偿款那么大的一笔资金，您怎么可能不贪？您忘了村民的上访、匿名信上告、市纪委的调查了吗？您不寒心吗？"

父亲说："那又怎么样？市纪委来查账十余次，不是还了我的清白吗？人，走得正，行得端，还怕什么不成？再说，老百姓有这样的想法和做法太正常不过了，换个角度说，这也是在监督我们。"

儿子说："我下海经商十几年，买卖做得风生水起，自己盖起了三层独楼，养着两台汽车，我的'国帅香府酒楼'和'穆家保鑫综合批发部'两个买卖生意正火，家里妻贤子孝，我可以像我们村里那些有钱人一样在腾鳌、鞍山买楼，让您过过都市生活，儿子一定会让您过一个幸福的晚年。我从来没想过要回村里做什么村干部！"

"那是你的家乡啊，那是生你养你的地方啊，人早晚要落叶归根的呀。"不等儿子说完，父亲便打断了他，"钱再多有什么用？一家人幸福有什么意义？那里还有那么多贫困的乡亲，还有那么多要做的事……"

儿子沉默了，这时，老书记安洪涛领着村民康万明、孙百宏走了进来，两人是受许多村民委托找到老书记，请他来做盖金国工作的，和老主任盖余坤一样，他们也把新干部的人选锁定在盖金国身上。南穆家村人选择了德高望重的老主任的儿子，是因为盖金国正直的品格、侠义的心肠、勤奋的工作状态赢得了人们的赞誉！

老书记安洪涛和盖金国说："我们老了，过去那种凭借威望喊一嗓子就能指挥群众的时代过去了，我们落伍了。我们的村子太需要一个踏实肯干有文化的年轻人了，你在我们县首届村级后备干部学习班受过正规的教育，三年农业经济与管理的专业学习，你在学员中是非常优秀的，当年就在学校入的党，我们选定你，是经过深思熟虑的。"

终于，盖金国接受了父辈们的建议，做了书记和村主任的候选人。2014年1月，盖金国在全村党员大会上当选为南穆家村党总支书记并兼村委会主任工作。这一年，他36岁。

盖金国把家里偌大的买卖交给了妻子葛金艳，当然，交给妻子的还有两个老人、两个孩子和家里繁复的家务。善良温和的妻子深知村干部的艰难，更知自己独自理家的辛苦，但她什么都没说，只告诉他，你脾气不好，遇事别急躁、别上火就行，家里累点没啥。从此，她停掉了酒楼平时的散台，只承揽节假日的包席业务，一个人管理超市，接送女儿上下学，探望多病的婆婆，上货卖货洗衣做饭打扫卫生……她默默地忙碌着家里的一切，无论多苦多累，都不让丈夫分心。

党建光芒照亮乡村

交出去买卖、安顿好家里心无挂碍的盖金国，再次走进乡村，走进每一条街巷：一处，两处，三处……这里竟有20多个垃圾集散地，村中心有两个大垃圾场；一座，两座，三座……这里竟有30多座危房，有的已东倒西歪，不堪一击；一户，两户，三户……还有那多贫困户，有的残疾，有的患病，有的智障；这里还有那么多上访户，他们在时刻观望，有问题还会去上访；这里……走进村部，多年前修缮过的二层小楼墙皮已经脱落，举目窗外，坑洼不平的小院摇曳着枯黄的杂草；办公室、会议室里是穆家建电厂临时指挥部撤离时淘汰的破旧桌椅；陈年欠账虽已清完，但前辈们留下的资金经不起坐吃山空，面对诸多亟待解决的问题，如何能让全村的资金处于良性循环状态，如何解决这些问题，改变这里的面貌，是他必须面对和思考的……

刚进村时轻松的脚步越走越沉，肩上的压力越走越大，他吃不下，睡不着，村民们用鼓励、观望、怀疑的目光审视他，用各种各样的语言敲打他、鞭策他。父亲曾说："打铁就要自身硬，若要百姓信你、服你，很简单，公平公正全力为百姓办事、不往自己兜里揣一分钱，就行了。"其实，当好村干部远没有那一辈人想得那么简单，他知道，他面对的现实不比父亲的当年好多少，相反，他是站在父辈的平台上，要有所建树，就要有更高的要求和标准，时代发展到今天，历史赋予新时期基层领导的使命仅仅靠热血激情无私奉献是远远不够的。几天下来，他深深感到，村里的工作任重道远。

怎样才能打开局面，振兴全村经济，改善全村软、硬环境，改变村民精神面貌？一个人就是浑身是铁能打出几根钉，只有发挥党员的先锋模范作用，才能带领全村共同致富奔小康。

从抓党建入手，建立一个扎实工作勇于担当的领导核心，才是富民强村的坚实基础和唯一途径。

从那时起，他们用"三会一课""主题党日"和定期开展党课教育等活动来加强党员的思想建设，他们的党课不仅讲党史、学文件，还常常结合本村现实状况讲党员的责任义务和先锋模范作用。第一书记韩金和书记盖金国常常亲自备课，给党员上党课。村"三委"干部带头做"重学习、爱学习、会学习"的表率。一系列活动激发了党员的荣誉感和责任感，提高了党员的思想认识和担当意识，使党总支部真正成为教育党员的阵地、攻坚克难的堡垒。"主题党日"活动更是丰富多彩：从全面准确宣讲党的十九届六中全会精神，到庆祝党的生日；从走访慰问贫困户，到探讨疫情防控措施……每一次学习，每一次活动，都要经过认真筹备，决不流于形式。

让我们翻开他们的党建档案，随便找一个主题活动的档案目录：

主题：南穆家村党支部"庆祝中国共产党建党100周年"

时间：2021年7月1日

活动项目：

第一项：升国旗、奏国歌

第二项：全体党员合唱《没有共产党就没有新中国》

第三项：党支部书记盖金国带领全体党员重温入党誓词

第四项：全体党员合影留念

第五项：观看央视"庆祝中国共产党成立100周年"直播

第六项：党支部书记盖金国讲话

第七项：1. 反"邪教"警示教育宣讲

2. 国家安全警示教育

3. 人民防线工作宣传

第八项：党史宣讲

主讲：第一书记韩金

内容："学党史、悟思想、办实事、开新局"

第九项：全体党员讨论座谈

第十项：由党总支书记盖金国做大会总结

这一活动的内容何其丰满和充实！他们的档案，不仅有规整详细的文字资料，还有大量的现场照片。从照片里一张张严肃认真庄严神圣的面孔上，我们看到了一支招之即来，来之能战，战之能胜的党员队伍，有这样一支队伍，还有什么困难克服不了呢！

他们还把党的作风建设融入具体实践当中，把党的领导和村民自治、党内基层民主与人民民主融为一体，每周村党总支部召开村"三委"干部碰头会，在一起相互沟通本周的工作。凡是村级干部推荐、重大项目、重大决策、大额资金安排使用等群众关心、关注的事务一定通过"四议一审两公开"的程序，全部民主，公开决策。

在南穆家村部的庭院里，有四个双面宣传板，这八大板块里的内容十分丰富，有便民服务的"居民医保参保缴费指南"，有催人奋进的"优秀党员光荣榜""好人好事光荣榜""最美庭院、最美村街光荣榜"，及图文并茂的垃圾分类处理小常识和环保倡议书，还有让人一目了然的综合管理、社会治安、环境卫生等各种网格化管理组织名单。当然，最惹人注目的是他们的公示板：这里有发展新党员公示、财务账目公示、惠民资金公示和贫困户名单公示……在这里便能了解村里每一笔资金的出入，了解每一个贫困户贫困的原因，了解每一项资金的去向，这些在许多人看来可以送人情可以做手脚的地方，在这里没有暗箱操作，真正公开公正透明，公示板就立在村部的院内，接受任一村民的监督和审查！仅仅是几块便民公示板吗？不，它是一块坚实的阵地，彰显着南穆家村党总支部的工作作风和精神风貌。

新上任的民兵连长张贺程说："我当了十六年兵，在部队是支委，刚进村委会的时候，看到村里的档案、资料比我们部队都正规、全面，真的很让我吃惊，我们村党总支部的战斗堡垒和先锋模范作用是全村百姓有目共睹的。"

他们的组织建设更是以提升组织力为重点，完全达到了组织健全、制度完善、运行规范、活动经常、档案齐备、作用突出的标准。在全县199个行政村的党建标准化考核评比中南穆家村从2017年开始始终名列前茅，其中2019年在全县"七有"党支部评比中取得了第四名的好成绩，许多村支部来这里学习他们的经验。

经管员金华接手整理档案的时候，档案对于她就是一个尘封数十年的故纸堆，打开档案室的门，腐臭霉变的气息夹杂着飘浮的灰尘扑面而来，让人喘不过气来，几个老旧的木卷柜里杂乱地堆着覆满尘土的账本，有几十年里的财务账、几十年前的土地账和各种杂七杂八的文件……

她什么话都没说，打扫好房子，新卷柜摆好，便开始工作起来，没有经验就去全镇试点古树村学习，不懂就向同行请教，从零开始，一本一本造册、分类、登记、存档，老旧的土地基本台账字迹已经润开，再放几年恐怕会模糊不清了，那就复印备份一份，每天早八晚五除了处理正常业务，其余时间都沉浸在档案室里，一干就是六年！六年，从无到有，从乱到清，南穆家村的财务、土地确权、网格化管理等各类档案完全达到了辽阳市档案局的规定标准，且已成为其他乡村的典型。2021年南穆家村被评为辽宁省党支部标准化规范化示范点。

他们的组织建设不仅仅是档案的标准化，不仅仅是各项制度形式的建立和健全，也不仅仅是支部正常的党务公开等工作程序，而是用"三会一课"、组织生活会、民主评议党员、党员联系服务群众、党员发展和教育管理等一系列制度紧密结合工作大局和本村实际，充分体现其政治功能和服务功能，充分发挥党支部战斗堡垒作用，组织党员立足岗位履职尽责。

立足岗位，履职尽责，真正实施起来谈何容易。看看他们的各种组织机构名单，你会发现他们每个人都身兼数职。副书记沈恩凯，还兼着综合管理二级网格员和三堆进院二级网格长，同时负责垃圾分类、秸秆防控等业务；金华，不仅是经管员，还是综合网格化管理的二级网格长，还是村里的档案员、文书、后勤处长，她不仅把财务账目做得清澈如水，会议记录、文件收发、立卷归档，也样样井井有条；赵乃柱，不仅负责全村的治安管理，还负责全村的村务监督；新老班子交接后新班子已经上任了，70岁的老妇女主任张连芬和65岁的老治保主任王威还在村部跑前忙后……没有人计较工作量的多少，没有人抱怨收入的微薄，更没有人嫌弃基层工作鸡零狗碎的繁复。

还有一位各个组织机构里无名的老党员——韩金，他是辽阳市实施"爱心帮扶工程"时被中国银行辽阳分行派来的驻村第一书记。从他来到村里的那天起，就和全村百姓融为一体，一辆老旧的自行车，让他走遍了全村的大街小巷，四年来，他吃在这里、住在这里，没有休息日，没有节假日，盖书记给他算过账，四年里他自掏腰包贴补贫困乡亲近万元。在村里，说起韩书记，全村老幼都会感叹着说："那真是个好人哪。"村里的各种组织活动、大型工程、项目建设他都和"两委"班子一起广开思路，收集信息，利用对接单位的优势，及时为村里排忧解难，真正做到思想同心，目标同向，任务同担。

南穆家村班子的团结与和谐，不是敷衍，不是一言堂，不是明哲保身、表面上的一团和气，他们曾为一笔资金的用途争得面红耳赤，也曾为低保户的标准一家一户地走访调查考量，没有人为了自己，没有人心存怨怼，相反，分歧后的统一让他们目标更坚定，脚步更夯实。

2020年，南穆家村被辽阳市平安辽阳建设协调小组评为市级基层平安示范单位；2021年6月，南穆家村党总支被辽宁省委授予辽宁省先进基层党组织称号；同年，又被辽阳市委、辽阳县委授予先进基层党组织称号……

村里的老人服了。年轻人服了。那些怀疑观望的人也挑起了大拇指。73岁的袁庆夺老人逢人就说："我们村的党员是最棒的，我们村的领导班子没说的。"

为了挚爱的土地

土地是财富之母，劳动是财富之父。土地是农民赖以生存和发展的最基本的生产资料，也是发展农业所需要的最基本的生产要素。中国是农业大国，自秦汉以来中国的社会问题，实际上就是农民问题，农民问题的关键是土地问题。

李大钊通过充分的调查研究，在《土地与农民》的文章中提出了"耕地农有"是解决农民土地问题的核心，他说："国民革命政府成立后，苟能按耕地农有的方针，建立一种新土地政策，使耕地尽归农民，使小农场渐相联结而为大农场，使经营方法渐由粗放的以向集约的，则耕地自敷而效率益增，是历史上久久待决的农民问题……"

2016年，南穆家村开始土地确权工作，党总支部极其重视，马上召开"两委"班子动员会，认真学习相关政策和文件，制定措施，积极行动，对全村第二轮承包的遗留问题进行调查摸底，对全村1145户家庭的土地逐一测量、核查登记，同时，依据国土局的若干规定、辽宁省出台的《辽宁省土地承包实施办法》和辽阳市土地承包46号令等法律法规，结合全村土地面积和具体情况，针对第二轮土地延包出现的具体问题，对全村承包土地进行了彻底调整，出台了适宜南穆家村自己的土地确权方案：以户口为主要依据，把所有非农户用地全部抽回；全户死亡、迁出的，土地抽回；户口上有新增人口的，重新分地；对于人走户在且在其他村子没有分得土地的，给地；对于新生儿，他们以2005年为限，之前出生的为一亩八分，之后出生的为四分；另外，他们又把原来的机动地转为未来新生儿的预留地，由村合作社统一管理。

这一方案经过党支部提议，"两委"班子商议，党员大会审议和村民代表大会决议后方才实施。实施中，他们请来了上一届老支书——65岁的安洪涛。安洪涛是个土地精，对全村土地了如指掌，哪块地涝洼，哪块地贫瘠，哪块地高产，哪块地适宜种什么，哪块地面积多少，怎么测量计算，他都张口就来，老百姓说他是土地专家，由他来帮助分地，平衡土地优劣，村民们信服。

即使这样，具体实施中依然有许多矛盾，分得土地的村民欢欣鼓舞，被抽出土地的村民怏怏不乐，有的甚至百般刁难，参与确权的班子成员便拿着法律条文不厌其烦地一家一家解释，一户一户说明，跟着测量队，一事一议，当场解决。有的村民理屈词穷了，依然跟着分地的队伍，他们要看看你们领导怎么对待自己的亲属和家人。盖金国的哥哥盖金保的岳父母去世了，没说的，把二老的土地抽回；父亲的姨母林素娟的承包地交由父亲耕种，林素娟去世了，同样把地抽回！老百姓要查看账簿，当然可以。看过账后，村民心平气和了，大家都说："这次土地调整，界址清楚，面积准确，真的做到了公开、公正、公平！"

南穆家村的土地确权工作，历时两年，终于圆满而彻底地解决了所有历史遗留问题且没有一点隐患。两年里，"两委"班子走遍了全村6000多亩土地的田边地头，大街小巷1145户人家。这项工作的繁复与辛苦现在提起来他们还五味杂陈，但看到村里的农民愉快地经营自己的土地，便只有一声欣慰的长叹了……

南穆家村有一处4000多平方米的废弃学校，村中心还有一处1100多平方米的垃圾场，于是，这两处地皮便成了许多人眼热的肥肉，有想盖房开饭店的，有想开工厂的，有想开木匠铺的，早在老主任盖余坤在任时就有许多人找他买地，他顶着巨大压力拒绝了。儿子做了村干部，他的第一个要求就是不许卖村里的土地。盖金国和父亲一样婉拒了这些熟头熟脸的乡亲，却被东穆家村难住了，那废弃的学校当初是东、西、南、北穆村共同的财产，凭什么你一家独占？东穆家村一定坚持卖地，利润各半。没办法，最后"两委"班子讨论决定给东穆家村地款5万元才保住这块地皮。有人说他傻，卖了地皮，既分得了钱，也省去了麻烦，留那一大片臭气熏天的垃圾场干什么？他不能卖，他就是要在这两个垃圾场上大做文章，他要把这两座山一样的垃圾场变成百姓的乐园、全村的亮点……

书记盖金国提出清理废弃学校的垃圾场，建造一座有特色有品位的文化广场。

经过一系列紧张的筹备，2016年9月7日为期一年的广场工程开工。这一年里，领导指挥小组、工程质量监督小组、工程验收小组，"两委"班子、党员骨干十几人各司其职，他们兢兢业业，从早到晚没睡过一个安稳觉，没休过一个节假日，省吃俭用，不肯乱花一分钱。盖金国对班子成员说："文化广场就是我们南穆家村的三峡，它是我们村环境整治的第一仗，从此，我们要让南穆家村来一个翻天覆地的彻底改变，这一仗，我们所有党员要发挥先锋模范作用，从工程质量到工期，到资金，一定要打漂亮了。"这一仗，他们真的打得很漂亮！

2017年国庆节前夕，一座占地面积3500平方米的高质量高品位别具特色的大型文化广场落成了。广场内2000平方米的健身场地，

140多平方米仿古建筑的老年活动中心，38米新颖独特的长廊，14盏路灯，120多棵景观树，还有广场周围180米的景观墙……

一个垃圾场解决了，还有另一处垃圾场，原是一个大深坑，日积月累被填成了一座垃圾山。这也是长在南穆家村党政班子心头的一块顽疾。

2018年，为进一步加强乡村医生队伍建设，全面提升村级医疗卫生服务水平，保障农村居民身体健康，辽阳县免费为乡村建卫生所，全穆家镇有八个村子，南穆家村也在其中。这一消息真是雪中送炭，那个卫生所就在村中心，村民看病只消几步路，真的做到小病不出村，老年病、常见病都可就地解决，太好了。但，盖金国却不要别人建，这样的工程是百年大计，来不得半点的马虎和懈怠，工程质量他要和班子成员亲自监督才放心。这样，他与镇里协商：把建所资金拨给我们，我们自己建，资金没到位，我们先垫付。有人提示他："这样做可能会得罪人的。"他不管，他说在百姓的利益面前，什么都是小事。说干就干，请专家，做预算，马上召开全体党员、村民代表大会，共同决策。这样利民的大计，代表们欣欣鼓舞一致通过。

和文化广场工程一样，他们严格监督，严禁浪费。就这样，清垃圾，填深坑，和原来在坑边填土种地的村民协商补偿款……从8月23日招标公示开始，历时两个多月，一座占地面积1000平方米，建筑面积120平方米的卫生所建好了。还剩最后一道工序——粉刷墙体涂料的时候，却和雇工起了争执：包工包料竟要价2000元。雇工说："120多平方米的房子和外面的围墙，2000元我根本没多要，光料钱还得500多元呢，再说你是集体，我是个人，乡里乡亲的，那么较真儿干什么！"盖金国笑了："正因为是集体的，才不能错花一分钱，这样，给你500元料钱，人工我们自己干。"他用两个村民，以每人每天100元、工期两天的价格完成了墙体粉刷工程，这一项就节约了1100元！

有人说，别看书记是五大三粗的汉子，花钱竟那么抠门儿！他真的很抠门儿，偌大的工程结束了，大家非常辛苦，一起聚个餐却要各花各的或轮流做东，从不肯花村里一分钱！

如今，那个洁净的庭院，粉墙黛瓦的雅舍，被带垛口的白色女儿墙环绕着，怡然地坐落在这个村子的中心，成为村民又一自豪的谈资，乡村里又一个亮点！走进卫生所，诊查室、治疗室、药房、输液观察室一应俱全，那些多病的老人别提多高兴了。

压在"两委"班子成员心中的又一心病解除了，但在他们心中阴云不散的还有他们的村部：房屋损毁严重，村民活动室年久失修，既透风又漏雨，二十几个破烂的桌椅，致使村民的相关培训、教育等活动根本无法开展。这个时候，他们想到了对口帮扶单位中国银行辽阳分行。

中国银行辽阳分行驻村工作队队长吴井友向单位汇报了南穆家村村部的现状和"两委"班子的求助，请求辽阳分行能给予资金上的扶持。辽阳分行立即行动，专门为他们向省行申请10万元专项扶贫资金，用于村部和村民活动室的修缮及购买部分图书、桌椅等办公设备，该部分资金当年（2018年）7月份便通过市慈善总会捐赠到南穆家村账户。

他们又从县委组织部申请了10万元的拨款，工程预算25万元，超出部分村里自己承担。党员和村民代表大会上，有人说："官不修衙门客不修店，你们能当一辈子村干部吗？"也有人说："端多大饭碗吃多大饭，有20万元，就按20万元的标准干呗，村里就那点钱还往墙上贴？"他说："我当的不是官，是为人民服务的；我们更不是客，这个'衙门'是服务群众、联系群众的平台，是落实党务政务的重要阵地，代表着乡村文明和政府形象，干就一定要干好。"

经过激烈的讨论，终于统一了认识，这项工程便和卫生所建设工程同时对外招标……工程竣工后，辽阳分行又帮助村里购置三台电脑，并对使用人员进行专业的网络培训，不仅办公条件得到了彻底改善，工作人员的工作效率也有了很大的提高。

现在的村部焕然一新，瓷砖罩面的二层小楼巍然屹立在板油铺就的大院里；小楼窗前，大门两侧，四块大型不锈钢展板里，贴满了村民关心的内容；一二两层窗子的中间，白底红字的大型标语格外醒目："加强党的自身建设，巩固党的执政地位；树共产党员新形象，建社会主义新农村"；门廊上空一面鲜艳的五星红旗迎风招展。

大厅里悬挂着党总支、村委会、村监会成员名单和照片，每一张照片下都清晰地写着他们的职务、职责、联系电话，村民来村部，只要迈进大楼，一眼就能知道自己要办的事需要找谁，这上面的电话几乎每一个贫困户家里都保存着。大厅里，各种图文并茂的展板告诉你南穆家村的创业足迹，走廊里是他们的各种规章制度，大型会议室里整齐的桌椅、投影的屏幕，阅览室的书架上码放着满满的图书，档案室里规范的卷宗洁净地排在崭新的卷柜里……

如果你是这里的一员，走进这座大楼，一种神圣的自豪感会油然而生；如果你是第一次来到这里，定然会惊异于它的规范、它的庄严！

让村班子成员们难受了那么久的三块心病终于痊愈了，还有自2014年以来，他们陆陆续续争取资金修的7公里柏油路，但，还有那么多的疥癣之疾——全村大街小巷边边角角里的20多处垃圾集散地。为此，他们利用展板、手机微信群、广播等媒体向全村村民发出倡议：为创造清新整洁优美的居住环境，全体村民行动起来，从我做起，做垃圾分类的先行者、宣传者，主动清理门前垃圾，保证"三堆"进院，倡导村民栽花种草和植树，共同携手，建设环境整洁、生态宜居的美丽南穆家村！展板里还有两幅形象生动让人一目了然的画着垃圾分类作用和方法的宣传画。

当然，仅仅做宣传是远远不够的，他们还为全村开辟两处垃圾中转站，成立南穆家村环境卫生垃圾分类监督小组，下设垃圾运输保洁环卫队，5名保洁员和2名卫生巡视员，每人负责固定的区域。同时，在全村开展"最美街道""最美庭院"评比，号召村民积极参与到"双评"创建中来。

村街净了，村容美了，村民在属于自己的土地上耕耘，这是多么美丽和谐的乡村图景！

为了人民幸福的生活

村干部确实是村民的泔水缸，因为他们是农民诉求的首选通道和依托对象；村干部还是传声筒，党的各项方针、政策要靠他们去贯彻、去实施；他们是联系党与群众的纽带和桥梁，是社会主义新农村建设的直接推动者、组织者和实践者，担负着组织和领导农民群众建设社会主义新农村的重要任务，他们的言谈举止代表着党的形象，在农民心中扮演着重要角色。

好的领导班子，既是村民精打细算的大管家，又是公平正义敢担当敢拍板的当家人。南穆家村党总支部时刻关注群众的生产生活，认真倾听农民的呼声，及时处理解决村民矛盾纠纷等各类问题。他们更重视全村各类经济的运营和发展，及时了解掌握党关于新农村建设的方针政策，收集信息制定规划，高屋建瓴地指导帮助村民及时调整经营模式，灵活发展各类经济，促进农民增收。村民们说：南穆家村的"两委"班子就是咱们的主心骨，家里家外大事小情拿不定主意的时候就去找他们，他们一定帮你出主意、想办法，解决一切难题。

南穆家村是穆家镇政府所在地，宽阔的公路穿村而过，穆家镇蔬菜批发市场就在村边、距鞍山市蔬菜批发市场不过十几分钟车程，依托这得天独厚的区位优势，党总支部把发展经济的重点放在发展工业、服务业和蔬菜种植上。通过盘活改造和招商引资，全村发展机加、钢铁、饲料、木业等12家企业，安排就业300多人；有饭店、超市、卖店、种子站、各种农副产品批发及美容美发等各类服务业40家，从业人员200多人；发展裸地蔬菜2000亩，村民庭院里的各类时新蔬菜不用守市场、蹲集头就有小商小贩上门收购；大田承包土地集体出租更适合规模化机械化作业生产，节约的大量劳力到村里的各类企业、服务业工作，有的凭木工、瓦工、车工、汽电焊工等各种手艺到周边城市务工，还有的干脆蹲鞍山劳力市场也收入不菲。很多年轻人向往都市，在腾鳌、鞍山、沈阳买楼居住，全村拥有轿车人家达500多户，人均年收入超过1.60万余元。群众生活水平提高了，实现了"群众快速增收、集体经济不断壮大"的双赢目标，有力带动了村集体经济的发展，现在村集体年收入30余万元。

笔者走访了占地面积7300多平方米的辽阳县兴达矿山设备有限公司，这里有20多名交五险的技术工人，平均月收入6000元，以生产机床配件为主，年产值1000多万元。这是一家有着四十多年历史的老企业，四十年来，为南穆家村乃至穆家镇培养了大批机械加工技术工人。总经理刘广春说，自从当兵退役来到这里，目睹了农村百姓的生活一天天走向富强，尤其近几年，村容村貌发生了太大的变化，"两委"班子的服务非常到位，村民的幸福指数不断提高。他说他越来越喜欢这个乡村，生活工作在这里非常安然，非常惬意。

辽阳市诺维特饲料有限公司是一个建厂仅十年的新兴企业，自制生产配方，产品严格遵守国家食品安全法，质量达到食料监管标准，产品销路非常好，年产量7.20万吨，产值8000万元，厂内工人大都是南穆家村村民，37人全部缴纳养老、医疗等各类保险，人均月底薪5000元。总经理朱延辉年仅44岁，文静儒雅，说话慢条斯理细声细语，他说他还有几个分公司，跟当地农民打起交道十分麻烦，在这里则不然，有问题村领导会及时提示及时解决，从没有为难卡要现象，他说亲身感受这里环境卫生的变化、文化建设的丰富真的非常感慨，能把总部的根扎在这里也是基于当地的政风和民风!

走进这里的各类企业、服务业，如此的评价与赞誉不胜枚举。南穆家村的"两委"班子确实以公仆的姿态关注着他们，服务着他们，他们的兴旺发达是南穆家村的骄傲，更是"两委"班子的快慰！当然，最让这些村干部心心念念日夜牵挂的还是那些因伤因病因残等不能走上致富道路的贫困村民！

南穆家村党总支部对国家扶贫政策的执行极其认真严格，2015年，他们对申请的贫困户——入户摸底清查，逐户重新识别，详细进行信息比对，然后，按本人申请、村民代表评议、公示公告、数据对比、信息录入等步骤将全村34户81名贫困户建档立卡。

这一年，中国银行辽阳分行与南穆家村实行结对帮扶，党委班子成员和优秀党员干部与南穆家村34户重点贫困户进行对接，保证每个建档立卡贫困户都有中国银行辽阳分行的党员领导干部作为帮扶责任人。他们深入家庭，摸清贫困户基本情况，找准帮扶办法，增强贫困户的致富能力和生活信心，坚决按照"不脱贫不收队"的要求开展帮扶工作。自对接以来，辽阳分行党委想他们所想，急他们所急，各种节假日休息日常来南穆家村，帮助他们收集信息，出谋划策，和他们一起制定村集体经济发展规划。多年来，辽阳分行的车一进村，百姓们便格外高兴，因为他们的每一次到来都能给村民带来意外的惊喜。每年春节前，他们都会带着米、面、油等慰问品走进帮扶对象家中，同他们拉家常、问冷暖，详细询问他们的健康和生活状况，鼓励他们战胜困难，早日走上致富之路。

南穆家村党总支部更是把扶贫工作作为全村的首要任务来抓，他们根据国家精准扶贫总体战略目标要求在解决教育、医疗、住房等问题上下大力气，从根本上彻底解决困扰贫困户多年令其望而却步的难题。

为切实做好贫困户危房改造、翻建工作，村书记和驻村第一书记带领"两委"班子全体成员深入走访，逐户实地勘察，再经村"两委"班子及村民代表讨论，公开公示后，上报上级政府。自2016

年以来，全村危房改造17户（其中C级8户，D级9户），实现了全村无危房。

2021年，上级政府开始实施产业扶贫到户项目，两个书记再次带领班子成员到贫困户家中走访，挨家挨户讲解宣传这一项目给村民带来的利益，耐心细致的工作打消了村民们的疑虑，全村有11户贫困户参与鸡、猪、牛、羊等畜禽的养殖项目。同时，党总支部全程跟踪及时入户进行拍照取证，协助上报申请补贴资金，并帮助贫困户关注市场价格，及时提醒帮助他们调整销售时间以获得更高的收益。

俗话说，家有药罐子，日子塌一半子。南穆家村的精准扶贫户因病致贫的现象十分突出，因地势偏远，许多人小病拖成了大病。为解决因病致贫的问题，上级扶贫办为全村贫困户办理了大病医疗补充保险，党总支部成员再次深入贫困户家中逐户宣传这一险种的保障作用，许多贫困村民还是认识不清，看了病也不懂得找保险赔付，他们知道了就亲自到贫困户家中要来住院收据帮助他们办理理赔手续。

市中心医院、县中心医院的专家到村为村民免费义诊和体检，他们积极组织配合，同时，积极协助辽阳市中心医院与建档立卡贫困户签订医疗协议，精准扶贫人口患病到市中心医院住院治疗全程免费，确保党的惠民政策切实落到实处。

住院免费，这对饱受疾病折磨的农民来说，是多么宝贵的及时雨！可是，竟有许多村民嫌中心医院离村太远，不愿意去辽阳看病。"两委"班子成员便挨家挨户走访，讲解党的政策，宣传中心医院的治疗技术，劝他们身体是本钱，治病是大事，不要怕麻烦。在他们的耐心劝说下，贫困户们才陆陆续续去中心医院看病。

赵连成患有心脏病和糖尿病，以前总在附近小医院看病，久治不愈，身体每况愈下，经劝说到市中心医院就医后，身体状况有了很大改观，人也一下子精神起来。出院后，韩书记前去探望，他高兴地说："这次看病，一分钱没花，效果竟出奇地好，中心医院了不起！真得感谢党的好政策，感谢村领导哇。"赵连成老伴罹患癌症，手术、化疗全程免费，韩书记按相关政策求助民政部门，亲自携带相关证明及收据跑中保，把3000元补偿金送到他们手中，并告诉他们，这是党的政策。老两口不住嘴地说："感谢党，感谢党啊。"

精准扶贫户孙科胃切除三分之二，反流，睡眠不好，吃了那么多的西药，效果一直不好。得之这一情况后，韩书记便回市里找亲友同事，联系辽阳市中医院著名老中医胡多梅为他诊治，自掏腰包为他付了医药费。吃一段时间的汤药后，孙科的胃病症状明显好转。

几年来，贫困户是两位书记和"两委"班子的心结，是他们的牵挂；他们是贫困户家里的常客，也是他们的依靠、当家人，无论家里遇到什么困难，他们第一个想到的就是盖金国、韩金和班子成员，有难题找村干部已经成为贫困户们固定的思维模式。

笔者跟随两位书记走进贫困户现已是脱贫户的戴钦凯家里，那是一座宽敞明亮瓷砖铺地的三间瓦房，老夫妻在火炕上休息。一进门，韩书记就询问戴钦凯骨折的腿好了没有，身体康复得怎么样啦？盖书记则打听他们的产业扶贫项目。戴钦凯高兴地说："第一年养殖生猪挣了近万元，今年，又翻了一倍，日子越来越好过了。"老伴拉着笔者的手说："你好好写写他们，他们没事就往我家跑，下雨了来看房子漏不漏，上冻了来看屋里冷不冷，真比我的儿子还亲哪！你看看我这房子多漂亮，是政府给盖的，我们感谢政府感谢党啊，没有共产党，我们早就露宿街头了！"

说起政府盖房，智障患者马红芬家的盖房过程被村民传成"笑谈"：儿子李永峰申请盖房被批准了，手续齐全准备动工时，儿子不见了，电话不接，人也不知去了哪里。没办法，这烫手的山芋还得盖金国去接，他亲自担保请木、瓦匠，亲自监工，串瓦、收拾门窗，房子修缮完了，李永峰才回来，原来他是怕让自己垫钱！

脱困户张素文的老伴孙满昌曾经跟那些上访户一起告过盖书记，为此张素文一度忐忑不安，但几次上门后，她感觉书记忘了这件事，从此家里大事小情都要书记来给她做主。一天晚上，家里没电了，她一个电话打到盖金国的手机里，唤着他的小名说："二宝，我家灯不亮了，快来帮我弄弄啊。"书记二话不说，马上打电话联系电业部门来修理。老人81岁了，自己儿女的电话不知道，两个书记的电话却张口就来。一次韩书记走访时发现张素文老人坐在院子里，一问才知道，老人膝盖长了骨刺，行走艰难，他马上买了两瓶陈醋和一些医用纱布，亲手教老人怎样将陈醋烧热进行热敷，后来又送来4瓶陈醋。老人的病好了，可以骑着三轮车满大街遛弯了，她逢人便说："共产党好哇，共产党的干部太好了。"

蒋永珍80岁了，家里的住房基础还算稳固，门窗却已年久失修，屋顶也已经漏雨，大儿子59岁了独身一人外出务工，智障的小儿子住在有窗无门的下屋里。村里出钱帮助他们换了门窗串了瓦，四间瓦房面貌一新，可外出务工的长子程廷茂却拒绝弟弟住进西屋。盖金国亲自上门做工作，晓之以理动之以情，他还是不同意，盖金国严厉批评程廷茂是个无情无义自私自利的不孝子，告诉他若不让弟弟住新房可以，他必须拿出房屋维修的所有费用问题由村上解决，最终弟弟住进了新房，程家的问题总算解决了。蒋永珍无限感慨地说："共产党好，社会好，党的干部好，干部和老百姓心连心哪！"

这些贫困户中，最让他们牵挂的是崔伟，父亲早逝，70岁的老母患脑血栓十年后，49岁的崔伟也得了血栓病，媳妇看生活无望，扔下孩子走了。祖孙三代守在破旧的危房里，日子真是凄凉。2018年，政府给他们盖了新房，又为他们申请了产业扶贫的养羊项目，这一年孙女考上了鲁东大学，日子又有了新的希望。2022年春节前走访时闲聊，崔母说："自从得了这个病，就没吃过一顿饺子，过年看着人家包饺子，真馋哪。"崔伟说："听说辽阳老世泰糕点特别好吃，什么时候咱也能尝尝？"这一年春节，韩金书记没有回家，他只去了一趟辽阳，买了猪蹄、熟食、肉馅和青菜等400多元的年货和老世泰的糕点，腊月三十来崔家给他们包饺子，和他们一起过年，还给了孙女1500元，鼓励她好好学习。崔伟母亲动情地说："我现在比老伴活着的时候还幸福，有共产党，我什么都不怕！"

南穆家村的两位书记和党员干部只要有空就会去脱贫户的家中走走，碰上谁家有急事难事便慷慨解囊马上解决问题更是家常便饭。党员们会对群众说，这是党的关怀，是党员应该做的。韩书记说，快退休了，正逢伟大的时代、伟大的事业，就让驻村工作为自己的职业生涯画上一个圆满的句号，也是留给未来人生最美好的一段记忆吧。

"一个人爱人的最高境界是爱别人，一个共产党员爱人的最高境界是爱人民。"南穆家村的党政班子、共产党员们把他们的爱锁定在这个乡村里的每一家每一户每一人，为他们的喜而喜，为他们的忧而忧，用他们的行动把党的温暖和关怀送到百姓心中。2019年，全村34户贫困户基本脱贫，实现了"吃穿两不愁"和"义务教育、基本医疗和住房安全"三保障。每一个班子成员的心头像打开了一扇窗，他们可以高枕无忧了，但，他们没有，还有一个迟迟没有解决让全村人展不开眉头的问题——自来水管线老化问题，像一块石头压在村领导干部的心头。

南穆家村自来水工程是20世纪90年代初完成的，2008年曾重新维修过一次，2018年腊月二十六，自来水井突然塌方，村委会及时留住了已准备回家过年的施工队昼夜抢修，但挖开塌陷处才发现管道老化四处淤泥，根本无法疏通，几万元费用打了水漂。看着大年三十遍街上抬水的乡亲，书记盖金国哭了。

2019年6月，他们透开塌方管线，勉强维持不到一年，2020年9月26日自来水井再次塌方，所有管线老化，需要彻底更新重建，而村里根本无力承担这么大工程费用，上级部门也因资金紧张难以为继，听到这一消息，盖书记的眼泪再次流了下来，村民的反应更是激烈。盖金国一边安抚着众乡亲，一边跑各个主管部门反映情况。他们的问题也得到上级有关领导的重视，镇长崔广大亲自进村现场考察，帮助他们协调各有关部门，解决百姓吃水难题。2021年投资

105万元的打井、泵房等一期工程全部完成，2022年3月，副县长赵立永在南穆家村主持召开了现场会，二期入户工程，指日可待。

现场会开完，有人对盖金国说："这下可以喘口气了吧。"盖金国却还是摇头：村里还有那么多"空巢"老人，还有那么多留守儿童，如何让这些人幸福快乐，也是我们党总支部和"两委"班子必须面对和思考的问题。其实，他们不仅仅在思考，而是一步步在行动。

中国银行辽阳分行为留守儿童开设了金融知识小课堂，通过讲解身边的金融知识，帮助孩子们了解更多的金融常识，丰富了孩子们的业余文化生活。儿童节期间，工会组织员工及其子女成立志愿者服务队，带着爱心礼物探望贫困户家的留守儿童，小志愿者们与南穆家村的留守儿童填写并互赠联络卡，相约今后经常联系，共同研究解决学习上遇到的问题，共同成长进步。中行员工李佳阳硕士，为孩子们讲解如何读书，帮助孩子们树立远大的理想，鼓励孩子们将来上大学，读研究生，成为国家的栋梁。

南穆家村户籍上是3200人，常住人口只有1470人左右，多为老人、妇女和孩子，把这些人组织起来，丰富他们的业余文化生活，也是村党总支部及"两委"班子极为关切的一项重要工作内容，村党总支部年年举办大型广场舞联谊会演等多形式的支部活动，提高支部活动的全民参与率，增强支部的组织力和凝聚力。

这里我们一定要说说南穆家村广场舞亮相乡村的第一人——在镇里做服装生意的沈景芝。她自幼喜欢歌舞，工作之暇，跟着电脑学，晚上就在自家门前教，她的队伍越来越大，人也越来越多，门前场地不够了，就去东穆家村的广场跳，但东穆家村也有了舞蹈队，她们只好撤了出来。有队员哭着对盖书记说："我们这么大的村，真的就连跳舞的地方也没有吗？"盖金国指着村部的小院说："先来这里跳吧，这里就是你们的家，以后我们也会有大广场！"从那时起，书记晚上常常来看她们跳舞，还亲自给她们播放音乐。

领导的鼓励更激发了沈景芝和队员们的热情：沈景芝亲自跑市

场为队员批发统一的服装，自掏腰包为队里购置音响、制作横幅、订制道具……2014年夏天，沈景芝又自费请来录像师为70余名队员录制了自我介绍，这一天，南穆家村日红舞蹈队正式成立了，大旗举起的那一刻，队员们欢呼雀跃激动不已。她们还走出乡村去镇里、县里、市里，去辽宁电视台参加各种比赛，2017年拿到了全县第一名的好成绩。每一次出征前，沈景芝都要做充分的准备，晚上用苞米芯摆队形，排练时队员踩碎了家里的地板革，出外比赛用不了那么多人，谁上谁下常常矛盾丛生，每一次抉择都让她痛苦不堪，这时，只有盖书记亲自出面调解方能平复纠纷。

为了实现全民共舞，沈景芝不辞辛苦学习新舞，自己在家几十遍地练熟，再去全村14个舞蹈队挨个教，文化广场建成几百人同跳一支舞时震惊了所有观众！从此，这支队伍便成为各种文艺组织中的一支中坚力量，活跃了百姓生活，点亮了乡村文化。2019年7月1日，沈景芝光荣地加入了中国共产党，成为这个村里年龄最大的新党员。

南穆家村业余文化生活中还有一支令十里八村交口称赞的朝气蓬勃的老年模特队，队长景玉芹63岁时从美发行业退下来，自费到鞍山模特学校学习，回村组建老年模特队，她阳光的气质、开朗的性格吸引了全村60多名老人，其中年龄最小的64岁，最大的73岁。因为都是第一次，都是从零开始，所以她为这支队伍取名"南穆家村零点老年模特队"，她自己掏钱为全队买扇子、买花伞，选服装，定款式，从零开始，一招一式地教这些高龄老人，一次不行十次，十次不行百次，你无论如何也想象不出，这些在大地的垄沟垄台滚了大半辈子的农民怎样穿上西装、旗袍、时装去走T台！这支队伍，不仅能走模特步，还能唱歌、跳交谊舞。

每一次演练景玉芹都会大声地鼓励队友："走起来，走出女人的韵味，跳起来，跳出男人的潇洒！"他们有组织，有纪律，有约定，有章程，农忙时下地，农闲时活动，微信群里一个通知，马上聚齐，外出演出不大声喧哗，不乱扔垃圾，他们要代表现代农民新形象，不能给南穆家村掉链子。

景玉芹自豪地告诉笔者，她带领全队去参加鞍山市慈善总会举办的模特大赛，参赛的100多支队伍，没有人相信这是一支农民的队伍。她大声告诉他们："我们就是农民，我们骄傲！我们呼吸新鲜的空气，吃绿色的蔬菜，种地有补贴，怕涝有保险，看病有医保，各种矛盾有村干部，我们的生活方式胜过城里，我们农民有钱了，也和你们城里人一样追求高品质生活。"她无限感慨地说："我今年68岁了，赶上这么好的时代，我不觉得老，我们还能走十年，二十年，好好享受这幸福的日子。"

新中国成立70周年，村党总支部于9月8日在村文化广场举办首届广场舞会演活动，邀请其他乡镇18支代表队参加演出，从邀请到接待，从疏导交通到音响调试，到最后的成功表演，"三委"班子周密地安排让十里八村的乡亲们看到了一场弘扬社会主义精神文明的饕餮盛宴，同时也看到了南穆家村百姓的和谐、幸福和安乐。

庆祝建党100周年，他们再次举办广场舞会演活动，18支代表队参演，南穆家村日红舞蹈队和零点模特队的表演震惊了全场！

说不完的故事

南穆家村的党员干部确实辛苦哇。他们不仅要按部就班地做好规划的工作，完成上级交办的各项任务，还要应对各种突发事件，无论是国家的大政方针，还是百姓的一地鸡毛，哪一项出了纰漏都会鸡飞狗跳。

2018年天气干旱，造成玉米减产，为村民能获得相应的保险赔偿，韩金书记马上协助中华保险公司和县政府农林局专家一起顶着如火的秋阳钻玉米地进行实地鉴定。

2021年10月，杨柳河发生洪水倒灌，村内涨水了，村党总支部及"三委"班子全体成员立即登上杨柳河大坝与镇领导一起去堵倒灌的洪水。两位书记与镇包村领导马菊一起走访内涝受灾的村民，统计内涝造成的损失，上报上级政府，给予相应的补偿。

2021年11月，一场特大暴风雪过后，村里马上雇用大小三辆铲车及时清理村内道路积雪，党员干部包干到组，确保有人居住的地方道路全部打通。韩金书记第一个来到张素文家，帮助独居老人清理院内积雪，两位书记同"三委"班子逐一走访全村尤其是脱贫户，发现戴钦凯家的猪圈、赵乃复家的羊圈被雪压塌了，便及时上报上级，为他们申请一些补偿资金。

广场建成了，跳舞的队伍多了，却常为争地盘打架，盖书记得亲自给他们画线，协商确定跳舞的时间和地点。

药王庙旗杆上的升旗绳断了，监院照开找到盖书记帮忙，没问题，找人帮她们装上。

广场的夜晚灯火通明，傍晚全村大部分村民前来休闲娱乐，这是"三委"班子宣传崇尚科学、勤劳致富的最好时机，走进群众中，号召大家用自己的双手，创造美好生活……

疫情来袭，领导全村共同抗疫，对于基层党支部来说既是一场舍生忘死的攻坚战，又是一场艰苦卓绝的持久战，冲锋号已经吹响，南穆家村党总支部闻令而动、雷厉风行。他们多次召开会议，统一思想认识，提高政治站位，动员全村广大党员要行动起来，充分发挥共产党员的先锋模范和战斗堡垒作用，打赢这场全民抗疫的人民战争。全村党员一起严防死守，组织各村民组长带队入户排查，对省内外返村人员按规定居家健康监测，并指定专人监督，发现问题立即上报，有力地阻断疫情传播渠道，为村民构筑了一道坚固的生命健康安全线。

"沧海横流，方显英雄本色。"他们平时严密的网格化管理此时发挥了巨大作用，谁家户在人不在，谁家人在户不在，谁家有人出远门，网格员了如指掌，8次核酸检测人数达11768人次，几乎零遗漏。第8次核酸检测笔者就在现场，村委工作人员扫码登记采样装管井然有序，村民间隔一米按部就班，老村主任盖余坤也排在队伍里，那种有条不紊的状态让人绝难想象这是在农村，这是一群农民。中午每人一盒盒饭，饭后，工作人员到行动不便的村民家中采样，到封闭的企业去采样，晚上他们工作到7点半，准确无误地完成了统计工作。

驻村书记韩金全力协助总支书记盖金国跑卡点，购物资，统筹协调，查遗补漏；副书记沈恩凯在高速公路口现场办公，每天坚守七八个小时，一次次贴封条，亲自接送进村送饲料的货车，忙得脚不沾地；民兵连长张贺程、经管员金华、妇女主任李桐桐二十多天没回家，坚守岗位；六七十岁的老妇女主任张连芬和老治保主任王威也在核酸检测现场帮忙……

还有镇政府包村工作组组长马菊，她精通金融业务，谙熟各种农村政策，有丰富的基层工作经验，对南穆家村各项工作的开展起着举足轻重的指导和监督作用。盖金国说，有她坐镇，我们招商引资、土地确权、精准扶贫、秸秆利用和环境整治等各项工作就不会跑偏，她在，我们心里就有底，她是我们南穆家村的定海神针。抗疫中，她同样积极指导，8次核酸检测，她都亲临现场，协调帮助，和大家一起完成采样、统计等各项工作。

在疫情防控战役中，党总支书记盖金国带领全村85名党员自愿捐款9100元，用于购买防疫物资。广大党员干部及志愿者全力以赴，栉风沐雨，迎难而上，让党旗始终飘扬在疫情卡点防控第一线。

全村同心抗疫时，景玉芹跟儿媳妇商量说："国家这么艰难，给我们保护得这么好，看我们的村干部这么辛苦，真的让人又感动又心疼，我不是党员，但我想捐赠政府5000元，表表我们的心意。"全家人一致同意，他们说，就算代表老百姓吧，他们真的太忙太累了。

就像群众说的，他们确实太累了，太忙了，但所有的累都不是为自己，所有的忙都是为百姓。群众的眼睛是雪亮的，他们用自己的付出和行动赢得了百姓的信赖和爱戴。有人说，盖书记哥哥盖金保是开货车的，村里那么多工程却从没用过哥哥的车。也有人说，两位书记为贫困户争取那么多资金却从没收过贫困户的一分钱、没抽过他们一盒烟……上级领导也给予了他们很高的评价。

主抓农业的副镇长崔旭说，在南穆家村，所有政策的贯彻实施都没有障碍，他们村班子有极强的组织力、凝聚力。

镇长崔广大说，南穆家村是我们镇17个村的领头羊，在全县也是首屈一指的。"三委"班子成员积极性高，工作务实，各项工作都能及时推进，几乎每项工作都能成为全镇的典型，文化管理、为民服务尤其是精准扶贫等各项工作都能倾尽全力，村里各项活动开展得有声有色。一个村有一个敢定事敢顶事敢作为的好书记，就是一个好家长，是百姓的福气，也是我们上级政府的福气呀。

穆家镇党委书记孙传斌自豪地说，南穆家村基础并不好，遗留问题很多，曾经是有名的告状村，老百姓思维活跃，不好管理……这些年"三委"班子团结协作，长期坚守在岗位上，他们的党建、维稳、网格、秸秆焚烧等各项工作都走在全镇的前列，尤其在疫情防控工作中充分发挥了支部的战斗堡垒作用，现在的南穆家村真的是风清气正，美丽和谐！2021年，他们是全县199个村中唯一的省级优秀基层党支部。

为群众诚心诚意办实事，尽心竭力解难事，坚持不懈做好事，南穆家村党总支部做到了，他们用实际行动诠释了"权为民所用、情为民所系、利为民所谋"的真谛。

2021年1月，村委会在镇党委政府的领导下，在全村百姓的支持下，依法推进，严格把关，按程序操作，选出了村民满意的新一届村支部、村委会成员，顺利完成了"两委"班子的更新换代。新一届班子平均年龄比上一届年轻了11岁。他们个个家境殷实，他们说做这个村干部不是为了微薄的工资，那还不够他们家庭收入的零头，他们和盖金国一样，有钱了，帮帮那些走在后面的乡亲，为家乡做点更有意义的事情。实践证明，这一届班子思想更先进，作风更迅捷，是一个有朝气、有活力、能创新、能守成、能打硬仗的团结战斗的集体！

采访结束了，迎着和煦的春风走在杨柳河堤坝上，盖金国指着脚下鳞次栉比的房舍，无限憧憬地说，再用几年时间，这里将有一个真正的全民合作社，大片土地机械化耕作；我们还要发展庭院经济，让每一户人家屋前有树，院里有菜，路边有花；我们还要把杨柳河打扮起来，让这里变成十里画廊；我们还要解决养老问题、要建立儿童教育基金……听着他无限深情的描述，我知道，我的故事永远说不完，望着坝下秀美的村庄，我仿佛看见，盖金国正带着他的团队、他的乡亲走向和谐，走向富庶，走向希望的田野……

草莓的味道

王　翔

太阳的光芒照耀在刘二堡镇前杜村黑油油的土地上，处处可见的草莓大棚，像童话中蛰伏在黑土上的玻璃房子，一座连着一座，它们坐南朝北，晶莹透明，用于保障阳光照射、室温稳定的帘子，或卷上去，或降下来，半阳半阴，半明半暗。

这就是全国著名的"草莓小镇"——前杜村百姓富庶幸福的家园。

草莓，被称作是水果中的"皇后"。

在前杜村1万平方米的文化广场上，耸立着偌大的草莓雕像，设计惟妙惟肖，向人们彰显着"草莓小镇"的创业精神和村民对红火、甜蜜生活的不懈追求。

在阳春三月习习的寒风中，站在高耸的"草莓"面前，我仿佛嗅到了鲜红草莓的香甜味道，看到了村"两委"带领群众创造甜美生活的足迹……

草莓茁壮成长的漫长历程，最终成就了"皇后"的诞生。

一

关于刘二堡，有一个古老的传说。相传有个叫刘普的农民，最初在此开荒，后生两个儿子，定居后，故名刘二堡。后来，山东、山西、河南等地的农民又纷纷前来，刘二堡才发展至今。

走进刘二堡镇前杜村，第一眼就会看到高大、雄伟雕有"前杜新村"字样的仿古牌楼。前杜村位于刘二堡经济特区南部，南邻运粮河，北靠南沙河，兰唐公路从村里穿过，这里原是个地势低洼、十年九涝的著名贫困村。

"骡马高吊车晒轴，老头伤心小伙愁，一日三餐喝不上粥，大姑娘含着眼泪往外流"，是那一时期人们生活窘境的真实写照。前杜村全村人口660户，常住人口1650人。全村土地面积6500亩。

这是一个地上无厂，地下无矿的偏僻地区。当地人管前杜村还叫"南大洋""杜家洼"。因为过去，每逢雨季，整个刘二堡的水，统统流向这里，小雨小灾，连雨重灾，村里人戏称："刘二堡的蛤蟆撒泡尿，前杜就要发大水。"20世纪六七十年代，粮食每年亩产只有几十斤，社员工分每天只有8分钱。

这里吃粮靠返销，花钱靠贷款，是个著名的光棍儿村。那时的生产队还没有解散，被称为"穿胶鞋的老书记"的党支部书记王绍普，带头发扬前杜村人那种战天斗地，百折不挠的精神，带领着乡亲们干在先、走在前。他们挖条田，开水田，兴建排灌站，同时，垦荒造地、改造苇塘，大搞农田基本建设。乡亲们增设了大功率水泵，增加泵站机组，增强排灌能力。1987年，前杜村干旱，王绍普三天三夜没敢合眼，亲自在电井泵房监督。晚上，还要拿着手电筒挨个池埂查看，检查各家上水的情况，由于疲劳过度，竟一头跌进了1米多深的水里。

党的十一届三中全会以后，老书记继续带领大家降"内涝"、刨穷根，这样一干就是十年。我们现在所看到的大片水田，就是前杜村人当年治水治涝、一锹一镐、一担一担地挑出来、刨出来的。在1985年，前杜村终于迎来了第一个大丰收，祖祖辈辈靠玉米、高粱糊口的庄稼人，第一次尝到了大米饭的滋味。

"要想富，先修路"。但在刚刚解决百姓温饱的情况下，村集体在人力、财力上还都十分匮乏，还是老书记王绍普率先喊出了："向共产党员看齐"的口号。路修到哪儿，就把党旗插到哪儿。他自己以身作则，开着自家的农用小四轮，运送修路材料，并且自己亲自装卸。

现任党委副书记翟福存向笔者介绍说，1992年，前杜村党支部的同志们就经常坐在一起，参照富裕村的经验和做法，深入研究前杜村今后的路该往哪儿走？怎么走？最终确定了除了拔苇除草、改良土壤之外，还应瞄准城里的菜篮子，搞"设施农业"也就是建大棚，种蔬菜的发展方针。

前杜村紧靠兰唐公路，距鞍山仅20公里。于是，依仗着这一便捷的交通条件，在党支部的组织带动下，乡亲们开始大力发展村里的设施农业，搞"反季节蔬菜种植"，兴建大棚，种植黄瓜、芹菜、茄子、西红柿等经济作物。

过去，种蔬菜的大棚都是农民在自家的小院，用几根竹竿建成的。为了顺利引导大家由庭院经济走向大地经济，鼓励大家在更大的空间里发展设施农业，在村党支部的策划下，农民们决定打破常规，推陈出新。现任村会计王熙郁说，在土地承包时，由原来的按南北垄承包，一律改为按东西垄承包，由此扫清了设施农业发展的最大障碍。等到秋收后一算账，大棚所创造的利润，使农民的收入，一下子翻了五番。这个时期，前杜村成为远近闻名的蔬菜村，产品不但覆盖东三省，还远销俄罗斯和韩国。

前杜村如今的生活，能够像草莓一样红火、甜蜜，最终靠的是什么，村民们的回答是："靠党支部，靠好的带头人，依靠党的好政策，带领大家建设新农村，让我们走上了共同富裕之路。"

二

2012年，老书记王绍普光荣退休，原村支部委员王绍永担起了村书记的重担。王绍永承前启后，良弓无改，继续发扬前杜人"敢闯、敢试、敢为人先"的"闯"字精神，带领全村农民，为早日摆脱贫困、走向富裕而发奋努力探索。

一次，王绍永去丹东考察，偶尔发现草莓的种植效益非常好。草莓，又称水果中的"皇后"，营养丰富，市场前景十分可观。回村后，王绍永马上组织发动大家建大棚、种草莓。起初，绝大多数村民一是因为不懂草莓种植技术；二是因为没看好草莓的市场前景而对王绍永持怀疑态度。王绍永就自己贴钱为大家"保底"。王绍永带头投资，一下建起了30个草莓大棚。当时要建一个大棚，成本就需要8万元，为了鼓励大家种植草莓，王绍永提出，凡是参与大棚种植草莓的人只要投资3万元，大棚就归个人，生产出来的草莓，王绍永负责包销，同时还无偿提供种植技术指导。这下老百姓就放心了。等到建大棚、种草莓的第二年，王绍永又提出，凡参与大棚种植草莓的人，他负责做银行担保，为每家种植户联系贷款，银行利息由王绍永支付。等到了第三年，王绍永还负责联系银行担保。就这样，一步一步，王绍永硬是把村民拽上了草莓种植这条致富路。

无农不稳，无商不活，无工不富。早在1992年，王绍永就领着几个村民在前杜村，点起了第一把炉火，创办了前杜村第一家钢铁企业，扛起了工业强村的大旗。因为这里距鞍钢很近，办厂之初，他发动全村百姓的十亲九眷来厂帮助。2003年，王绍永创建了辽阳市轧钢厂，并投资1000万元，建起了6万kV的变电所，2007年又投资2000多万元，开发了连铸连轧技术，大大地提高了生产效率，带动了辽阳市成为远近闻名的建筑钢材的生产基地。2010年，他毅然决然地淘汰了520生产线，引进了一台世界领先的18架平立交替无扭轧机，实现了轧钢的全自动化。2012年，他又把辽阳市轧钢厂、辽宁新运钢铁有限公司、辽宁久天钢铁有限公司、辽宁德胜钢铁有限公司、辽阳信德钢铁有限公司等5家钢铁企业进行整合，联合组建了"辽宁前杜实业发展集团"，使其成为一家年可创产值28亿、纳税5亿元的辽阳县民营企业的巨头。2013年，辽阳市轧钢厂积极响应全市钢铁企业产业转型升级的号召，投资10亿元，新上了年产100万吨的大型铸件项目。2016年，新增产值30亿元，新增就业2000多人。尽管这5家公司作为集团的独立分支法人单位，经济相对独立，但集团可以为各家公司提供创新技术，5家企业使用统一商标，这无疑提高了集团公司的竞争力和知名度。

2003年，在企业的多次提议下，他们成立了前杜村"村企共建"领导小组，建立了村企互助制度和新农村建设长效机制，并结合本村特点，探索出一条"企业+村委会+村民"的模式和自建之路，也就是企业出资、村里出力，村委会承担协调和组织工作，村民自愿出工。这样，既为企业创造了良好的投资和工作环境，又为村民创造出良好的生活环境。辽阳市轧钢厂先后投资10亿多元，帮助前杜村发展生产和公共事业。2006年，辽阳市委、市政府借鉴辽阳轧钢厂和前杜村的先进经验，举行了全市"村企共建"启动仪式，在全辽阳市进行推广，把新农村建设推向高潮。

"火车跑得快，全靠车头带"。2010年，前杜村成立了党委，现有党员160名。前杜村的发展，起初凭借王绍永自身企业的不断壮大，他不忘农民本色，不忘对家乡父老的回馈，持续为村集体发展注入资金。如今，前杜实业集团五家企业共同参与村企共建，展现了"村企共建"在基层农村从生根发芽到茁壮成长的全过程。

经济是一种竞争经济，前杜村经济的发展也同样面临着日益多元化的市场主体竞争，他们深深地体会到，技术和人才是确保竞争力的关键，只有在发展过程中，不断探索、不断学习、不断提高并不断更新自我，才能始终立于不败之地。

前杜村之所以能在激烈的竞争中不断发展壮大，关键的一条是重视技术更新和人才培养。2013年，前杜村从东北大学聘请了20多位专家，正式成立了"辽阳市东华钢铁新技术研发中心"，进行炼钢、炼铁项目的升级改造，先后开发出了链条运输、移动除尘、机器人下料、自动穿水冷却和热送热轧等行业领先技术。

现代农业是规模化生产和专业化经营相结合的农业。2009年，前杜村开始大规模种植草莓，随着生产规模的不断扩大，本村的土地难以满足需求，土地供应不足的瓶颈问题亟待破解。为了推动农业规模化和产业化，前杜村党委经过深入调查研究，创新性地采用了"土地双流转"模式，破解了农业城镇化发展的瓶颈，改变了传统的农业生产方式：即先成立辽阳县亚新合作社，把农民的土地流转到合作社，再把合作社的土地流转给农民。通过"双流转"模式成功实现了农户分散土地的集中流转和发包，最大限度地提高了土地的使用效率。在该模式的运转下，前杜村合作流转土地达8000亩，打造了万亩连片的设施农业产业集中区和辽宁最大的优质草莓采摘园，提高了草莓的品牌效应，增强了竞争力。

同时，前杜村还出资建设辽阳亚新农业设施加工有限公司，研发出一套新式大棚骨架，探索出一条工业反哺农业的新路子。公司生产了专业大棚骨架——"辽沈Ⅲ型"，该产品已荣获了国家专利。老式温室建设周期长，使用周期短，而且是一次性投资。而新式温室可拆装移动，安装快捷。采用热镀锌钢结构，防腐性强，抗压能力大，举架3.8米，采光好，采用无支撑设计，便于种植户耕作和种植。同时，新式大棚属于固定资产投资，农户贷款还可做抵押，这无疑又化解了种植户融资难的大问题。

从2015年，前杜村开始通过流转方式，从周边村获得5000亩土地，从而实现万亩草莓种植园的发展目标。

万亩草莓种植园统一建设、统一品种、统一管理、统一销售，村民的种植效益获得明显提高。不仅如此，为了延长产业链，前杜村还投资1000万元，修建1万平方米的冷储库，建起了3000平方米的果菜深加工厂。并新上马了从鲜储、冷藏、包装、脱水、榨汁，到饮料加工、酿造、罐头制作装备精品包装、饮品制造、干品制作三条生产线，前杜村自己开发出了草莓罐头、草莓汁，同时还开发了草莓茶饮料。提高了产品附加值，增加了农民就业。在设施农业的发展过程中，前杜村十分重视新技术和新品种的引进和培育，先后与沈阳农业大学和熊岳农学院、辽阳市科协等单位合作，引进草莓种植培训新技术，每年都有农业技术人员到村里进行设施农业的教学和指导。

这是前杜村人的大举措、大智慧。

为了扩大前杜村草莓在全国的影响力，2016年，前杜村申办了全国草莓节，由一个村来承办全国草莓节在全国还属首例。当时，全国30多个省份的相关代表，出席了本次盛会。草莓文化节上，前杜村展出的各种草莓品种琳琅满目，久久草莓、白雪公主、艳丽草莓、香野草莓等，这些品种色泽光鲜、甘甜可口，形成了集草莓的育种、育苗、粗加工、深加工和观光旅游等于一体的产业链条。前杜村的"京藏香"草莓还荣获了本次草莓节金奖，这一品种属国内自育。在此次草莓节活动中，前杜村一举囊括了12项大奖，声名鹊起。"北京市农林科学院草莓新品种新技术示范基地"在前杜村正式揭牌，中国青年旅行社与前杜村还签订了旅游合作协议。

"我要用我的毕生精力，改变我的家乡，让村民过上幸福的生活。"王绍永是这样说的，也是这样做的。

前杜村党委下设5个党支部，其中4个是非公有制经济组织党支部，2021年刘二堡镇党委还批准成立了辽阳县亚新种植专业合作社党支部。辽阳市轧钢厂支部作为全辽阳市首个民营企业支部，也是最早获得优秀基层党组织称号的非公支部。

在村党委带领下，前杜人靠着解放思想、与时俱进、敢为人先的"闯"字精神，在一穷二白的基础上，从庭院经济走向高效设施农业，由小轧钢厂变成了现代钢铁企业，将草莓采摘升级为草莓小镇旅游产业。截至2020年年末，社会总产值突破80亿，较改革初期翻了30多番。形成了工业为主、农业和第三产业协调发展的经济结构，奠定了工业反哺农业、农村工业化与新型城镇化良性互动的发展格局。

在辽宁省新农村建设功勋表彰大会上，王绍永说："我是个农民，我的梦想就是改变家乡的面貌，人人住高楼，家家有汽车，过上天堂般的生活。"

如今，前杜村全村772名农民搬进了11栋总面积为8万平方米，建筑高度分别为17层、24层的居民楼。入住新居的村民均享受"两赠三免"优惠政策，即底层赠地下室，顶层赠阁楼，免自来水费、取暖费、燃气费。他们建立了村里自己的净水厂，利用轧钢厂的余热安装了取暖设配，实现了整村拆迁就地城镇化。"前杜新村"的居民还享有以下高标准的福利待遇：60周岁以上村民每月享有800～1200元养老金，村民新农合集体负担150元；学生从幼儿园到大学学费由村集体承担；村民就医除需个人承担的1万元外，其余部分由集体核销。

在村企共建过程中，企业支持村里的发展，村民和村集体感同身受，他们也通过各种形式配合着企业的不断发展壮大。村民自发组建巡逻队，保护企业的财产安全、为企业建言献策、配合企业征地、对企业党建全面推动等，特别是配合企业流转土地方面，以草莓种植为主，同时实现果菜深加工，打造了前杜村可持续发展的新框架。

前杜村的发展离不开村企共建的经济基础，更离不开党建带工建、带团建、带社会综合治理、带精神文明建设的党建创新。多年来，前杜村党委以党建工作为统领，建立起党建促各行业振兴的发展模式。村党委把支部建在小组，建在企业，建在生产合作社。征地动迁、土地流转、硬化墓地清理工作中，村党委和党员牵头，组成党员拆迁工作队、土地流转工作队，要征地先征自己的，要流转先从自己家开始流转，要清理先从自己家清理。党委和党员充分发挥了先锋模范作用，在提升党员队伍整体素质上，坚持"三会一课"制度，每月组织党员学习活动，践行"两学一做"，落实"五包五促"及精准扶贫等工作，每年组织全体党员、村民代表、入党积极分子到外地参观学习，重点学习先进的新农村发展和建设的新经验。

前杜村党委以党建为统领，不断推动各项事业发展，取得了骄人的成绩。在党建方面，注重党员队伍的培养培训，固本强基，有计划、有目的考察外地基层党建工作先进经验，通过考察和社会实践，提高了全村党员的政治素养，实现从思想统一到实践创新的转变，从而加大"新鲜血液"的培养培训力度。目前，村党委每年都能收到上百份"入党申请书"，使党组织更具有战斗堡垒作用。

加强制度建设，创建学习型党委。前杜村党委坚持党员的"三会一课"制度不放松，并结合村里实际，定期开展党员学习教育活动，建立党员学习档案及党员学习考核机制，评选党员学习模范。他们利用村文化宫、小镇客厅、休闲广场，丰富党员学习活动；推进民主建设，保障党员的民主权利，不断完善民主考核激励机制，保障全体党员知情、知事、知理的民主权利，参与党建的全过程，让前杜村党组织始终充满着生机与活力，助力乡村建设，共奔小康之路。

强化宗旨意识，服务群众"最后一公里"。村党委始终以建设服务型党委为己任，发挥党员模范作用，把村便民服务大厅和老年娱乐活动中心作为党和政府连接人民群众的桥梁和温暖民心的幸福驿站，通过这个驿站，听民声、解民忧、办实事，解决实际问题，打通服务群众的"最后一公里"。党建工作强了，人心凝聚了，村里的发展就更上一层楼。村党委还经常组织党员学习活动，宣传贯彻上级党组织精神，每年还要组织全体党员、村民代表、入党积极分子到外地参观学习，去老区以及革命圣地重温党的发展史和新中国的革命史，武装了头脑，开阔了眼界，推动了村里各项事业的开展。

目前，前杜村的农民实现人均纯收入3.50万元。前杜村先后被授予全国文明村创建先进单位、全国绿化小康村、全国优秀基层党组织、全国十佳小康村、全国一村一品示范村、全国十大最美乡村、中国美丽休闲乡村等荣誉称号。2021年7月，前杜村原党委书记王绍永还荣获全国优秀共产党员荣誉称号。

近年来，前杜村不断夯实党建工作基础，审时度势，搭草莓台，唱经济戏，念旅游经，推动乡村经济高质量发展。成功地创造了以工业反哺农业的村企共建模式；美丽乡村建设的农村城镇化模式;惠及村民福祉的社会公益保障模式。体现了前杜村人的巨大智慧,更是前杜村党委带领全村人民不忘初心、砥砺前行、振兴发展取得的奋斗果实。

亚新种植专业合作社理事长李成伟向笔者介绍说,目前,公司不是以营利为目的的,而是以服务为主,所有的项目资金都来自共建单位——前杜实业集团的无偿资助。为了带动300多户农户种植草莓,每年需要上千万的资金投入。合作社的技术人员,随叫随到,无偿给种植户提供技术服务。

前杜村发展的每一步都得益于党的富民政策,得益于党组织的坚强领导。前杜村党委以党建带工建、带妇建、带团建,形成了一个个战斗堡垒、一面面飘扬的旗帜。如今的前杜村,凝聚发展共识、主动想事、积极干事蔚然成风。在前杜人心中,村里的事就是大家的事,发展是主调,幸福是和弦,大家心往一处想,劲往一处使,形成推动前杜村向前发展的不竭动力。在头雁的带领下,前杜人一步步实现产业兴旺、生态宜居、乡风文明、治理有效、生活富裕的乡村振兴目标。

"村企共建"结出了丰硕成果,前杜村现已成为"国家级村屯绿化工作示范村""辽宁省精神文明标兵村""辽宁省新农村建设试点村""党建先进村""绿色小康村""全民健身先进单位""一村一品先进村""2016全国最美乡村"。王绍永也先后被评为"辽阳市乡镇企业家""优秀共产党员""特等劳动模范""十大公益人物""道德奖章获得者""辽宁省优秀乡镇企业家",并当选为辽宁省党代表、辽阳市人大代表,

前杜村的名气越来越大了,而后又与经济发展相对滞后的后杜村进行了合并。

三

超前意识和忧患意识使前杜村的每一次大发展、大繁荣都不是

出现在经济滑坡阶段，而是因为居安思危，较别人快半步，始终成为中国农村经济发展的先锋。

2021年，秉承老书记王绍永的打造旅游强村，让年轻、有学识、有干劲的同志挑大梁的理念，苏娜等组成了前杜村新一届强有力的领导班子。新一届领导班子的成员们继承着"与时俱进，敢为人先，崇文厚德，自强不息"的创业精神，在新的起点上，带领全体党员开拓前杜村的新局面。

苏娜，原籍鞍山，家里原是做进出口贸易的，后嫁到前杜村。婚前，苏娜家里条件十分优越，恋爱期间，就因为男方家境较差，曾遭到自己父母的坚决反对，但草莓一样甜美的爱情最终还是生根发芽结了果，她和丈夫也先后有了两个宝宝。一次，她陪丈夫回前杜村，参加村里举办的"百家宴"活动时遇到了王绍永，了解了苏娜的现状后，王绍永又通过苏娜的婆婆，找到了苏娜，并婉转地透露出打算聘请苏娜出任前杜村旅游公司总经理的想法。

整村城镇化以后，前杜村党委立足高标准建设花园式宜居小区的设计理念，为小区配备了集中供暖和集中净化水设备，配建了幼儿园、超市和保健站等服务设施，组建了专业负责安全、消防和环境卫生的服务队伍，发展绿色产业，不断升级文化和休闲设施，打造了与农村自然环境和谐相融的草莓小镇景区。

苏娜是鞍山人，自己又多年经商，广结善缘，见多识广，聘请她负责前杜村的旅游工作，应该是一个不错的选择。得知老书记的想法后，风风火火的苏娜也抱着试试看的态度，把这项工作当作一次进修，一次深造，在跟丈夫商量后，第二天，苏娜就走马上任了。

当时的前杜村，没有任何现成的旅游资源，连一家像样的酒店都没有，苏娜就从村里每年一次的重阳节、招待全村老年人的宴会开始，这就是后来的"前杜大酒店"前身。这里原先是一个草莓的储藏车间，四周的墙壁经粉刷后焕然一新，苏娜还四处聘请名师，定制桌椅，购置各种设备，终于在活动当天，圆满完成了村党委交办的任务。紧接着，她又组织举办了当年村里的"正月十五闹元宵"文艺晚会。苏娜发现，正月十六、正月十七、正月十八，连续几天，许多外地人仍然聚集在前杜村，人流仍然特别旺盛。以一个驰骋商场多年的过来人的敏锐，苏娜感觉到，前杜村目前的游客并不是来观赏文艺节目的，而是青睐前杜村的大环境的，这无疑是一个前杜村大力发展旅游的良好契机。于是她随即在前杜村推行了"幸福服务"系列活动：在前杜大酒店开设了"烤全羊"特色餐饮，后又在幸福湖喂养了大量池鱼，改造了音乐喷泉。在幸福湖上增设了"灯光秀"。沿着湖畔，还增设了特色烧烤，兴建了户外的儿童乐园，同时与专业餐饮企业合作，开设了"前杜村夜市"小吃一条街。因为是在农村，又没有门票，另外没有城管等部门的诸多限制，所以"前杜村夜市"开业期间非常火爆。夜市中随处可见"浇汁鱿鱼""烤肉大串""云南桂花糕""正宗骨汤老式麻辣烫"等招牌小吃，夜市一开业就吸纳了20家有经营资质的商贩，夜市的小吃品种丰富，口味齐全，琳琅满目。为了使游客在前杜村不但吃得好，玩得好，还能住得好，他们兴建了富有地方特色、古色古香的大量民宿，分别叫作"李家大院""青年点"和"三队"等，后因供不应求，又兴建了大量蒙古包。每到夜晚，华灯初上，幸福湖畔，游客们围绕着熊熊篝火，尽情欢乐，载歌载舞。

草莓从每年11月下旬开始产果，可以延续到第二年的"六一"。漫长的冬季，只有草莓一果独鲜，一枝独秀。抓住这一特点，苏娜开展了"踏雪寻莓"系列采摘活动，同时成立了草莓研学基地，在游客中开展了草莓从育苗到成长全过程的"亲子"教育活动，受到了游客们的一致好评。

如今，每逢节假日，旅游大巴满载全国各地慕名而来的游客，登福寿山，摇网红桥，赏音乐喷泉，看精彩演艺，上玻璃栈道观鸟，去党建馆参观，到采摘园吃草莓，坐在酒店里品味草莓宴……将农业与旅游相结合，给全村带来了人流、物流。因投入小，门槛低，200多户村民参与经营商铺，其他村民也全部参与到旅游管理服务中来，三产多元化造血机能已经初步构建。

已完工落成的文化广场面积达1万平方米，在园林式的文化广场旁，建有户外游乐场和露天大舞台，大舞台对面，建起了高级幼儿园，幼儿园门前停靠着校车。

拥有1200平方米演出大厅的文化宫，配备高级音乐灯光音响，采用电动座椅，这里可以做展播平台，可以宣传前杜村，宣传前杜村的特产，还可以举办展览会。他们组建了村里的文艺宣传队，每年都由村党委牵头，举行"庆元宵，迎双节，庆丰收"文艺盛会。他们发现人才，培养骨干，培养村里自己的文体骨干，组建了农民民乐队、女子舞龙队和农民篮球队。除了"庆元宵，迎双节，庆丰收"文艺盛会和"元宵焰火文艺联欢会"，其他节日里，还有"三八妇女节"文艺晚会、"九九重阳节联欢会"等活动，让劳动之余的广大农民自发走上舞台，走进赛场，带着他们自编自演的精彩节目走向观众，他们说，咱的节目跟城里相比，更有文化味、泥土味、人情味。丰富多彩的文体活动，提升了村民的幸福感，促进了社会和谐稳定。

杨柳依依，碧草茵茵，幸福湖畔，悬挂着草莓形状的一排排灯笼，500米画廊和道德文化长廊上，回顾了前杜村的昨天、描绘了前杜村的今天、展望了前杜村的明天，无声地倾诉着前杜村今非昔比的奋斗历程。

太阳岛、百鸟园遥相呼应，商业街上建有超市、保健站、美容美发店和灯光球场，每年这里都要举办"村企篮球友谊赛"。所谓的大美乡村，最美的还是村民们脸上荡漾的笑容。

前杜村党委采取教育引导、道德示范等综合方式加强精神文明建设，开展新时代文明实践活动。通过"十星文明户"评比、"党员星级"评定、"党员致富带富"工程、网格化管理、"学雷锋青年志愿者服务"等主题实践，全体村民道德素质和文明素养显著提升。通过开展"善行义举榜""好人榜"评选展示活动，前杜村涌现出王绍广、翟福纯、王熙玉、王丽芹等一大批爱岗敬业、勤劳致富、乐善好施、团结互助、孝老敬亲的先锋模范，为提升草莓小镇旅游服务品质打下了良好基础。

前杜村党委注重创新社会治理，把村务风清气正、村民安居乐业作为始终不渝的追求目标。发挥党组织优势，认真落实"四议一审两公开"制度，制定《村民自治章程》，实现党务、村务、政务、"三资"管理全公开，切实保障村民在民主管理中的话语权。并成立村民议事会、道德评议会、禁赌禁毒会、红白理事会，依靠"一约四会"参与村民事务的调解、监督与服务，形成了困难不出户、矛盾不出村、坏事有人管、好人受褒奖、学法守法不违纪的清风正气。

村民葛长平原是村里的贫困户，一家5口挤在只有40平方米的小房里，儿子到了婚龄也无人提亲，村里统一规划改造后，他家分到了80多平方米的楼房，儿子也结了婚，家里不仅有蔬菜、草莓大棚，还开起了超市，小日子过得红红火火。

前杜村党委还开展了"好公婆、好儿媳、好邻居"评选活动，积极培育讲正气、促和谐、知荣辱的良好风尚，好儿媳宋艳华十几年如一日，照顾瘫痪的婆婆，每天喂饭、按摩、洗漱，上了村里的好人榜。

王丹是前杜村的村民，凭着对养殖事业的不断探索，成为生猪养殖的行业能手，她通过举办专业技术培训班和编发小册子等形式，把自己宝贵的生产经验、经营经验毫无保留地传授给周边村民和外地群众，扶持了村里15个养殖户走上致富之路。

前杜村党委还注重建设公共文化服务阵地，开展不同主题活动，借助农民画、中华诗词、鼓点舞、大秧歌等本地优势文化资源，推动形成良好的道德文化氛围，围绕践行社会主义核心价值观，广泛组织形式多样、群众喜闻乐见的文化活动，达到"环境美"与"心灵美"的统一。

村党委是引领前杜村发展的核心力量，始终不渝地抓好思想建设、组织建设、队伍建设、合作社建设、企业支部建设。在企业发展、环境治理、旧村改造、土地流转等事业上发挥了先锋模范作用。在便民服务中，有"党员先锋岗"；在设施大棚中，有"党员示范户"；在前杜村的大道上，有"党员先锋路"……

为了改变村民传统的生活习惯，鼓励大家走出家门到健身广场健身，激励大家完成从村民向市民的转变，前杜村的共建企业每天向参加晨练的村民发放一袋牛奶，最多的一天竟然发出300多袋。村民搬入新居，村党委成员带头，不搞大操大办，没有一户摆酒请客。同时，村党委还依托村里文化墙这一宣传阵地，对村民进行村民公约及文明行为教育。

前杜村没有低保户，无一例治安案件，无一例上访案件。

如今，村民们有的经营草莓大棚发展设施农业，有的经营实体发展工业，有的在夜市经营商铺发展服务业，剩下的或者在景区服务，或者在工厂、家庭农场务工，实现了全民就业。2020年，前杜村三产融合、三业兴旺，村民家家有存款，户户有汽车，过上了连城里人都羡慕的富裕生活。眼前的前杜村，企业蓬勃发展，夜经济绚丽多彩，旅游采摘业全面振兴，通过村企共建和党建创新，已初步实现乡村振兴道路上的共同富裕，初步实现了"农业产业化、工业规模化、三产多元化、生活城市化"。人人住高楼，家家有汽车，眼前这一切，距离前杜人心中的梦想更近了！

前杜村现已被评为国家"AAA"级景区。

现已接任村党委书记的苏娜告诉笔者，接班后她始终感觉工作压力很大。一上任，第一件事就是带领村民共同战胜雪灾，实现生产自救。平日里，她没有星期天，没有节假日，因为工作永远是第一位的。苏娜说："没有文化的旅游是没有灵魂的旅游。"下一步，他们将不断充实前杜村旅游的文化内涵，建设草莓文化博物馆，发掘草莓文化。同时，向国内优秀的旅游胜地虚心学习，瞄准全国的旅游市场。只有埋头苦干，才能更好地陪伴着前杜村一起成长，向老百姓交出一份让人满意的答卷。

前杜村还启动了"互联网+钢材+草莓"物流中心建设，新兴业态将进一步扩大前杜村产品的知名度和市场份额。在村里便民办事大厅的南墙上，悬挂着"辽宁省农业科学院蔬菜研究所实验示范基地"的牌匾。前杜村，一个正在消失的村落，一个正在崛起的小镇。前杜村的未来不是梦，是风景如画的北方水乡，是富庶和谐的都市风情小镇。

明媚的春光下，在过去的一大片芦苇塘上，巴洛克风格的石廊和叠檐翘角的傣式凉亭在幸福湖中倒映如梦如幻。摇晃的秋千，坐着幸福快乐的老人。通往福寿山的隧道，棚顶都安装了彩屏。一到夜晚，这里绚丽多姿，光彩夺目，五彩斑斓。山上桃花飞瀑，穿梭在灯光秀"时光隧道"中，令人流连忘返。

良好的发展前景也吸引了本村的大学毕业生。2021年刚毕业的大学生宋洋，现已成为村企业人事部主任。辽宁大学毕业返乡的宋克利，如今已走上领导岗位，当上了前杜村钢厂的生产厂长，他告诉笔者："现在大学念完后，都愿意回来，为村里做贡献都有种自豪感，回流的大学生有三四十人了。"

走进前杜村的新型大棚，鞍山师范学院毕业后回村工作、现在前杜村旅游公司负责宣传工作的王冰对笔者说，之所以说它是新型的，是指大棚的温控、喷灌等一切调节都是自动的。像这样专供游客采摘的采摘园前杜村就有300多亩呢。

未来，前杜村计划兴建农业产业园和生态观光园，第三产业上要开发电子商务，建立物流配送中心。在公益事业上，继续办好一流的教育，一流的医疗，要把前杜村建设成为中国北方的华西村。

从草莓种苗脱毒培育、栽培、采摘销售到草莓汁、酱、脯、酒、茶的精深加工，实现全产业链的体系化和绿色无公害化，下一步，争取早日包装"前杜实业"新三板上市。

"鸡心"形的草莓，颜色如火。咬一口，白嫩的果肉，没有核。身上长满芝麻一样的绿籽，绿籽从舌尖滑过，给人一种细腻的感觉，甜中有些酸，演绎着鲜嫩和诱人。熟透了的草莓穿着红艳艳的外衣，宛如一颗颗深红的玛瑙，草莓的颜色，真的会令人产生许多联想。大棚的空气里弥漫着一种草莓香甜的味道。它们一个挨着一个，挂在一根根细细的绿茎上，从黑色的膜的缝隙中冒将出来，像一幅油画。

草莓是圆润的，果形饱满，鲜红欲滴。草莓又是香甜的，正如前杜村人民目前的生活，红火、丰富。正像草莓成长的过程，在不同层面的香甜中，还有一点点酸。

梨花深处

赵彦梅

我写下这个名字，是想告诉你，有一个小村庄，它的名字叫梨庇峪。梨，是梨花；庇，是庇护；峪，是山谷。顾名思义，梨庇峪就是坐落在山谷中的一个被梨花庇护的小村。单单从它的名字上，我们就可以想象出小村梨花盛放的浩渺态势和村庄山水悠然的风神。

梨庇峪依山傍水，大部分为浅山丘陵地带，地势东高西低，美丽的兰河从村庄缓缓流过。全村有590户，人口1850人，党员48名，是辽阳县寒岭镇下辖的一个行政村，坐落在寒岭镇的东南方向，东面与本溪市接壤，西面与寒岭镇九口为邻，南面与唐家村紧密相连，北面与蒿甸子村相依，总面积为2152公顷，其中耕地面积269公顷，林地面积1285公顷。

1961年以前，梨庇峪大队包括两个自然村，是梨花和梨庇峪；1961年，两个村分离，一个村子叫梨花，一个村子叫梨庇峪；2003年，两个村又合并，村名仍然叫梨庇峪。在分分合合中，梨庇峪一路走来，一天比一天亮丽多彩。2016年6月，梨庇峪被评为辽宁省美丽乡村示范村；2020年11月，梨庇峪被授予第六届全国文明村镇称号；2022年4月，梨庇峪被辽宁省人民政府办公厅批准为第五批"省级历史文化名村"。

一、梨花胜雪

每年谷雨前后，春风浩荡，春天的信笺上就写满了梨花的诗意。此时的梨庇峪是梨花的海洋，房前屋后、田头坡地，到处都是梨花的姿影。风吹过来，白色的梨花摇曳生姿，天上人间，万花参差，蔚为壮观。

梨花是春天的信使，以梨花为媒，赴一场梨花的约会。有的人拿出相机，对着梨花拍照；有的人拿出画笔，描摹梨花的琼姿；有的人调动多情的诗句，赞美梨花的脱俗离尘。在游人心中，梨花不仅仅是美丽的化身，更是一种精神象征。花下，三个一群，五个一伙，或流连不已，或静坐凝神。清晨，他们问候微澜的曙色；傍晚，他们追慕陶渊明的田园，拈花一笑间，牧童短笛的剪影在夕阳下缓缓滑落……梨庇峪的梨花渐渐出现在照片上、画作里、诗歌中……梨庇峪出名了，同时出名的还有梨庇峪的山菜、笨鸡蛋、笨鸭蛋、榛子、柞蚕、瑰花酒等土特产。

2017年，为了全面推进文化和旅游产业的融合发展，辽阳县以"文化为魂，以山水为基，以产业为根"，全力策划"梨花汇"黄金旅游热线活动。梨庇峪在"梨花汇"黄金旅游热线的地理位置上，是7个山区乡镇公路主干线上的重要组成单位。村"两委"紧紧抓住"梨花汇"这一千载难逢的机会，强化主体功能定位，谋划文化和旅游产业融合发展的战略布局。

"梨花汇"黄金旅游热线活动轰轰烈烈、如火如荼地举行，"梨花汇"给各个旅游景点带来的经济价值超过以往任何时间、任何形式的旅游效益。

新上任的村支部书记胡仲强坐不住了。2019年4月，他找到辽阳县旅游局领导，毛遂自荐："给我一个机会，我还你一个惊喜，请求领导把这一届'梨花汇'黄金旅游热线活动交给我们梨庇峪承办，可以吗？"

"精神可嘉，说说你们的实力吧。"旅游局领导说。

胡仲强拍着胸脯说："我们梨庇峪的梨树多，多到山坡谷底，随处可见；梨庇峪梨树的种类多，多到品种繁杂，能叫出名字的就有上百种。"然后他就如数家珍地数起梨树的品种："南果、尖把、花盖、山梨、山平梨、羊奶香、水红香、秋白、鸭梨、平梨香、早苏……"

"哈哈，好了，好了，我服你了，难道你还真要给我数出来100多个品种吗？今年的'梨花汇'黄金旅游热线活动非梨庇峪莫属。"局领导眉开眼笑地说。

胡仲强太高兴了，这可是一个扩大梨庇峪梨花旅游产业宣传的最好机会。

他意犹未尽，继续说："你可知道，我们梨庇峪的梨树都是天然野生的，树龄在百年以上的足足有2万株，二三百年的野生老树至少也有7000棵。"

旅游局的领导更笑了："我知道你的自信是从哪里来的了，相信你们。但你要记住一点，今年的'梨花汇'与往届不同，今年是中国共产党成立70周年，你一定要把这届'梨花汇'办成一个盛大的节日。"

胡仲强回来，把这个信息传达给梨庇峪人。这下可乐坏了梨庇峪人，也忙坏了梨庇峪人。村"两委"带领党员干部加班加点，制定预案，发请柬，发放传单，制作广告条幅，准备彩带、彩球、拱形门、搭建梨花观景台、请电视台记者，组织瑰花酒、榛子、茧蛹等梨庇峪乡村特色产品展销，开放村民俗馆，组织秧歌表演，排练歌舞、魔术表演等节目。4月26日，"新中国成立70周年暨'梨花汇'系列文化旅游活动"如期举行，活动时间持续到5月20日。在活动中，人们一边陶醉在梨花飞雪的视觉享受里，一边参加寻宝、制陶体验等活动。东北大秧歌、魔术表演等节目也赢得了观众的阵阵掌声。最终，活动共吸引外地游客1万多人次，征集以"梨花汇"为主题的诗歌上百首，照片206张。

本次"梨花汇"黄金旅游热线活动的影响力是巨大而深远的。

有的游客说:"梨庇峪的梨花太美了。"

有的游客说:"梨庇峪的瑰花酒太好喝了。"

有的游客说:"想不到梨庇峪还有这么深厚的历史文化积淀。"

有的游客说:"这是一个来了就不想走的地方。"

2019 年,辽阳县政府投资 5000 万元,在核伙沟景区修建木栈道、广场、凉亭、铁索桥若干处,打造核伙沟四星级景区。这样,去核伙沟的游人更多了,与旅游相关的产业更是蓬勃发展。

胡仲强书记想:"如果在梨庇峪也修一个木栈道,把它与核伙沟风景区的木栈道连接起来,借助核伙沟景区的旅游优势,发展梨庇峪的梨花旅游产业,该多好哇。"

他把这个想法在村"两委"会上提出来,与会者全都拍手称赞。

有人说:"这正是发展梨庇峪特色旅游产业的最好时机呀,胡书记真有眼光。"

还有人说:"胡书记说得对,两个栈道连接起来以后,核伙沟—梨庇峪,这就成了一条旅游热线了,梨庇峪的游客想不多都不行。"

统一共识以后,村"两委"利用镇政府拨出的专项资金,在梨庇峪梨花景观带修了 3.17 公里的木栈道,还修建了梨庇峪景区大门和停车场,打通了梨庇峪和核伙沟景区的旅游道路。这个举措,大大增加了梨庇峪的游客量,促进了梨庇峪相关产业的发展。

二、酒香小镇

梨庇峪的酿酒产业有悠久的历史。

"香飘神州白塔为壶,味醉辽东衍水流财。"辽阳才子、清嘉庆皇帝的老师、《四库全书》的编撰者之一王尔烈,品出了中国老字号千山酒的格调。然而有谁知道,1957 年,千山酒厂就选址梨庇峪,用甘甜、清冽的大泉眼水酿酒,1958 年,因受洪水冲击,才不得不把酒厂迁到辽阳市太子河畔。

好山出好水，好水出好酒。今天，梨庇峪的瑰花酒也是取天然的大泉眼水来酿造的。

采访中，老书记张泽舜告诉我："我儿子就是泉香酒厂的厂长。"

我随着他来到了泉香酒厂，见到他的儿子——泉香酒厂厂长张佩锋。我们握手，简短问候、寒暄。

张佩锋，40岁左右，穿一身黑色的休闲服，微瘦，整个人显得又精神又干练。

"说说你和你的瑰花酒，好吗？"我说。

他微笑，看着我说话，声音低缓："其实我是学中医的，毕业于辽宁省中医学校，在2003年毕业之际，很多同学选择去大城市工作。"

他抬头望向我，又看看他的父亲，沉浸在对往事的回忆中。

"是我让他回来的。"他父亲接过话题说："当时梨庇峪缺少医生，很多年轻人出去读书以后，就不回来了，所以梨庇峪缺少年轻的人才。我是村里的领导，我想，我应该带头，让儿子回乡，为梨庇峪的百姓做点事。"

张佩锋平静地看着父亲，悠悠地说："与其说是父亲让我回来的，还不如说我是受父亲的影响才决定回来的。"

他接着说："在梨庇峪，我父亲多年担任村主任、村支部书记，他始终把老百姓的事情当作自己的事情，把梨庇峪当成自己的大家，虽然他付出很多，牺牲很多，但是他的人生是有意义的，他得到了梨庇峪老百姓的尊重和热爱。从小到大，我一直都想做父亲这样的人，为家乡服务。"

也许这是有生以来，张佩锋第一次这样正式地评价自己的父亲。张泽舜老人听到儿子给自己这么高的评价，他的眼睛湿润了，但他尽量掩饰自己，抬高下颌，视线高上去，眼神缓缓地移向窗外。此时，梨庇峪的天空高远明净，一朵白云飘然而过。

我岔开话题，问："怎么想做瑰花酒啦？"

他说："梨庇峪的人口资源有限，十多年前，同样学医的妻子可以独立支撑诊所了，我想从诊所中脱离出来，独立做点事情。这个想法依然受父亲的影响。"

他看了一眼父亲，继续很认真地说："梨庇峪在发展壮大的过程中，我父亲起早贪黑，做规划，搞设计，总是身体力行，不叫苦，不叫累。我觉得父亲很伟大，也很不容易，我很想替父亲分担点什么，替梨庇峪的建设做点什么。"

年轻的大学生回乡创业，对于梨庇峪来说，自然是一件幸事。他们年富力强，有学识，肯钻研，不仅会给梨庇峪的发展注入新鲜的血液，带来新的生产科技知识，还可以带动梨庇峪经济的增长。所以村"两委"非常重视张佩锋的成长，总是在他有困难的时候及时伸出援助之手。

张佩锋清点了自己所有的家底，还是凑不够办厂的资金。村"两委"领导就说服自己的朋友、亲戚入股，并许诺说："赚了钱是你们的，赔了钱我们负责。"

张佩峰自己也找亲戚和同学帮忙。在多方努力下，最后，有4个人入股，和他一起开办酒厂。

资金有了，因为各种原因，办酒厂的手续却迟迟批不下来，张佩锋三天两头往省里跑，急得嘴角生出了燎泡。

村"两委"领导也跟着着急，到处想办法。有一天，当夕阳渐渐爬下山坡的时候，村"两委"的领导来到张佩锋的家。

"我们有一个小道消息，据说辽阳辽东酒厂出兑，你能不能把它买下来，这样就不用等省里的审批手续了。"

张佩锋一听，满天的云彩呼啦一下就消散了，他拉着领导的手说："我的好领导，这真是踏破铁鞋无觅处，得来全不费工夫哇。"

2010年，张佩锋买下了辽阳辽东酒厂，并把辽东酒厂的名字正式改成梨庇峪香泉酒厂，然后开始着手扩大酒厂规模：扩建厂房5000平方米、更新设备，招收工人……

新问题又来了，张佩锋是学医出身，既不懂技术，也不懂管理，酿造出来的纯粮白酒口感相当不好，经营管理也跟不上。

张佩锋找村"两委"领导诉苦。

领导说："哪能一口气就吃成个胖子呢！办法总比困难多。"

为此，村"两委"领导把梨庇峪其他几个知名酒厂的厂长召集起来，说："这个小同志快急疯了，你们快发扬发扬梨庇峪传帮带的优良传统吧，想办法帮他的酒厂走上正轨。帮他，也就是帮我们梨庇峪发展经济呀。"

在村"两委"领导的牵线搭桥下，有的酒厂送来了人才，有的酒厂送来了技术，有的酒厂送来了市场。

在大家的帮助下，张佩锋更换了酿酒的原料，用灯塔市燕州城生产基地的玫瑰花代替本地产的野生玫瑰花。他又改变了生产工艺：原来酿酒，工人直接把花瓣撒入酒中发酵，现在改成先把玫瑰花瓣拌料发酵，蒸馏，提取玫瑰花的香气，然后再把它加入所酿造的白酒中。经过这样酿造工序制成的纯粮瑰花酒，就有了酒味醇厚、入口绵甜、回甘悠长的特点。

不可置疑，张佩锋的创业成功了，他自豪地说："现在我的酒非常受客户的青睐，很多来梨庇峪旅游的人，点名要我的瑰花酒。"

党的十九大提出实施乡村振兴战略，将乡村建设提到了战略高度，明确乡村产业兴旺、生态宜居、乡村文明、治理有效、生活富裕的整体要求。"十四五"以来，乡村建设先后进入美丽乡村、特色田园乡村的发展递进过程。

村"两委"抓住建设特色小镇的契机，以酿酒产业为支撑，积极申报建设梨庇峪的梨花·酒香小镇。

为了打造梨庇峪梨花·酒香小镇特色，提高梨庇峪产能，2015年，村"两委"领导先后来到辽阳县瑰花酒厂、辽阳县梨庇峪酒厂、辽阳县寒岭梨庇峪酒厂、辽阳县香泉酒厂，和厂长们研究讨论打造梨花·酒香小镇的事宜，计划建造梨花·酒香小镇的酒葫芦、酒樽雕塑标识。

"村里出地方，你们出资金，宣传你们酒厂的产品，同时打造特色梨花·酒香小镇，怎么样?"村"两委"领导说。

在梨庇峪，这四家酒厂是最出名的，厂长都有很深的乡土情怀，一听要建造梨花·酒香小镇雕塑，一下子都兴奋起来了。

厂长吴振堂说："这是好事，既能宣传我们的瑰花酒，又能提升梨花·酒香小镇形象，简直是相得益彰，对个人和梨庇峪都是锦上添花的事情。"

厂长张佩锋说："作为一名乡村企业家，回报家乡，奉献社会是我们义不容辞的责任。"

…………

四家酒厂，慷慨解囊，共出资近2万元，在村中心广场建成了酒葫芦和酒樽雕塑。

酒葫芦硕大，漆成金色;酒樽是三脚、大口，椭圆荷叶边、仿战国青铜式样。建成的酒香小镇雕塑，一下子就把梨庇峪浓浓的酒文化氛围营造出来了。

"玉壶系青丝，沽酒何来迟。山花向我笑，正好衔杯时。晚酌东窗下，流莺复在兹。清风与醉客，今日乃相宜。"

山花微笑，黄莺啼啭。李白说"清风与醉客，今日乃相宜"，今天，走在梨花·酒香小镇里，游人在雕塑前流连忘返，在不经意间也会在心中升起李白的诗情吧，毕竟沽酒酬客，尽情地歌一场、醉一场，是很多中国人的浪漫怀想。

因为大泉眼的水，更因为村"两委"的积极扶持和帮助，所以酿酒业一直是梨庇峪多种产业发展的头牌，现在，村里已经陆续建起了10多家酒厂。

一花独放不是春，万紫千红春满园。现在，在村"两委"的引领下，梨庇峪各家酒厂相互学习，相互激励，相互促进，齐头并进，共同发展，研制出了玉米瑰花酒、高粱瑰花酒、小米瑰花酒、绿豆瑰花酒等10多种纯粮酿造白酒，年共产白酒150吨左右，创造价值300多万元，在省内外酿酒行业中打出了梨庇峪纯粮瑰花酒的名气。

酒香也怕巷子深。要想打造梨花·酒香小镇，光有酒厂、酒葫芦雕塑是远远不够的，还得做好广告，扩大宣传力度。村"两委"以酿酒产业为支撑，在原有建设梨花·酒香小镇标识的基础上，抓住契机，一鼓作气，又申请专项资金修建梨花·酒香小镇会客厅。2017年，酒香小镇会客厅正式建成，占地面积300平方米，客厅分为酒品展示厅、酒品品尝厅、小镇休闲厅、小镇餐饮厅4个部分，集展示、观赏、品评、休闲于一体，同时展示酿酒工艺流程，宣传推介各家酒厂生产的几十种瑰花酒。

现在，梨庇峪梨花·酒香小镇已经申报成功，各种设施建设初具规模，瑰花纯粮白酒不仅在辽阳县、辽阳市区、庆阳、弓长岭、宏伟区等都设有酒厂经销处，还远销吉林、黑龙江、山东等省，也出口俄罗斯、蒙古等国家。目前，梨花·酒香小镇在省内外已经名声远播，家喻户晓。

三、创新经济

长久以来，梨庇峪是纯农业村，村民祖祖辈辈以耕种土地为生。

勤劳能干是梨庇峪人的优良传统，他们相信幸福的生活是靠双手创造出来的。1958年春，辽阳县委副书记张建忠、妇联主任李莲秀到梨庇峪蹲点，搞农业社会主义建设。因为干劲足，成绩突出，梨庇峪受到国务院的嘉奖，奖励给梨庇峪南京嘎斯汽车一台（因为没有人会开，也没有汽油，后来换成了9头骡马）。

"甩开袖子加油干"。改革开放以后，因为梨庇峪有与本溪相邻的地理位置优势，以及兰河优良的水资源条件，梨庇峪积极种植经济作物。

当时的村支部书记是詹俊杰。

他对村民说："要想致富，你们就不能像以前那样只认得苞米和高粱，应该想法子变种植大田为种植经济作物，只有这样，才能增加腰包的收入。"

说干就干。他带领村"两委"组织村民扣塑料大棚，广泛种植芸豆、黄瓜、辣椒、茄子等各种蔬菜，还种植甜西瓜、香瓜等水果。蔬菜水果成熟的时候，村"两委"雇车，帮村民把蔬菜、水果运到本溪市场去卖。

冬天，尤其是春节前后，市民们一看到新鲜饱满的芸豆、顶花带刺的黄瓜、油汪汪的辣椒、翠绿的茄子、圆滚滚的西瓜，立刻就挪不动脚，不到半天，所有的产品就被销售一空。

有时候，买菜的人来晚了，就跺着脚追问："明天还来不？"

"来呀！"

"几点来？"

"还是这个时间。"

"不见不散。"

"不见不散。"

显然，他们的蔬菜水果备受市场欢迎，简直是供不应求。他们高兴地称这些蔬菜水果为"细货"，有意识地把这些"细货"与那些大田作物区分开来。

刚开始，梨庇峪人把这些"细货"运往本溪，后来又运往北台、辽阳市等地。

随着时间的推移，种植蔬菜、水果的农户越来越多，生产已经形成了规模，外地商贩就自己来梨庇峪进货。当时，梨庇峪的这些经济作物抢占了本溪、北台、辽阳市场的大部分份额，给梨庇峪人带来了一定的经济收入。

时间来到21世纪20年代，梨庇峪积极打造梨花·酒香特色小镇。

村"两委"领导说："现在国家政策好，老百姓有往前奔的热情和愿望，我们这些村里的带头人就得想方设法帮老百姓脱贫致富。"

然而，怎样让梨庇峪各行各业更有效地协调配合、相辅相成地发展呢？这是摆在村"两委"面前的一个严峻问题，需要坐下来仔细研究。

经过多次讨论、考察、论证，最后大家一致认为，酿酒业一直都是梨庇峪的龙头企业，还得从酿酒行业出发，发展相关产业。

以梨庇峪泉香酒厂为例，如果酒厂生产一天，就需要2000斤左右的玉米，虽然是季节性生产，但全年所需要的玉米也在2000吨左右。可是，梨庇峪多家酒厂生产所需要的玉米都是从外地购买的，这不仅增加了酒厂的运输成本，还使本地散户种植的玉米困在家里，卖不出去，这是一件很矛盾的事情。

村"两委"领导带领人员去沈阳农业大学请农业专家来到梨庇峪，考察梨庇峪水土的自然条件，探索用本地种植的玉米替代外来玉米酿酒的可能性。

经过专家的论证，得出梨庇峪所处的是长白山系的长白山脉，属于温带大陆性季风气候，夏季以东南季风为主，冬季以西北季风为主，冷暖交替，四季分明，年平均日照时数约为2546.46小时……原来梨庇峪非常适合玉米生长，而且梨庇峪的玉米产量高，成色好，籽粒饱满、均匀、粒大，是酿酒的优质原材料，完全可以替代外地的玉米来酿酒。

在梨庇峪村民代表大会扩大会议上，村"两委"领导把这个好消息向村民传达。

"我们有种大田的丰富经验，以前一直觉得种玉米这样的大田作物不值钱，但是现在情况发生了变化，种玉米也能种出金子，所以梨庇峪要在一定范围内调整农业产业结构，鼓励大家大胆种植玉米，并且村'两委'已经和村里四家酒厂约定好了，以后你们村户种植的玉米由酒厂负责采购，你们不要有后顾之忧。"

有了村"两委"的支持，农民们种植玉米的积极性一下子就提高了。他们春天播种，秋收时节一到，就有人来到家里收购玉米。不用出门，就能赚到大把大把红彤彤的票子，老百姓又省心，又省力，简直是幸福到家了。

酒业的发展也带动了梨庇峪畜牧业的发展。酿酒产生的酒糟里含有粗蛋白、粗纤维、粗脂肪、无氮浸出物、钙、磷等多种营养成分，其中赖氨酸、蛋氨酸的含量也很高，是牛和羊的优质饲料。梨庇峪的养殖大户都从这些酒厂购买酒糟，喂养家畜。弓长岭、辽中等地的养殖大户也从梨庇峪酒厂购买酒糟。

村"两委"看到酒糟有这么大的用途，就运筹谋划，安排酒厂和贫困户结对子，让酒厂把酒糟低价或者赊给贫困户，扶持贫困户发展养牛、养羊产业，帮助他们脱贫。现在村里已经有2户人家在酒厂的扶持下，摘掉了贫困户的帽子。

俗话说，养好小蚕一半收。种桑养蚕是"短平快"的产业，有投资少、见效快、效益高的特点。梨庇峪多山，山上又多桑树，所以村里一直都有人养蚕。

2016年的夏天，村"两委"领导走访养蚕户，鼓励他们说："蚕的一生都是宝，养好蚕，生活就有了奔头。"

当他们了解到养蚕户需要技术的时候，就和辽宁省蚕业生产研究所联系，聘请专业技术人员对蚕农进行指导。村"两委"还组织专门人员上门收购、加工、运输、销售蚕业产品，这极大地提高了蚕农养蚕的积极性。现在梨庇峪小规模的养蚕户一年可以收入四五万元，大一点规模的养蚕户一年可以收入10万元左右。

梨庇峪的山区自然条件好，发展榛子产业具有得天独厚的优势。村"两委"在研究发展榛子产业的时候，把选好带头人作为头等大事来抓。他们和榛子种植大户詹恒远商量，希望他能挑起这个重担，把梨庇峪生产榛子的农户整合起来，成立合作社，做出品牌，达到产销一条龙的服务效果，为梨庇峪的经济发展注入活力。

詹恒远不负众望，在村"两委"的支持下，成立了詹恒远大榛子合作社，并在合作社成立党小组，建榛子园200余亩，免费为贫困户提供榛子苗1.10万棵，种植大榛子和复垦野生山榛子，年收入20万元以上。

2017—2018年，在辽阳县"梨花汇"黄金旅游热线活动中，詹恒远带的品牌榛子，连续两年成为"梨花汇"黄金旅游热线活动的主打产品。2019年，詹恒远榛子合作社又收获了10余万斤榛子。现在合作社深加工的榛子已经有糖炒榛子、手拍榛子、盐焗榛子等6个品种，产品远销北京、上海、内蒙古、黑龙江、吉林等地。如今这项产业已经带动村内100多户发展榛子的农民致富，吸纳村内建档立卡贫困户39户，产业带动95名贫困人口脱贫，寒岭镇周边2000个榛子户也是在詹恒远榛子合作社的辐射下发展起来的。

发展肉食鸡养殖也是农民创收的主要来源之一，村干部和党员带头发展肉食鸡养殖业，全村有肉食鸡养殖户三四户。

在发展肉食鸡养殖业的同时，村"两委"注重保护梨庇峪山清水秀的自然环境，主动帮助养殖户流转土地，使肉食鸡养殖大户形成了连片的格局。

根据梨庇峪土质、温度、光照等优良自然条件特点，村"两委"组织人到外地考察，借鉴外地的先进经验，带领村民又摸索出一条"四青"作物种植的致富路子。春天一到，就扣膜种植早玉米，早玉米出售以后，立刻就种植晚芸豆、萝卜、白菜、大葱、土豆等秋菜。现在全村共有地膜复种的耕地1000多亩。

2015年，梨庇峪年人均收入1.20万元；2019年，梨庇峪年人均收入1.30万元；2021年，梨庇峪年人均收入1.60万元。

2016年，梨庇峪成功摘掉了贫困村的帽子，2017年，村贫困人口全部脱贫。

在帮助农民创收的同时，梨庇峪村"两委"不断壮大村集体经济，积极争取上级财政资金200万元，发展设施农业。党员带头流转土地2公顷，兴建20栋大棚，依托克隆菌类种植专业合作社发展食用菌培育产业，年吸纳剩余劳动力30人，带动10个农民增收致富。村集体又通过争取上级资金、流转土地等方式，陆续投资200余万元，兴建果蔬大棚10栋，占地50亩，培育野生冷棚猕猴桃、铁皮柿子等水果，村集体经济增收10余万元。

2019年，村集体收入25万元；2021年，村集体收入26万元。后来村"两委"又积极争取帮扶资金，在精准扶贫资金的扶持下，首晟公司又投资74万元，每年村集体获得收益近15万元。

四、百年古村

其实，每一个村庄都是一部古老的歌谣，世世代代被人传唱，经久不衰的是发生在村庄里的那些故事，以及故事里的人。

作为特色小镇的梨庇峪，不仅仅有梨花、有酒、有产能，还有漫长而特有的成长历程，有独特的历史文化积淀，有它特定的文化基因。

2016年4月，在打造特色梨花·酒香小镇的同时，村"两委"领导组织村里的有识之士开会，研究建立村史馆的问题。

村"两委"领导说："据我了解，我们梨庇峪是一个有几百年历史的古老村落，还有大泉眼这样从古到今汩汩流淌的泉水，还有很多古迹遗存，我们能不能在打造梨花·酒香小镇的基础上，再打造一个百年古村的品牌，增加梨庇峪历史文化内涵，扩大梨庇峪的知名度和影响力。"

党员张荣耀一听，立刻来了精神，"我是一个对历史文化感兴趣的人，对梨庇峪的历史文化一直比较关注，如果相信我，我可以对本村的一些历史遗存考察整理一下，然后向村'两委'汇报。"

张荣耀是梨庇峪的才子，以前在寒岭镇政府上班，是寒岭镇著名的大笔杆子，现在已经光荣退休。

"好哇，梨庇峪就需要你这样的人才。""两委"的领导说，"你先考察整理，你一个人恐怕人手不够，我可以再给你配备几个人。"

党员富宝胜立刻站起来说："我给你们打打下手。"

党员詹俊杰说："虽然我年龄大，但是我以前担任过多年梨庇峪的村支部书记，因为工作关系，所以我对梨庇峪的历史还了解一些。"

党员张泽舜说："我虽然在历史文化这方面没有什么造诣，但是我也是梨庇峪的老人，我愿意为梨庇峪做一些力所能及的事情。"

村"两委"领导看到大家积极性这么高，心里有些欣慰，但是他们知道，这件事还得向上面汇报一下，最大限度地争取寒岭镇政府的支持。

第二天，村"两委"领导来到寒岭镇政府，再一次来到胡本洪书记的办公室。

"又遇到难题啦？你们快说说。"胡本洪书记开门见山地问。

村"两委"的领导笑了。为了打造梨庇峪梨花·酒香小镇，为了梨庇峪的经济发展，梨庇峪村"两委"的领导们没少往胡本洪的办公室跑，他们不仅仅是老熟人，而且还成了老朋友。

"无事不登三宝殿，"村"两委"的领导坐下来，继续说，"我们今天来是想汇报一下打造梨庇峪百年古村的事情。"

胡本洪说："好哇，有问题才能研究问题，做事才有思路，这是梨庇峪建设发展的好兆头。"

村"两委"领导说："我们和村里的一些有识之士研究，想挖掘一下梨庇峪的历史，整合一下梨庇峪的古代遗存资源，在打造梨花·酒香小镇的基础上，再做一个百年古村的文章。"

胡本洪说："这个主意好，你们村里写个报告，我拿到班子会上讨论一下，有困难你们随时和我联系。"

从胡本洪的办公室出来，村"两委"领导感到重担在肩，心想：一定要把这个百年古村打造好，不辜负上级领导的信任，不辜负村民的信任。

一个月以后，张荣耀拿着一大摞打印的材料来找村"两委"领导。

他说："清顺治八年（1651），山东登州张国风、詹国相带领家眷来到梨庇峪定居，这是梨庇峪第一次有人类活动的记载。当然，现在我们无从知晓在他们到来之前，梨庇峪是否有过人类生活的痕迹。仅从史料上看，他们是梨庇峪的第一批住户，距现在已经有360多年的历史了。"

人类逐水而居是一种本能，也是一种智慧。张国风带领家族里的一个支脉从山东登州一路风餐露宿，辗转而来；和张国风等人同时从登州出发的，还有詹国相以及他所带领的6个孩子。从此，张姓和詹姓两个家族在大泉眼的上游和下游分别落地生根，繁衍生息，大泉眼的往事今生也被徐徐打开。

大泉眼在梨庇峪小村的东头，沿着东高西低的地势汩汩流淌，一直流到小村的西头，贯穿整个村庄后，汇入村西的兰河水域。

据专家勘测：大泉眼是喀斯特地貌所形成的地下暗河，与本溪西河相连，含有人体所需要的锌、铁、铜、砷等多种微量元素，是恒温冷泉，冬暖夏凉，水温终年在11℃左右。当冬天到来以后，北方滴水成冰，而大泉眼流经之处，热气腾腾，和周遭冰天雪地的景色形成鲜明的对比。

从梨庇峪有人类活动以来，他们就依靠大泉眼的水，做饭，洗衣，浇灌菜地，饲养家禽和牲畜……有人说大泉眼像一位母亲，滋养了梨庇峪的万物生灵，也有人说大泉眼是梨庇峪的血脉，给予梨庇峪不竭的养分。可以毫不夸张地说，没有大泉眼，就没有梨庇峪生生不息的发荣滋长，也没有梨庇峪的过去和现在。

村"两委"领导翻阅张荣耀送来的这摞资料，说："看来大泉眼还真有悠久的历史，太好了。"

一周以后，村"两委"领导再一次到寒岭镇政府，把一份报告交到胡本洪手里。

"胡书记，我们现在迫切需要维护大泉眼，这是一些具体的设想，只是——资金暂时还没有着落。"

"我就知道你们缺这个，我都安排好了。"胡本洪说。

2016年，寒岭镇政府的专项基金下发到梨庇峪，维修大泉眼的工作紧锣密鼓地开始了。

从古到今，梨庇峪人对大泉眼进行了3次保护工作，最初的一次是清乾隆年间，村民用雕刻着祥云、花卉、飞鸟等图案的青石板把它围起来，在一定程度上，减少了大泉眼的水源污染。第二次是20世纪70年代初期，为了保护大泉眼，"生产大队"给大泉眼加盖了一个木制凉亭。遗憾的是：1999年，大泉眼发生了火灾，木制凉亭被大火烧毁。2000年7月，梨庇峪瑰花酒厂厂长吴振堂先生个人出资

3.40万元，重新修建大泉眼凉亭。这次翻修的大泉眼凉亭采用钢筋混凝土结构，非常结实和耐用。

在吴振堂先生维修大泉眼的基础上，这次重新维护的大泉眼凉亭亭盖为尖顶坡形，镶嵌琉璃瓦，以对角线交会处为中心点，向东南西北四个方向延伸四条垂脊，每条垂脊尽头都设计成飞檐的形状，飞檐上端坐四个不同的龙尾兽。龙尾兽是镇脊的神兽，以兽镇脊，既有美化装饰的作用，又有避火消灾、吉祥如意的寓意。用玻璃窗代替原来的铁丝网窗，以此增加了大泉眼的密闭性。用盘成古典回纹格的木条附着在玻璃窗的四角上，增加了大泉眼的古雅韵味。大泉眼凉亭整体涂成朱红色，凉亭正南面的上方，悬挂黑色木制牌匾，牌匾上书写三个醒目的金色大字——大泉眼。在大泉眼凉亭东南角不远的地方，一部翻开的石书，记载着大泉眼的地质成因和历代维修情况。

被修复的大泉眼凉亭，是中国古典建筑元素与梨庇峪村小桥流水式江南风格的完美相结合，成为梨庇峪地域性重要标志之一。

梨庇峪人对大泉眼的感情是无法割舍的。现在，即使家家都已经有了水井，可是还有男子经常去大泉眼取水浇地，喂养家畜；村中的妇女们也经常到大泉眼洗衣、洗菜、淘米；老人们也经常坐在大泉眼旁边的两棵柳树下唠家常；小孩儿也经常到大泉眼边玩耍。

很多外地游客也慕名来看大泉眼，他们总不忘掬一捧大泉眼水，洗洗脸，洗洗手。如果渴了，他们就咕嘟咕嘟地喝上几口泉水，让口腹立刻轻松爽气起来。更有城里人，来到大泉眼，用水桶装了满满的泉水，带回去，给家人分享。

修缮完大泉眼，村"两委"的领导又和张荣耀说："我们小的时候，老人们经常讲梨庇峪破'龙脉'的故事，你还记得吗？神话也是梨庇峪重要的文化遗产，我们要把它整理出来，写在村史里，让现代的梨庇峪在古老的传说中散发出奇异的光彩。"

"我回去就采访村里的老人，然后把它写成一个完整的故事。"张荣耀说。

"先谢谢你，好好整理，有了这个神话，梨庇峪的山山水水就有了来龙去脉，百年古村的文化底蕴会显得更加深厚。"

这个神话传说就是梨庇峪口口相传的康熙皇帝破"龙脉"的故事。

传说，康熙做了皇帝以后，时刻担心有人篡夺皇位，于是派术士到处巡游、占卜。有一天，一个南方的术士来到梨庇峪访查，看到梨庇峪的山岭，惊骇不已。他立刻报告康熙，说，梨庇峪的河西山和后山是头尾相连的"龙脉"，龙头在河西山的端头，直接伸进兰河水中；端头后面是龙颈；在龙颈后面五道砬子的地方，有长短粗细相间、斜向排列的五条硬岩，这是龙的肋骨；同一条山梁顺向山体的双顶山，像骆驼双峰凹陷的地方，有两个高低大小不同的小山包，是真龙天子骑坐的鞍子；龙脉的后半部分是堡子中的后山。

"这还了得，如果不破'龙脉'，梨庇峪就会出皇帝。"康熙帝听了非常震怒，感觉自己的江山社稷岌岌可危，于是下令，坚决破除"龙脉"，以绝无穷后患。

术士领旨，差人破"龙脉"。为了彻底镇住"龙脉"，还在龙首两端建造了培塔寺和迎风观。"龙脉"被破了，而且又有寺庙镇着，所以梨庇峪始终也没有出皇帝，康熙的江山社稷稳如磐石，他在位六十一年，成了中国历史上在位时间最长的皇帝。

在梨庇峪的历史中，虽然没有出现皇帝，但却出现过举人张庭懿、总兵吴万福、抗美援朝英雄张会成等，他们的名字和事迹经久不衰，源远流长，给百年古村增加了沉甸甸的分量。

时光缓缓流淌，阳光、风和水渐渐消却了梨庇峪的一些凡尘过往，然而有一些记忆是不会消失的，比如培塔寺、迎风观、举人府、将军冢、抗美援朝英雄纪念碑等。今天，这些文物古迹虽然因为各种不同原因遭到不同程度的破坏和毁损，甚至有的已经失去了它的原貌，但是它们在梨庇峪人的心中，从来都没有走远。随着打造梨花·酒香小镇建设工作的深入，村"两委"已经认识到了历史文化传承的重要作用，他们想尽各种方法，力争在现有文物故址的基础上，对它们加以修缮和保护，现在已经启动申报县级文物保护单位的工作。

乡村文明是中华民族文明的主题，乡村前行的足迹是中华民族的发展见证。在当前乡村地区历史遗存、人文景观、民俗风情等乡村文化逐渐消失的现实背景下，建设村史馆，记录村落历史，留住文化命脉，显得尤为重要。

为了彰显梨庇峪百年古村特色，深入挖掘梨庇峪的历史遗存，留住梨庇峪村庄的历史记忆，2016年，梨庇峪村"两委"结合美丽乡村、特色小镇建设工作要求，决定建立村史馆。

在村史馆建设中，很多党员积极建言献策，最终建成了200平方米的村史馆。村史馆建成以后，村"两委"发动党员干部、群众收集各类传统民间生产工具、生活用品等100多个老物件。现在村史馆里的展台上摆放着锄、犁、耙等生产农具；还有蓑衣、乌拉鞋、老篮子、棒槌、织布机、缝纫机、石制香磨、功放机、收音机、留声机、老式挂钟、照相机、黑白电视机、铜制茶壶、茶叶盒、袜板子、金刚钻、算盘、笤、坯模等传统生活用具。1958年12月，国务院奖励给梨庇峪农业社会主义建设先进单位的珍贵奖状，就挂在村史馆的北墙上，让人感觉又亲切，又温暖。

一件件老物件向人们静静地诉说着梨庇峪人以往的生活，原汁原味地再现了梨庇峪村庄的过往和变迁过程，浓缩了梨庇峪过去的生产和生活记忆，展示了乡村的人文风貌，让梨庇峪人在不知不觉中就穿越了时间隧道，认领了自己的文化基因，找到了乡土的认同感和归属感。

村史馆提升了全村乃至全镇的历史文化底蕴，吸引了大量的村民和外地游客来此参观，有效地承担起了传承传统文化、培育文明村风、弘扬正气、促进乡村振兴的使命。

一个乡村的记忆就是一个时代的缩影。日升月落，日复一日，年复一年，有谁能说尽百年古村的悠悠岁月？村"两委"站在过去和未来时间的节点上，对梨庇峪进行一个总结和开启，是告慰前人、送给后人的一个诚善之举。

五、文明新村

中国要美，农村必须美。即使将来城镇化率达到70%以上，还有四五亿人生活在农村。农村绝不能成为人们记忆中的故乡，无处寄放的乡愁。2015年中央1号文件要求，坚持不懈推进社会主义新农村建设，让农村成为农民安居乐业的美丽家园。

建设美丽中国，必须建设好美丽乡村。梨庇峪是美丽乡村建设工程的实践者和受益者。2015年，梨庇峪村"两委"以建设美丽乡村和特色小镇为契机，依托大泉眼的天然优越条件，轰轰烈烈建设美丽乡村，打造特色梨花·酒香小镇，为梨庇峪迈入小康社会打下了坚实的基础。

要想富先修路。

梨庇峪仅有的一条柏油马路，是1991年8月修建的，只有1300米长，是梨庇峪的主干线，东西走向，东面到大泉眼，西面到梨庇峪村口。现在，这条主干线已经老旧，路面路基都严重毁损。

梨庇峪村"两委"争取到了上级的专项资金，开始着手进行路面硬化工作。

修路的场面是沸腾的。村"两委"领导穿着迷彩服，拿着施工图纸，穿梭在各个施工现场。男人们推着车子，搬运沙石、水泥。女人们系着围裙，送水送饭。小孩子写完作业，站在自家的门前看热闹，沥青喷下来，他们撒腿就跑回院子，夸张的叫喊声把院子里的狗惊得竖起耳朵。挖掘机、推土机隆隆的轰鸣声从清晨响到傍晚，原有的乡村小路，昨天还曲曲弯弯，坑坑洼洼，今天就魔术一样变得又直又平。

这次修路，不但原有的主干路面得到重新翻修，还新修了村里的各条支路，铺设沥青路面4500平方米，安装路灯30盏。雨天再出门，不用穿雨鞋了，晴天身上也没有尘土，村民每天都干干净净的，精神面貌都比以前清爽多了。往返市县的10来趟公共汽车直接开到家门口，改变了村民的出行方式，他们与外面的连接也越来越频繁紧密。

路修好了，村"两委"又利用政府出资，带领村民砌筑徽派景观墙，1800米的景观墙连绵延续，把各家各户整整齐齐地连接起来。村"两委"又聘请辽阳市美术家协会的画家在墙面上作画，聘请辽阳市书法家协会的书法家书写文字。河流、花草、山林、树木、屋宇、桥梁等水墨画含蓄、简约、雅致，蕴含着中国写意画的古典神韵。画面上的大片留白令人心驰神往，想象无穷。"清风拂绿水，白水映红桃。舟行碧波上，人在画中游。"村民们行走在小村里，就像徜徉在王维的《周庄河》里一样，不出村，就领略了江南水乡的风韵。

和所有的古老村庄一样，在打造美丽乡村的过程中，梨庇峪村"两委"统筹规划，整体推进"三堆"入院工作，共整治改造2015个柴垛，整治改造200多个垃圾堆、柴草堆，修建垃圾投放池3个，购买垃圾箱80个，垃圾收集三轮车2辆，聘请环卫工人9人。如今，目力所及，家家户户都是门庭宽敞，院内外整洁，整个村庄红砖绿瓦，花木扶疏，林舍掩映。

生产发展、生活富裕、乡村文明、村容整洁。一切都美起来了以后，村委会办公楼的旧窗户、旧门、旧墙面等越来越显得和周围的环境格格不入，下雨天房顶漏雨，管道陈旧等问题凸显出来，维修村委会办公楼已经成了当务之急。

村委会办公楼是寒岭镇政府投资兴建的，到现在已经有二十多年的历史，受当时历史条件的限制，门窗还是木头的，配套设施也不齐全。虽然中间维修过一次，但十多年过去，还是显得老旧。于是村"两委"又带人维修办公楼，粉刷墙壁，整修庭院，栽花植树。现在，在380平方米的办公楼里，办公室、会议室、健身室、医疗室一应俱全，各种办公设施齐备，办公手段先进，墙上的规章制度条分缕析，一目了然。

办公楼维修好了，村"两委"在办公楼前的中心带修建群众文化休闲广场，广场占地2000平方米。在修建广场的过程中，全村党员义务参加劳动，有的村民在党员的感召下，也义务参加劳动，他们栽种郁金香、金盏菊、雏菊、月季、虞美人等花卉，还在300米石砌的花墙下，栽了500棵金叶榆，挖了1000平方米的荷花池，在荷花池周围建木制凉亭3座。春夏时节，百花吐艳，蜻蜓立在荷花蕊上甜蜜地嗅着芳香，荷叶下鱼儿自由地游来游去，老人们聚在聚心亭下下象棋，秧歌队锣鼓喧天，飞舞的彩带送来夜风的丝丝凉爽……

以前村民看电视，情不自禁地羡慕城里人多姿多彩的文化生活，现在城里人的生活悄然发生在自己身上，这种幸福的感觉是语言难以形容的。

在大力改善村民宜居环境、传承文化的同时，村"两委"班子加强村民思想道德建设，认真贯彻落实《公民道德实施纲要》，重新制定了村规民约，在村民中积极开展社会公德、家庭美德、个人品德教育实践活动。在活动中，村"两委"发挥村民调解委员会、村民议事会、道德评议会、红白理事会、禁毒禁赌会等群众组织的作用，遏制大操大办、聚众赌博等不良社会风气。村"两委"还积极开展文明家庭、星级文明户评选活动，每10户评选出1户星级文明户。村"两委"又在村内设"两榜"，宣传村民善行义举等先进典型事迹，号召广大村民向榜样学习。

因为去城市打工人数的增多，所以梨庇峪留守儿童也越来越多。有的小孩儿和爷爷奶奶生活在一起，有的跟姥爷姥姥生活在一起。因为他们长期缺少父母的关爱，所以他们特别渴望来自父母的爱护。村"两委"领导了解到这些孩子的心理需求，就和文明家庭、星级文明户商量，给留守儿童找爱心爸爸、爱心妈妈，让这些小孩儿在关爱中健康成长。

每年正月初一，村"两委"都会组织三四十人的队伍，开展秧歌表演，还去每家每户拜大年。

现在梨庇峪已经形成了崇尚科学、遵守法律、文明礼貌、邻里和睦、尊老爱幼、勤俭持家的文明风尚和良好家风。

梨庇峪特色梨花·酒香小镇的形象越来越鲜明，思想道德文化建设越来越规范，来梨庇峪旅游的人越来越多，可是村西口还没有一个门户来彰显梨庇峪的地理位置，彰显梨庇峪的独特气质，于是，村"两委"又申请专项资金6万元，在村西入口处修建村牌坊。村牌坊为三门设计，中间高大，两面低小，木制，飞檐翘角，仿古造型，上面雕刻着吉祥的装饰物。中间的大门上横向书写"梨庇峪"三个金色大字，在三个金色大字的左边分两行书写"百年古村"四个金色小字。村牌坊是梨庇峪特色小镇画卷上的又一处妙笔，提升了村庄景观层次，升华了村庄主题，和村庄东头大泉眼凉亭、村广场中心花园、酒葫芦雕塑等景观相互呼应，形成了梨庇峪完整的景观带，提振了梨庇峪的精神气质。

尾 声

"忘不了故乡，年年梨花放，染白了山岗我的小村庄，妈妈坐在梨花树下，纺车嗡嗡响。我爬上树枝，闻那梨花香……"

每当唱起这首歌的时候，我都会想到梨庇峪那漫山遍野的梨花，想到梨花深处，那些坐落在山谷里的美丽人家，想到坐在大泉眼柳树下那些说着家常的慈祥老者，更想到在梨庇峪的各种工作中，一届一届的村"两委"班子，想到始终走在前面的那些共产党员，因为有了他们的引领和示范，有了他们的牺牲和奉献，梨庇峪才有了今天长足的发展。

在采访中，我问胡仲强书记："乡村工作这么琐碎、庞杂，你又当书记，又当村主任，不累吗？"

他很认真地告诉我："累。"然后停了停，继续说，"累并快乐着。"

胡仲强是一个50岁左右的中年男子，中等个头，不胖不瘦，眉目清晰，神气沉稳端正。

2019年，他被推举为梨庇峪村党支部书记，带领党员和村民承办"梨花汇"黄金旅游热线活动，修建梨庇峪木栈道，打通和核伙沟景区的旅游线路。

2021年国庆前后，因为雨水太大，山洪泄下来，冲毁庄稼，河水漫过堤岸，进入民居。胡仲强带领党员干部，第一时间到达抗洪抢险现场，始终和村民在一起泄洪，抢救庄稼，运送村民。

他跟身边的党员说："快带人，把我家院子里的沙子运过来。"

"胡书记，那些沙子是你留着盖房子用的。"

"都什么时候了，还分你的我的，防洪要紧，老百姓的生命财产安全要紧。"

两大车沙子运来了，堤坝得到了加固，防住了洪水。

大雨下了三天三夜，他把家里的一切事情都交给妻子，而自己却始终战斗在抗洪抢险的第一线。白天黑夜，他不肯眨一下眼睛，实在支撑不住，就在车里打一个盹儿，睁开眼睛，连饭也顾不上吃，就又开始指挥抢险工作，和大家一起搬运沙袋，运转村民。

他说："作为村党支部书记，百姓的事，就是我的事，百姓的生命财产大于天。"

他说："我是喝着大泉眼的水长大的，我的血脉和梨庇峪紧紧相连，我不能辜负梨庇峪这片土地，不能辜负梨庇峪老百姓对我的信任。"

2022年4月，我去梨庇峪采访，他穿着一身迷彩服，胸前别着党徽，站在村口大牌坊下迎接我。他站的位置是党员先锋岗，先锋岗旁边的宣传标语，又鲜艳，又醒目。

亮子口的亮色

孙 浩 李成鸣

一、引篇

走进亮子口村委会，会议室的一面墙上挂满了各式各样的奖牌和证书。走近细看，有国家级的，"全国乡村治理示范村"；有省级的，"辽宁省文明村镇""辽宁省依法治理先进村"；更多的是辽阳市和灯塔市的，"辽阳市文明村标兵""灯塔市文明村""灯塔市平安村"……奖牌和证书林林总总，五光十色，蔚为壮观。

一个普普通通的村落，既没有独特的自然资源，也没有深厚的文化底蕴，更没有雄厚的经济基础，它是怎么取得这些骄人业绩的呢？

亮子口，是一个普通的村落，是辽阳灯塔市佟二堡镇所属的一个行政村，全村近3000亩耕地养育着约1500口人。多少年来，农民们辛辛苦苦地耕耘着"两亩良田"，靠天吃饭，赖地穿衣，生活平平淡淡。

亮子口，是一个富裕的村落。亮子口村位于省级公路辽官线两侧，坐落在佟二堡镇东南2.3公里处，与"全国特色小镇""皮草之都"佟二堡近在咫尺，这样得天独厚的地理位置，为亮子口村发展创造了优越条件。近年来，在党和政府的带领下，全村在发展传统农业基础上，更借助佟二堡皮革大市场，从事养殖、加工等裘皮相关产业，勤劳聪慧的亮子口人富裕起来了。富裕起来的亮子口人开始建设家园、美化村庄，改造了村容村貌，改变了人们传统生活方式，亮子口村成为新农村建设的先进村、典型村，蜚声省内外。

亮子口，是一个和谐的村落。自古以来，亮子口人就是朴实善良的，乡亲们比邻而居，和睦相处，"东宅有难西家助、前屋有事后院帮"。近些年，村党支部发挥战斗堡垒作用，村委会发挥村民自治组织作用，党员干部先行，带领全村群众走勤劳致富道路，倡导和谐文明新风，用村规民约引领全村提升文明素质，整个村庄展现出一片温馨和谐文明幸福的局面。

亮子口，是一个美丽的村落。这里四季分明，景色优美；路坦地阔，物阜民丰；宅心仁厚，民风淳朴。近几年，村里实施全域道路硬化，安装路灯，改造文化墙、图书室、活动室、卫生室、便民超市，建设文化广场，修建荷花塘，栽花植树，进行村屯绿化亮化，开展垃圾分类减量活动，推行"厕所革命"……村子环境得到更大改善，村民精神面貌焕然一新，真个是"春风浩荡花草绿，夏日荷艳果蔬香，秋来稻米颗粒满，冬季皮业更繁忙"的四季美好图景。

二、机遇来了

2017年早春的一天，佟二堡镇领导陪同灯塔市领导一行几人突然来到了亮子口村，他们从村西头走到村东头，从北村又走到南村，边走边看，还不时停下脚步议论，这让陪同的村党支部书记陈永胜很是纳闷：过去各级领导来村都是提前几天下通知，写好汇报材料，这次是怎么啦？

在村委会会议室一坐下，灯塔市领导先开口了，"老陈哪，我们这次来是给你带来了一件好事，一件天大的好事。"

"啥好事？快说。"陈永胜急切地问。

市领导突然哈哈大笑："好事还是让你们的镇领导说吧。"

"是这样。"镇领导开口了，"辽阳市要实施美丽乡村示范村的升级版，说白了，就是要在前几年搞美丽乡村建设的基础上，挑出一些突出的村，再升级，再提高。我们觉得亮子口村过去搞得不错，很有基础，想把你们村列入其中。"

"那，那钱谁出呢？"陈永胜马上问。

"钱当然是上级出了，村里不用出一分钱，但要全力配合做好村民的思想工作，把好事办好！"

一听这话，陈永胜马上高兴地笑了："请领导放心，我们村"两委"班子保证做好工作。"

领导们走了，艰巨的任务很快就下来了。作为村党支部书记的陈永胜，心里却是沉甸甸的。他是村里的坐地户，是在亮子口村长大的，父亲曾是村里的老书记。他当书记这些年，村里也发生了一些变化。但他知道，吃饱穿暖的村民开始自顾自地关起门来过自己"有滋有味的小日子"，两耳不闻窗外事。村里环境不大好，少有人问津，都是眼不见、心不烦。临着主干道享受着柏油路的干净平坦的家庭，谁顾及村道边生活在"灰尘暴土"中，雨天满脚泥的村民啥滋味呢？你看看，村民屋里院内干净了，垃圾却堆到了院墙外，扔到了沟渠边、水坑里，谁管那"脏乱差"是个啥情景？再瞧瞧，村里图书室、活动室很少有村民身影。为啥？原因很明显，条件太简陋！哪比得了家里的热炕头舒服，哪有电视机里的节目精彩？再瞅瞅，乡亲们茶余饭后想聚聚会、聊聊天，只能是走东家、串西家，不是去张户，就是到赵宅，再不然就是几个闲人懒汉凑到一起搓麻将、打扑克，妇女们则东家长，西家短，唠一些鸡毛蒜皮的杂事。为什么呢？村里没个广场、没有干净宽敞的去处、没个好营生嘛！

现在机遇来了，我们绝不能错过。

随后，陈永胜多次主持召开村"两委"班子会议，认真学习上级的有关文件，统一思想。大家一致认为，美丽乡村示范村升级版建设活动，能将"市级特色小镇周边村庄"纳入建设范围，政府能有配套建设资金投入，能帮助村里统一规划、建立制度、同步推进优化管理，这是一个多么好的政策呀，这是千载难逢、十分难得的机会，亮子口村紧邻佟二堡新市镇，正好符合政策要求。建设的标准和目标是"六化三有一覆盖"，就是"道路硬化、村庄亮化、卫生净化、环境美化、村屯绿化、管理优化，每村至少有一个卫生室、一个便民超市、一个图书阅览室，农村饮水安全全覆盖"。这正是亮子口人期盼已久，是村党支部多年来一直想干而没有干成的事，我们能做到、能干成，机不可失！

　　班子统一了思想，接下来就是发动党员，全村有50名党员，党支部召开了党员大会，传达了上级的精神，驻村第一书记赵文睿是一位省城派下来的年轻女干部，她性格直爽，快言快语，她在村里工作了一年多，对各处的情况也熟悉了。她开口道："我虽然不是亮子口村的人，但我来到了这里，在这里工作，我的心就已经扎到了这里，我要和大家一起战斗。老百姓的顺口溜说得好，村看村、户看户，群众看党员，党员看干部，干部看谁呢？干部看支部！我们班子这些人没问题，行得端，叫得响，我们村里党员这支队伍，50名党员，这是一支不可小觑的力量，你们是我们亮子口村的中坚和骨干，让党员亮明身份，在各个党员家门口挂上标志牌，既体现了党员的光荣感，又便于群众监督。而且，我们要建立健全村规民约，还要评选村里的先进典型，设立光荣榜，把我们村里的好人好事宣传宣传。另外，先把我们村的道路、水塘修一修，要动员大家'三堆进院'。道路顺了，人气儿就顺了，河水清了，人心就清了；'三堆进院'了，街容村貌就好了，人见人烦的懊恼事就少了。"她的一番话博得了大家的热烈掌声。

　　说干就干。亮子口村一班子人开始从自己做起、从自家人做起，又号召党员同志、村里骨干成员、左邻右舍、亲戚朋友，他们通过村广播反复宣传上级的政策，村干部还挨家挨户进行走访，宣传政策，征求意见。就这样，全体村民被广泛发动起来，全体村民一致赞同、支持、参与美丽乡村建设提升工程。

陈永胜负责跑资金、做规划，忙前忙后，不辞辛苦。按照原来规划，文化墙建设不在工程计划之列，他想，路修了，房建了，绿化做了，可农村一家一户的院墙，参差不齐，一些颓败的土墙实在有碍观瞻，大煞风景，得趁这个机会想想办法一并解决了。于是，他到镇上找领导说明情况，见到市里干部也求情，一心为民的热情与真诚打动了上级组织，文化墙的建设被争取下来，用他的话说，这个文化墙批下来同意建设时，我心上的一块石头算是落了地，解决了我们美丽乡村建设美中不足的问题，它可不是锦上添花的问题，这是不落败笔的东西呀！文化广场、荷塘、文化室、篮球场等等改扩建，都离不开他的决策、奔忙，群众纷纷夸赞他，"还是我们的陈书记，能办事，会办事，看得准，看得远，确实是用心当好了我们亮子口村的当家人。"

第一书记赵文睿、副书记张宏军、纪检委员赵文彬、妇女委员张丽颖一班人，负责组织队伍，跑采购，亲上阵，管监工，大家各尽所能，带领村民们紧锣密鼓、热火朝天地干起来。

人头攒动，机声隆隆。从2017年8月开始，到当年11月底，全村新修道路8.7公里，新增路灯72盏，新建围墙1497米、罩面1977米，修建清理排水边沟2131.82米，清理荷塘3000平方米，栽植绿化树1695棵，种植花草917平方米、5000株，改造村卫生室、便民超市，新建村部办公室270平方米，配建了党员活动室、便民服务室、农家书屋、文体活动室、信访调解室等，各项工程投资总额达770多万元。

要干的活很多，而上级拨付的资金是有数的，很紧缺。怎么办？陈永胜皱了皱眉头，慢条斯理又坚定地说："只有开源节流了。节流嘛，就是我们把到手的钱一分一厘地花好，大家要把一分钱掰两半儿花，绝不能大手大脚，绝不能浪费！开源嘛，就得发动我们有能力的村民，有条件的给村里做做贡献，能出钱的出钱，能出力的出力，大家的事大家办，共同解决难题。"

在陈书记的提议与带动下，村"两委"班子成员立即行动起来。管建设的严把质量关，严格监督，真是做到了能省则省。管资金的一边琢磨着从哪能弄到钱，一边捂紧了钱口袋、精打细算地干工程。

修建文化广场和清理荷花池时，池塘边农户李忠家影响工程建设，需要搬迁拆除，李忠忧喜交加。忧的是，搬离久居之地，生活要受到不小影响，这是每个家庭的大事，搬家难哪！喜的是，现在都讲拆迁经济，拆迁就意味着会发一笔大财，借这个机会得多要点钱。

出乎李忠意料的是，陈永胜找到他说："老李大哥，我今天来找你，是代表村委会跟你谈我们村上搞建设需要你家搬迁的事，我也能理解你家想多要点钱的想法，如果换作我家，我可能也会这么想。可是，我们村美丽乡村建设上级拨款中不包括拆迁这笔费用，只能是村委会自行解决，村里的钱就是咱全体村民的钱，我们村已经实行了财务公开，每一笔钱都要花得明明白白，所以你也别多要，我们也不会多给，俺们就实打实，这也是为全村乡亲做好事、做贡献。"

听了书记的快言快语，李忠苦笑着说："我是服了你了，大家都叫你'陈算计'，你是真能算计呀！我老李也不是觉悟低的人，你讲的道理我都明白，你们干的事情大家都看在眼里，我们信你、服你。请你放心，我一定积极配合村里搞建设，也让全村父老乡亲看看俺家的人品，也算我们老李家为亮子口村变得美丽做了贡献。"

李忠说完，陈书记和他两只粗壮大手紧紧地握在一起。

除了陈书记被村里人亲切地称为"陈算计"，还有纪检委员赵文彬被称作"赵严格"，张宏军副书记被叫作"张小抠儿"……这些党员、干部、村代表带有浓重节俭色彩的绰号也在村民中间传开了。

在村"两委"班子的带领下，经过全体村民不懈奋斗，一条条泥土路变成了沥青铺就的平坦马路通到各家各户，村民脚步轻松，心情欢愉；路灯亮了，人心也敞亮了；一道道杂七杂八、各式各样、高矮不同的院墙被改造成统一样式、别致而亮丽的文化墙，显露古朴之风，净化人的心灵；原来掩鼻而过、无人问津的水塘，清挖了淤泥，建设了凉亭，栽植了荷花，变成了漂亮了荷花池，"荷叶何田田，空气清又鲜，农人闲来坐，赛过活神仙"；空闲地修建了文化广场，大妈大婶收拾完家务来到这里跳起了广场舞，欢歌笑语不绝于耳；旁边的篮球场成了年轻人的会聚地，皮球飞跃，欢天喜地；院墙外"三堆"（柴草堆、垃圾堆、粪堆）被清理，街路边栽植了绿树花草……亮子口村环境发生了翻天覆地的变化，道路整洁，庭院干净，令人耳目一新，而且人们不出村就可以解决医疗卫生、生活所需、学习娱乐等基本问题，有效改善了人居环境，村民幸福感大大提升，村民无不拍手称快，无不为此感到骄傲和自豪。

2018年，经过省、市、县（市）、镇四级考察、检查，亮子口村获得"辽阳市美丽乡村示范村"称号。

三、破解难题

亮子口村遇到了一个难题。

这不仅是亮子口村的难题，也是中国广大农村普遍存在的难题。

这又不仅是农村的难题，也是中国城市普遍存在的难题。就连中国的一线城市北京、上海，投入了巨大的人力、物力、财力，也都没有解决好这个难题。

这个难题就是垃圾的分类处理。

这是中国的难题，也是世界的难题。

亮子口村要解决这个难题，可能吗？

亮子口村在上级大力支持资助下，基础设施、环境面貌发生了巨大变化，村民们欢欣鼓舞，可陈永胜却高兴不起来。他知道，村庄漂亮了，环境整洁了，需要大家共同来保持和爱护，可这与千百年来农村人自由、无拘束的生活习惯不太一致，平时大家随手扔个垃圾也不觉得咋样，菜帮子、树叶子、污水脏土、破铜烂铁和废旧不要的物品都一股脑儿地堆到垃圾堆上，习以为常了。现在我们花了大价钱，把村子整饬一新，大家再这么乱扔乱放，那用不了多长时间我们的村庄又成了"脏、乱、差"了，我们美丽的村庄、幸福的生活不是又没了吗？要想使村庄永远美丽，就必须解决垃圾问题。可解决这个问题难度是可想而知的。

恰在这个时候，灯塔市开始了"垃圾分类试点村"行动，亮子口村抓住这个机会，积极参加，成为第一批试点村。

在不知道怎么干的情况下，就要去学习。听上级介绍说，抚顺新宾满族自治县垃圾分类工作开展得比较好，陈永胜决定组织人员去学习。在选派人员时，有人提出，为了节省经费，还是少去几个人，拿回点资料就行了。可陈永胜却摇摇头说，这次学习得多去人，不仅要去村干部，还要去群众代表。垃圾分类是全村所有人的事，在这方面要舍得花钱。村里花钱租了一台大客车，全村选了30多名干部、党员和群众代表。这也是近年来村里集体组织的一次大型活动了。春节刚过，年气儿还没有完全消失，急不可待的陈永胜就率团出发了。

在新宾，他们听了先进经验介绍，实地到村到屯现场参观考察，一家一家看，一户一户学，不时用笔记录，不停地用手机拍照，对新宾满族自治县实施的垃圾"五指分类法"所取得的成绩赞不绝口。

回来以后，村"两委"班子马上召开会议，让大家谈学习体会，结合亮子口村的实际情况，讨论下一步的工作办法。有人提出，万事开头难，垃圾分类更是如此，起步简单点，先易后难，先粗后细，慢慢地再提高。可以先按"可烂和不可烂"分两类进行，这样的"两类分类法"，简便易行，老百姓容易接受，我们再辅助评优、奖励等办法，起步问题能解决。而且，通过分类能降低垃圾量，垃圾量减少了，可以减轻劳动量，有利于降低处理成本，有利于解决垃圾分类可行性、持久性的问题。在这些基础上，我们再学习新宾县"五指分类法"进行提高，这样逐渐地大家都能适应新要求、新生活。

陈永胜经过几天的认真思考，提出了自己的主张："开展农村垃圾处理的关键是在于垃圾减量，减量的第一步在于从源头上分类，而这一切的基础是动员全民参与进来，使全体村民学会垃圾分类是重中之重。垃圾分类减量工作，得接地气，实施农民可接受、面上可推广的生活垃圾处理模式。我进行了研究，我们就按照'农户分类、保洁员上门收集、定点投放、二次分拣清运处理'这样的工作流程执行，实施过程中我们以点带面，先由我们党员干部、村民代表来带头，然后再向全体村民推广，随时发现问题随时处理。"

第一书记赵文睿接着说道："接受新鲜事物需要一个过程，解决的最好办法就是入户走访宣传，党员干部带头。所以，这项行动启动后，我们要大张旗鼓地进行，要召开全村动员大会，号召全体村民都行动起来，向大家宣传到位，要教会大家怎么分类、怎么减量，会干的带不会的，先进的带后进的，这样通过一段时间运作，我想就能有明显效果了。"

会上，大家充分发言，认识达到了空前的统一。新宾能做到的，我们亮子口村也一定能做到，甚至做得更好。

村"两委"班子抓紧利用开春前农闲时间召开全村动员大会，号召党员、干部、村民代表带头示范，宣传引导全体村民早日参与到这项"功在当代、利在千秋"的行动中来。

在这之后，村广播喇叭、宣传展板、宣传单齐上阵，党员干部、妇女代表全带头，大家走家入户，发放宣传卡片和印有垃圾分类的小扇子，又进行现场讲解，逐步落实提高村民垃圾分类意识，让垃圾分类家喻户晓，深入人心。经过三个月的努力，全村的知晓率达到90%以上，参与率达到60%，大家都知道了"能烧的就烧，能堆肥的就堆肥，能利用的就利用，能攒的就攒，能卖的就卖"的办法。小朋友们也成了垃圾分类的小小宣传员，人群里常常听到他们绘声绘色的演唱：

可烂垃圾都有啥？剩菜剩饭鱼禽谷，
秧棵秸秆瓜果皮，沤粪变为有机肥。
有害垃圾都有啥？过期药品废电池，
科学处理有保障，变废为宝再利用。
垃圾分类怎么干？党员干部带头上，
人人争当示范户，干干净净过日子，
垃圾种类分清楚，扮靓最美亮子口。

这首顺口溜是亮子口村党支部编写的，孩子们的传唱，让大人们一下子就把握了垃圾分类的基本原则和精髓，令人犯愁的不会垃圾分类的难题很快解决了。

火车跑得快，全靠车头带。在推行垃圾分类减量工作阶段，亮子口村党支部充分发挥党组织战斗堡垒作用和党员先锋带头作用，把垃圾分类减量知识学习作为"三会一课"、党日活动的主要内容，不断强化党员积极参与、示范带头做好垃圾分类工作的意识，并且进一步发挥党员户挂牌功能，"共产党员户"铭牌上"不忘初心、牢记使命，我是党员我带头"的字样清晰醒目，党员们亮身份、亮形象、亮职责，树立标杆形象。同时，支部又把垃圾分类纳入党员积分制考核之中，党员责任感、使命感、荣耀感不断提高。

有着六十多年党龄的耄耋老人赵成柱，在改造环境、垃圾分类工作上不甘于人后，他积极响应村党支部号召，每天认认真真地对自家垃圾进行分类。他不仅管好自家事，还担当起垃圾分类宣传员和督导员。

邻居赵文勇跟很多村民一样，起初对垃圾分类很不理解，他满不在乎地说："说实话，这个分不分类能怎么的呀？一个大坑填里就完事呗！"

对于赵文勇这种错误思想，赵成柱老人以长辈身份主动登门，对赵文勇说："垃圾分类这可不是小事，这是利国利民的大事情，是对社会、对个人都有好处的事。大道理俺不多说，就说我们自己的院里、屋里环境好了，干净利索了，最受益的是谁？不就是我们自己嘛！"

赵文勇听老人家的话，心想，这么大年纪的老人都能做得到，我一个年轻人有啥困难的？俺也不能落后哇！

正是在赵成柱这样的党员引领下，村民们对垃圾分类从渐渐认识、到慢慢接受、再到自觉参与，形成了人人参与的良好氛围。

"现在你不让我分类我还不干了呢！因为什么呢？这种东西现在已经成为习惯了，分类出来对环境也好，对卫生也好，好人做好事，好事就得坚持做下去。"赵文勇说。

凡事起于平淡而成就于锲而不舍，细节决定成败。亮子口村的垃圾分类便遵循此道，工作从细微处入手。村里实行了网格化管理，全村按照人口密度划分为三个网格小组，村干部担任网格长，党员和村代表包保到户，选聘网格保洁员并培训合格后上岗，评选垃圾分类减量文明示范户和绿色环保带头人，营造"比、学、赶、帮"氛围。工作中，村委会还为每家每户免费发放了垃圾桶，落实垃圾日产日清制度。村民按照"二分法""五指法"进行初步分类，每天早上将不能变卖、沤肥的垃圾入桶放置在大门外，村里保洁员定时上门收集，垃圾被统一运送到固定的垃圾点进行二次分拣，能腐烂的投进垃圾坑沤肥用于农业生产，纸壳、塑料瓶等有利用价值的回收再利用，有毒有害废弃物集中清运，建筑垃圾用于铺垫田间作业道路。经过农户和保洁员两次分类和"三堆存放法"（村里集中建设一个农业生产垃圾沤肥池、一个标准化生活垃圾池、一个建筑垃圾存放点），生活垃圾基本所剩无几，村里垃圾量由原来每天要产生五车，到现在只剩了一车、半车。原来村里有十几个垃圾池，现在也不需要那么多了，只保留了一个垃圾处理点，垃圾基本不出村，环境进一步改善，实现了垃圾处理"减量化、资源化、无害化"目标。

垃圾分类减量化行动，使环境越来越整洁有序，乱丢乱扔垃圾现象明显减少，自觉分类的习惯逐渐养成，村民的素质也在潜移默化中不断提升，真正达到了全民参与、全民支持的农村环境整治氛围。

"原来村里没有这么整洁，现在跟你说，家家门口有花有草，绿树成行，出来一瞅，心里可高兴了。"村民王大娘说这话时喜笑颜开。

"靠我们村民大伙的共同努力，把这个环境保持这么完美，实在不容易，我们还要继续保持下去。"村民李小妹满是自豪又信心满满地说。

如果说让村民进行垃圾分类是新难题的话，那么"三堆进院"就是"老大难"的问题了。一直以来，村民为了自家庭院干净，都将"柴草堆、垃圾堆、粪堆"堆放在院墙外，这是千百年来农村普遍现象、陈规旧习。

再难也得办！在"美丽乡村示范村"建设时，亮子口村的村民就达成了共识，家家户户谋划好自己家的"三堆"位置。说归说，做归做，改变旧有习惯哪能那么简单？

养猪户田艳成有时还是顺手将猪粪堆到院门口，邻居张德宏50多岁，是党员责任区的责任人，他诚恳真诚，敢于直面不良现象，在农村熟人社会"怕得罪人儿"的风气里显得很亮眼。见田家旧习惯改变不彻底，他多次找到田艳成善意提醒，耐心劝说，在他的督促下，田艳成渐渐养成了良好习惯，将畜禽粪便全部归拢到自家院内集中沤肥。

"通过我大哥的劝阻，教我在堆肥点四周种上青菜、花草什么的，这样外面的环境好了，空气也好了，不再臭烘烘的了。"田艳成发自肺腑地感谢张德宏的帮助。

"自己家环境整好，也得帮助别人把环境整好，作为党员来说，这是责任，得敢担当啊！我们都是为了大家，大家好了才是真好哇！"张德宏笑眯眯地说。

"世上之事，难也不难，不难也难。经历了我们亮子口村环境整治的同志，对其中的酸甜苦辣都会有深刻的切身感受。坦率地说，美丽乡村建设也好，垃圾分类试点村也罢，都是一项涉及全民习惯养成的大工程，必须坚持智从群众中来、事落群众中去，依靠群众、发动群众、惠及群众，形成全民知晓、全民参与的良好氛围才能成功。回过头来看：艰难困苦遍地是，奋勇向前攻克它。辛勤铺就成功路，汗水浇开幸福花。"陈永胜眼含激动的泪水，豪情万丈地回忆道。

四、"厕所革命"

垃圾分类的问题解决了，亮子口村的环境发生了巨大的变化，累了两年多，村里有的党员、干部觉得可以喘口气、歇歇脚了。

这是2019年6月的一天，陈永胜带领村"两委"班子成员在村里察看环境。走在黑色平坦的柏油路上，看着路两边新栽的树木、盛开的鲜花，大家的心情都非常好。走到一家住户的院墙旁，一股臭味直冲鼻子。6月来的天气，已经非常炎热了，臭味是从院墙旁的一个厕所里飘出来的。大家赶紧快点走，可是走过了这家，前面那家的厕所臭味更大，更难闻。大家美好的心情顿时让这臭味冲得无影无踪了。

回到村委会，驻村第一书记赵文睿忍不住先开口了："陈书记，这厕所的问题得解决。不解决厕所问题，美丽乡村建设就是一句空话。"

一位支委听了摇摇头，"农村厕所都这样，祖祖辈辈，一直至今，要想改变，难哪。"

这位支委说的话是实情。农村厕所自古以来就是"旱厕"，房前屋后、犄角旮旯找个地儿，挖个坑儿，周围用秸秆、树枝挡一挡，这便是最原始、最基本、最常见的如厕之所了，名副其实的"茅坑""茅厕"。使用过这种厕所的人印象是深刻的，那种滋味一言难尽。天冷时，粪便冻成了"宝塔"，冻得屁股冰凉；天热了，臭味熏人，蛆虫遍地，蚊虫叮咬，雨后粪水溅屁股。厕所卫生成了愁人事。

陈永胜思考了好一会儿，他从抽屉里拿出一张报纸，放在桌上说："我不知道大家注意了没有，前几天，国务院召开了农村人居环境整治暨'厕所革命'现场会，我们要按照党中央、国务院决策部署，全面深入推进农村人居环境整治，大力开展农村'厕所革命'，按时保质完成三年行动目标任务。"陈永胜敏锐地觉察到，农村"厕所革命"的春风已经吹来了，而且必将成为当前农村环境改造提升工作的一项重要内容。亮子口村一定要抓住这次难得的机遇，在"厕所革命"中有更大的收获。

这次"厕所革命"可不简单，是一块硬骨头，需要打一场硬仗。全村400多户家庭旱厕改水厕，要从室外改到室内，要解决上水、下水问题，要解决粪便污水的后期处理。要解决这些技术问题，既要解决资金的问题，还要解决群众的思想问题、生活习惯问题，困难不亚于之前的环境建设、"三堆"进院和垃圾分类，其难度甚至会超过以往所做的事情。

经过层层动员，参与群众旱厕改水厕工作的热情被点燃起来，在随后召开的全体村民大会上，大家也集体表决，一致同意在全村范围内即刻实施"厕所革命"。

让老百姓自己掏钱进行"厕所革命"怕是难哪！有的村民代表皱起了眉头。

"钱的事虽然难，可也不用怕。国家倡导的事，政府就能给予支持，我们抓住时机，顺势而为，一定能做到'四两拨千斤'，这个难题就由我们村党支部和村委会来解决吧。"陈永胜好像早就胸有成竹了一般。

自从"千村美丽、万村整洁""美丽乡村示范村升级版""垃圾分类减量"等活动实施以来，亮子口村取得了丰硕成果，得到了佟二堡镇、灯塔市、辽阳市乃至辽宁省各级领导的关注，前来参观、考察、学习、听取经验介绍的络绎不绝，亮子口村的成功经验得到积极推广，美名不断传播、扩散。"厕所革命"事项确定后，村"两委"班子在向市、镇两级政府呈报厕所改造申请、计划的同时，善于抓住领导实地调研考察之机，及时反映社情民意，传达百姓心声与期盼，把村里"厕所革命"的构想进行认真汇报，请上级给予支持。通过积极努力争取，亮子口村厕所改造的事情被认可、批准了，费用难题也一并给解决了。"不用老百姓花一分钱，全部由上级专项资金拨付"。消息传来，村民们喜不自禁，纷纷夸赞党的政策好、夸赞村党支部行。

怎么才能真正把好事办好，不劳民伤财呢？

细想想，这个活儿也确实不好干。上级资金不是敞口的，刚刚高兴地以为这是不劳神费钱的事，但实际上并不是那样，还是需要好好考虑，还是要精打细算、斤斤计较。改造是有标准的，建设是要高质量的，不是谁想怎么干就怎么干的。400多户人家、1400多口人，不好保证，也不可能保证每个人想法都一样，各家各户的基础条件不一样，这种千差万别对改造的影响也是应该提前预想的。

只要有党的坚强领导，紧紧依靠广大村民，不信后面的问题解决不了！带着这样的豪情，亮子口村厕所改造工程启动了。

农村厕所最难的地方不是别的，是粪便怎么处理的问题。以前大家都是将粪便清淘出来堆在粪堆上，味儿也大，也埋汰，这个问题处理不好的话，"厕所革命"就是短时行为，只能解决了一时，不能持续下去，最后就会落空，还会变回到原来脏乱差的状况。到那时，老百姓就得骂这是搞"形象工程""面子工程"。

同时，村民们的想法和要求是多种多样的。"我家房子大，我愿意把厕所改到屋子里。"范素荣等村民提出了自己的想法和要求。"我家屋里地方小，想把厕所修在屋里也不现实呀！怎么办呢？"村民刘长恕脸上泛着愁容、自言自语道。

面对种种不同情况，村党支部与村委会逐一研究，归纳、梳理，总的来说可分为两种类型，一种是能在室内建设的家庭进行室内卫生间改造，一种是不适合建在室内的家庭就在院内单独建设统一样式、标准化的室内卫生间。总体上就是摒弃露天旱厕，改建室内干净卫生的冲水马桶，一并考虑粪便污水的处理方法，使卫生间能够长久地使用下去。

在这样的思考和方案指导下，一家一户的具体改造方案很快制定出来，粪便处理也找到了解决办法——配套建设污水粪便处理设备，利用该设备将粪便污水变为有机肥，施于农田，为农作物提供有机养料，变废为宝。

万事俱备，快字当头。在工程人员全力实施下，到当年10月，各家改厕工作全部完成，367户村民顺利用上了新式卫生间。

这场"厕所革命"攻坚战打得太漂亮了，短短几个月时间，全村就改造了三四百个卫生间，一下子把村里的老式厕所改掉了，改变了人们传统的上厕所方式。刚开始，有人看到这么崭新、干净的卫生间都舍不得用。有的人家改成了坐便，岁数大的人冷不丁儿还拉不出屎来了呢，这是原来蹲着大便习惯了，一时间还没适应。有的说，现在上卫生间是种享受，原来上厕所那就是遭罪，与过去相比，简直一个天上、一个地下，没法比！还有人说，现在我们这个污水粪便处理器挺神奇，真挺好，能及时将卫生间产生的污浊物处理成粪肥，这种有机肥算得上是来自于土地，又还回到了土地，在这个过程中不再污染环境、污染空气了，用时髦话讲，叫循环再利用。

"我家的卫生间是蓝白相间、铝塑保温板材质的，四周封闭的'单间儿'，看上去就干净利索，里面是蹲便器，用起来挺适合我们岁数大一点的老人的生活习惯。这个卫生间最大的好处就是干净、卫生，私密性好，正像村里宣传时说的，让人有尊严感，现在我们上厕所不尴尬了，以前上厕所呀，有时太让人难堪，太没颜面了，丢人现眼的事常有！不说了，不说了，我们现在就享受这幸福生活吧。"对改造后的卫生间赞许有加的王大娘快言快语地说。

来到40多岁的村民范素荣家，看到她家的卫生间，宽敞明亮，干干净净，地面墙面瓷砖装修，天花吊顶、灯具、浴霸、淋浴器、坐便器、洗手台一应俱全，真是跟城市新居没啥两样。范素荣说："说个心里话，现在来说呢，村里给我们改造了厕所，我家将卫生间修在了屋里，安的是坐便呢！对我们一家人来说，上厕所非常方便，不出屋，不怕风吹雨淋太阳晒，也没了苍蝇蚊子飞，没了蛆虫老鼠爬，实在是太好了！"说这话时，她眼睛眉毛笑作一堆，尽显幸福。接着，她像忽然想起什么似的补充道："对了！忘了跟你说，我家卫生间里还安装了电热水器，我们能在自家就洗上热水澡了，实在是太舒服、太幸福了。我跟你说呀，村里给我们创造了幸福的生活环境，我们都赶得上城市人的生活了，这是我从来没想过的，也是不敢想的，今天我们能过上这么幸福的生活，真是感谢共产党！"

窥一斑而知全豹，观滴水而知沧海。毋庸讳言，亮子口村几位村民口中所述的厕所改造的好处，就是我们党和国家实施"厕所革命"重大意义的最好例证，就是党心知民心、人民知党恩的最佳诠释。

五、心灵之美

常言道："环境塑造人，环境影响人。"美好环境对净化人的心灵、形成好的民风能起到积极作用。有美德、好公益的人多了，环境也会大大改变、提升。认识到这一点，亮子口村党支部一直以来认真组织开展精神文明创建活动。他们制定、完善村规民约，发挥全体村民共管共建的积极性、主动性。建立门前三包责任制，设立义务监管员和保洁员，培养环境共建共管意识，鼓励村民参与文艺活动，丰富业余文化生活，弘扬人间真善美，传递社会正能量。评选好家庭、好家风，不断增强村民自管自治能力。

他们在全村开展评选先进典型活动，用身边的典型人物和典型事迹来教育人，鼓舞人。评选身边的先进典型可是村里的一件大事，含糊不得，来不得半点虚假，评选之后要展示、要挂牌，这与家家户户的名声、形象息息相关。这就要求必须将身边的好人好事评选出来，人和事要真实、要鲜活，评选过程必须民主、公开，这才能起到示范带头作用，才能让人信服，才能使群众愿意参与，才能长久推行下去。

村党支部评先选优的倡议一经发出，犹如石子落入平静水面，瞬间激起层层水波，荡出圈圈涟漪。经过多次认真评选，亮子口村"带头致富家庭""勤俭持家家庭""最美庭院示范户""垃圾分类减量文明示范户""和谐家庭""为爱坚守家庭""文艺家庭""村级文化带头人"脱颖而出。村党支部将人物和事迹做成标志牌悬挂在庭院门楣、广场橱窗，一个个鲜活的人物、一件件典型事迹犹如璀璨的明星在亮子口村闪耀。

带头致富赵旭东、朱春梅

赵旭东、朱春梅夫妻作为致富带头人，他们的奋斗历程是随着佟二堡皮装市场的发展而发展的。20世纪80年代中期，处于改革开放大潮里的佟二堡人开始做起了皮革生意，皮衣皮裤逐渐盛行。从这时起，赵旭东、朱春梅夫妻也乘势做起了皮装加工生意，经过十几年的艰辛创业，从最初家里的两三个人起步做缝纫加工，到后期扩大到十多人、几十人的加工点，生意越做越红火。

然而，好景不长，由于粗犷发展、恶意竞争、小作坊式生产、品种单一等种种问题暴露出来，到2000年前后，佟二堡的皮装市场冷清下来，跌入低谷，赵旭东、朱春梅也犯了难。在困难面前，他们没有低头，没有气馁，进行了二次创业。他们加强学习，研究技术，扩大生产，讲科学，抓管理，成了村里皮装生产的能人和技术精英。他们发现裘皮服装时兴起来，也抓紧转向，从皮革产业转型升级到皮草产业，佟二堡市场再次活跃起来，他们夫妻的生意也再次忙碌、兴旺起来。

他们先后为本村、邻村30多名闲散妇女提供了就业岗位，实现了"家门口就业"。他们还手把手地教大伙儿裁活儿，悉心传授各种专业技术，裘皮服装制作质量越来越高，工人们的收入也大幅提高。现在每个在他家打工的村民平均每年都有三四万元的收入，比到外地打工赚得还多。

在赵家挂牌仪式上，陈永胜用洪亮的声音宣布："在决胜全面建成小康社会的时代背景下，我们亮子口村需要的正是赵旭东、朱春梅这样的踏实肯干、带头致富的能人。"

美德夫妻王宪伟、岳爱国

亮子口有位村民叫岳爱国，是王宪伟的妻子，自打22岁嫁到王家后，他们一家人已经共同生活三十多年，其间的苦辣酸甜外人难以体会，她的坚持也非常人能及。村里在为岳爱国授牌时，她激动地说："感谢村领导，感谢共产党，没有村里的支持，我也难以走到今天，我们老王家也难以过上今天的好生活。"

王宪伟是村里一位正直朴实勤劳能干的农民，岳爱国年轻时就看上了他，可是当时爱国的娘家人却不太同意。他们认为宪伟这孩子是不错，为人本分，踏实肯干，可是，看看他的家庭，那样的家庭能过日子吗？不提以后父母年纪大需要人照料，就单单看看他那两个哥哥，那就够你受的，那日子得多艰难，你得吃多少苦，何况这个苦还是没有尽头的呢！

原来，王宪伟的两位哥哥都身有残疾，智力、听力有障碍，不能自食其力，不能成家立业，没有任何经济收入，只有靠别人照顾才能生活。谁家有一位这样的亲人都是够受的，何况王家有两个呢？

面对此情此景，岳爱国也犹豫过，可后来她还是毅然决然地选择与王宪伟携手相伴，共度人生。她说："王家的日子确实艰难，可宪伟哥人品好，值得托付终身，错过一时就是错过一生。另外，他有困难，我更得帮他。人们都向往爱情，向往美好生活，啥是爱情？啥是美好生活？美好生活就是两情相悦过日子，爱情不应该是只讲物质条件，更讲精神生活，不应该是只能同甘，更要共苦，艰难困苦更能考验是否有真爱。我相信，再多的苦我们都能承受，再大的困难我们都能克服，我和宪伟哥就是要做有福同享、有难同当、两情相悦的好夫妻。"

这么多年，她和丈夫一同伺候婆婆，一直悉心照料至今单身有残疾的两位大伯哥，三十年如一日，像照顾孩子一样操心两位大伯哥的吃喝拉撒，从来不嫌弃、鄙视他们，家里有好吃的东西，都是先送给年迈的婆婆和两位大伯哥吃，屋子也给收拾得干净利落。这么多年，村党支部、村委会换了一届又一届，干部换了一茬又一茬，王家的冷暖一直放在党支部和村委会的心上。逢年过节，党员干部送来了米、面、油；春种秋收，大家帮着耕种收割；王家有个大事小情，支部都张罗乡亲来帮忙。在大家的共同帮助下，王家人不离不弃，同甘共苦走了过来，感动着乡邻。

绿色环保赵成柱

提起赵成柱，村民们都竖大拇指。

赵成柱年事已高，已经80多岁了。他身材高挑消瘦，不弯腰，不驼背，慈眉善目，精神矍铄，走起路来步履稳健，干起活来仍有一把力气，说起话来慢条斯理、入情入理。他家屋里屋外都拾掇得干干净净、清清爽爽。按照村里张婶的说法儿，赵大哥家院内是草刺儿皆无哇！那个干净劲儿，不服不行！不仅院里，就连院墙外，成柱老人也是打扫得利利索索，杂草除净，地面平整，还种上了花草树木，定期浇水、剪枝、整形，整个院落及周边那叫一个干净、生机勃勃。

赵成柱经常在村里遛弯儿，他边走边注意观察街巷及两侧的边沟，发现垃圾就及时捡拾、打扫，俨然是一位义务清扫员。多年来，在他的带动下，村内原来垃圾成堆、无人清理的局面改变了。

村党支部开展垃圾分类减量化活动后，赵成柱更是走在了前面。他按照村上的指导，将家里产生的垃圾进行"两分法""五指法"处理。为了加强记忆，他常常念叨："能烧的烧，灰烬做了有机肥；能沤粪的沤粪，农家肥强于无机肥；塑料瓶子金属罐，'破烂儿'积攒起来把钱卖；垃圾废品处理好，环境整洁品质高。"

有的人嫌垃圾分类麻烦，赵成柱老人便和颜悦色地劝说道："垃圾分类其实就是举手之劳，有啥麻烦的呀？就是我们还没有形成习惯，大家稍微注意一点就把问题解决了，这对自己对别人都有好处，一举多得，这样的好事为啥不做呢？我这老头子都能做到，难道你们小年轻的做不到吗？难道你们不盼着我们村变得越来越好吗？都盼好就得都做好！我们的亮子口要想好就得由我们全体村民来创造、来维护。垃圾分类，别人做不到，那是他们素质还不够高，我们这样做就是高素质的表现，是好家庭、好门风的体现，大家得做，大家做好了我们亮子口才能更好！"

赵成柱作为村里的老党员、长辈，与大家生活在一起，朝夕相处，做事、说话有威信。他做在前头，又能语重心长地劝说，大家自然是心悦诚服，积极跟随着他行动，村里环境得到持续改善。

和谐家庭赵文明、刘薇

赵文明、刘薇是一对年近40的中年夫妻，上有三老，下有一小，家有家、业有业，衣食无忧，是村上中青年夫妻的代表。这代人的特点是，有父辈艰苦奋斗打下的根基，生活条件、事业起点都比较好，没经历太多艰难，没尝过太多苦楚，是幸福的一代。可这代人较之吃过苦、受过累、懂得奋斗不易、知道珍惜生活的父母们来说，也容易沾染上坐吃山空、养尊处优、不思进取的坏习气。所以，老话儿说得好，"创业难，守业更难"，能守得住祖上基业、守住创业精神、保持奋斗品质是更难的。

十几年来，赵文明、刘薇夫妻两人与那些"败家子"不一样，他们知书达礼，同心同德，夫唱妇随，和谐相伴。生活上相互照顾、相互信任，事业上齐心协力、共同创业，日子过得殷殷实实、和和美美，一天比一天好。

这个家庭更可贵的是，夫妻二人特别孝顺，视对方父母如自己的父母，公婆对刘薇如同己出，跟亲生女儿一样对待，一家人团结和睦，其乐融融。赵文明的妈妈有个头疼脑热、大病小灾的，刘薇都体贴入微地加以照料，买药、倒水、喂饭、梳头……样样给伺候到、照看到。同病房的人都夸："你这闺女没白养，照顾妈妈真周

114

到！"赵妈妈不无自豪地说："这哪是我闺女呀，这是我儿媳妇！"
"你儿媳妇啊？我还以为是你女儿呢！这一口一个妈叫得多亲哪！照
顾你这么细致、这么亲近，能娶到这么好的儿媳妇，你真是修来的
好福气！"同病房的人听了，都纷纷称赞。

正如刘薇说的那般，家里是小敬老、老爱小。夫妻俩孝敬老
人，老人也主动干一些力所能及的家务，小孩子也是乖巧懂事，遇
到大事小情全家人就一起商讨，家中气氛民主、和谐、融洽，街坊
邻里广为称道。

为爱坚守李素坤

李素坤，一位平凡的农村妇女，也是一位伟大的妻子。

李素坤的丈夫十几年前因一场意外事故导致其腰部以下完全瘫
痪。从那时起，李素坤便挑起了整个家庭重担，十多年时间里，她
要赚钱养家，要操持家务，要培养孩子，更要悉心照顾瘫痪的丈
夫，翻身、按摩、擦洗、伺候大小便……都是每天必做的事情。病
人的情绪是不稳定的，这是非常考验人的耐心的。有时她丈夫心情
烦闷、唉声叹气，有时会发脾气、大声吵闹，有时还会痛骂自己是
"没用的人"，甚至摔盆摔碗、拒绝用药。每每遇到这样的时候，李
素坤都会不厌其烦、耐心地开导丈夫："大家都很关心我们，我们更
要好好珍惜。谁能愿意摊上这样的事呢？可是既然老天让我们经历
这样的苦难，命运给了我们这样的安排，我们也要坦然接受，不该
失意、抱怨、生气呀！发脾气是于事无补的，是会打乱我们生活
的，是会将我们引上歧途的。你得知道，我们家的生活还是要继续
的，我们一家人还是要生活在一起的。你在，我们家就有顶梁柱；
你在，我们家就是个完整的家庭；你在，我就有心理依靠的呀！"说
这话时李素坤的脸上往往是带着笑意，丈夫听到这些性情也会安稳
许多，可李素坤的苦与泪却掩在笑容后面、流进心里、藏在心底。

这么多年，寒来暑往，斗转星移，从青丝到白发，风风雨雨，
历尽坎坷，经过磨难，不管多苦多累，李素坤都咬紧牙关坚持着，

坚守着，她的不离不弃、守护照料，她所做的一切、付出的一切，都诠释了亲情的伟大，谱写了爱的赞歌。

文艺标兵"印寇"

傍晚时分，远远地瞧见一男一女两人走来，亮子口村文化活动广场上有人开始欢呼，"印寇来啦！印寇来啦！大家准备操练起来吧！"于是，散落四周以大妈为主体的人们聚拢过来，列队、排型，准备开始集体舞演练。

"印寇"是两个人，为夫妻俩，妻子叫印桂芝，丈夫名寇有才，他们总是出双入对，相随相伴，于是大家就简称他俩为"印寇"。印、寇二人都是文艺爱好者，他们从小就喜欢唱歌跳舞，几十年了，兴致不减，趣味越来越浓，不仅自家人自娱自乐，还带动乡亲邻里共同娱乐、锻炼身体，所以，他们家被村里评为"文艺家庭"是实至名归。

老寇是年逾60的老汉了，但看起来跟一般的农村老人不一样，从容颜上看要比同村同龄的人年轻许多。他的脸上总是挂着欢喜笑容，洋溢着幸福神情，从来没看见过他愁苦的样子。

为了带动村里更多的老年人参与进来，丰富村上的文化生活，老两口与周边文艺圈的朋友保持联系，时常组织一些乡村鼓乐队来表演，锣鼓喧天，唢呐嘹亮，乐曲飞扬，东北人喜庆热烈的气氛一下子绽放出来，激荡着人们的心灵，激发了村民骨子里的热情，激活了体内蕴藏的文艺细胞，不由得随之手舞足蹈，欢乐与幸福弥漫开来。

为了提高文艺演出质量，提升群众艺术欣赏能力与水平，寇有才还跑到灯塔市文化馆，专门邀请专业老师前来村里进行二胡等器乐演奏，让大家享受一场文化盛宴。

老伴儿印桂芝也发挥特长，对着手机、电视自学舞步，自己学会练熟了就传授给村民。年长的女同志时间比较宽松，锻炼身体的意愿更强，在学习跳舞的村民中占了绝大多数。但是她们记忆力差、身体协调性不高，学习起来比较吃力，印桂芝不厌其烦教学，耐心指导，鼓励她们要坚持、别放弃，在她的悉心传授下，村里几十名女同志学会了多支广场舞，大家越跳越起劲儿，身体素质、精神状态也越来越好。

榜样的力量是无穷的。亮子口村的评选实实在在、众人瞩目，先进典型不断涌现、不胜枚举，精神文明建设之花在亮子口村遍地开放。

六、战斗堡垒

村看村，户看户，群众看党员，党员看支部。近年来，亮子口村从经济发展到环境建设，从物质文明到精神文明，都取得了实实在在的成绩，得到了全村百姓的一致赞扬和肯定。能做到这一点，最根本的还是村党支部加强基层党组织自身建设，全面贯彻习近平新时代中国特色社会主义思想，把党支部建设成为坚强的战斗堡垒。

村里发生过这样一件事情：亮子口村紧邻县道，是辽阳通往佟二堡的重要路段，每天过往车辆很多。天黑以后虽然少了些，可一会儿一辆、一会儿一辆是嗖嗖地过。原来这里没有路灯，夜间容易发生交通事故，对村民、对过往车辆安全隐患很大。村里的党员、企业家寇金鑫发现这个问题后，立即会同其他6名企业家党员自发捐款4万多元，沿着村口道路安装了30多盏太阳能路灯。

为啥他们能干这个事情呢？不仅是因为他们生意做得都很不错，吃水不忘挖井人，愿意给村里做些贡献，更主要的是，他们几位本身都是党员，村党支部这几年没少给大家做好事，组织党员学习，提高党员同志的思想觉悟，还在各个党员家门口挂上了"共产党员户"的牌子，大家都感到了党组织的凝聚力和战斗力，感觉党员很光荣，不能只想着自己挣钱。安路灯这个事很有意义，灯亮了，路亮了，亮子口村也亮了。

几年来，亮子口村党支部急群众之所急，办群众之所盼，竭尽全力为群众多做实事、好事。美丽乡村建设中，群众期盼的事情挺多，可上级配套资金是有限的，想把村路全修了却苦于资金不足，怎么办呢？

村支部研究决定，修路的事上级能给解决的就依靠上级帮助解决，不能涵盖在内的，就由村里自己想办法解决。为了节省资金，防止浪费，由村委会跟施工队强化沟通，增进感情，在不能降低标准的前提下，力争做到工程质量最好、价钱最少。交流中，双方不断讨价还价，村里在利益上是寸步不让。施工队同志半开玩笑半认真地说："我看出来了，亮子口人真聪明啊，对我们的热情原来是为了省钱、还得要好东西。"村务监督组主任高明骏真诚地说："这不也是没办法嘛！我们没钱，还想多为老百姓办点事，不容易呀！"双方说完哈哈大笑，两只大手紧紧地握在一起。

在村党支部的带领下，村委会及村民们热情参与，特别是党员同志想在前、干在先，出力献策，亮子口的工程总是花最少的钱，干了最多最好的活。美丽乡村示范村升级版建设，用了770万元，完成了包括道路、文化墙、文化广场、绿化、亮化、篮球场、文化室、图书室、荷花池等工程建设。"厕所革命"中，仅用了约100万元，就新建、改造了三四百个厕所，使每个农户都用上了干净整洁的新式卫生间。在垃圾分类减量化活动中，为每家每户免费发放的垃圾桶是党支部、村委会收集来的物料桶，废物再利用，没花一分钱，物尽其用，各得其所。

节流做得好，开源更重要。村党支部提出，改善群众生活的根本在于抓经济、求发展，要依靠大家的智慧，发挥周边资源优势，促进村集体经济壮大，带动农民群众增收。抓住亮子口紧邻佟二堡皮装大市场的地理优势和皮草行业发展的有利时机，积极带动村民从事皮草产业。从最初只能干缝纫、钉纽扣等简单的手工加工，一点点地学习、提高，再到会裁剪、到外地收购皮料，从事皮装行业的人员逐渐增加，现在已经发展到养殖、硝染、加工、检测、销售等全产业链参与，全村145户670人从事皮装、裘皮产业生产，村里的能工巧匠越来越多。

亮子口村有2900多亩耕地，无论水田、旱田都土质肥沃，是鱼米之乡。现在做裘皮生意的人多了，种地的人少了，面对这种新情况，村党支部通过农村合作社的形式，来推动农业发展，成立了灯塔市亮星水稻合作社，把村民的土地集中起来进行集中耕种，收获之后进行集中售卖，形成规模效益。

如今，亮子口村的农业生产收入有了较快增长，从2015年的人均收入5000元，已经提高到现在的1.80万元。随着经济的快速发展，党支部提出的人均收入跨越2万元大关的目标很快就能够实现。

村党支部做事光明正大，公开透明，清正廉洁，做事情从不藏着掖着，村务公示，政策上墙，村规民约制定完善。每当急难险重时刻，比如大风暴雨暴雪、抗旱防汛减灾，党支部始终都是把党旗打在最前面，党员志愿者的袖标、党徽最显眼，党员冲在最前头。金杯银杯，不如老百姓的口碑；金奖银奖，不如老百姓的夸奖！

亮子口的景色是美丽的，亮子口的名字是闪亮的。如今，美丽的亮子口村，已经站在了引领本地新农村经济振兴发展的新起点。展望未来，雄关漫道，征程正远。人们期待着亮子口在新农村建设中能够辉映更加绚丽的光彩，绽放更加夺目的亮色。

跳跃红色音符的村庄

王秀英

公元 2022 年的 3 月初，在北方，在天辽地宁的这块土地上，风，微凉，纷纷扬扬的雪花急切切地扑向大地、扑向城镇、扑向村庄。

迎着纷飞的雪花，从灯塔市内出发，沿小小线（S304 省道）东行，一路纯白。公路、大地、房屋……好一个纯白的世界！车轮唰唰地碾压柏油路上的覆雪，偶有会车时短促的鸣笛似乎在呼唤沉睡的大地。

沿路两侧高大的树木经历了严寒，光秃秃的枝干正欲返青，笔直地排在道路两侧，如挺拔的卫士，站立村前，迎来送往。

车行 8 公里，"荣官屯村"的路牌赫然醒目，在此路口左转北行，才能到达目的地——后屯村。

柏油路的两侧，黑土地静静地卧在白雪这床大被下，界线分明的垄沟垄台，规则地伸向远方，反射给车内的瞳孔里呈弧线状向后退去。

一公里的进村路，眨眼的工夫，就被车子甩在了后面。透过左侧车窗，我看到一座英雄雕像伫立在村西南的小山下。

"这塑像就是新建的李兆麟将军雕像吗？后面的那幢房子就是抗日史馆吗？我在电视上看见过。"我问开车的铧子镇党委干部。

"对的，一会儿到村里，他们会带你去参观的。"

转眼间车子进了后屯村。屯子不大，面积只有2.8平方公里，小村的房舍错落有致，巷道干净整齐。整个村子在6座小山的包围下，吐纳着恬静的农家烟火气息。

在3月来这里，我还是第一次。前些年，曾经在4月梨花开满山的时候，带领作协会员来采风；也曾在中秋时节，带着会员或朋友来摘果。每一次来，首先都要瞻仰村里的一位抗日英雄的故居——李兆麟故居。每一次见到看守故居的老支书，后屯村村史活辞典李振荣老人，都像看到了自己可亲可敬的父兄一样。

这次来到后屯村，是在铧子镇党委组织委员的陪同下，来参观采访。虽然没有见到桃红柳绿，生机勃勃的景色，但这素色的山体与裸露的山脊在春雪点缀下，越发显得风骨硬朗，亦如这里的人们，朴实而坚毅。

我看见村里的老少喜上眉梢，打开家门，院落中、巷道上，远远地，互道吉祥！

村里几任支书和几位村民代表早早地在党员活动室等候我，我一眼就认出了唯一的熟人——依然精神矍铄的李振荣老人。

座谈愉快地进行了两个多小时。忆过去、谈现在、展未来，一桩桩一件件感人的故事，让我的内心无比激动、有着无限的感慨。

这里，真是英雄辈出的地方！

李振荣老人和村支书一行陪同我再次瞻仰李兆麟故居，故居的房舍是近年按原型新建的，有些陈列物品还在陆续完善中。之后，步行几分钟，来到故居南侧新落成的灯塔抗日史馆，参观了灯塔抗日英雄人物事迹展。

87岁的李振荣老人步伐依然矫健、头脑依然清晰、口齿依然伶俐、眼神依然透彻。老人家自1962年任村支书，1995年离任至今，一直守护着李兆麟故居，他是李兆麟故居义务讲解员。有关李兆麟的生平事迹以及抗日义勇军的军歌、诗文，他都了如指掌，是名副其实的民族英雄精神家园的守护者。得知他老人家被正式任命为李兆麟故居纪念馆馆长，在建党百年时再次被评为市级模范党员，我感到无比欣慰。

怀着深深的敬意，再次站在抗日史馆前面英雄李兆麟的雕像前，眼望英雄雕像背后那不算雄伟的虎头山和五里长山，便有将军出没在大东北深山老林里，抗击日寇打游击战的情形浮现眼前，转而是身后美丽富饶的村庄和人们幸福生活的画卷。这如此交替浮现的镜像，如蒙太奇影像一样冲击着我的脑海。

时光如水，英雄芳华永驻！

3月，这充满希望的季节，让我们打开历史的画卷，看一看李兆麟将军抗日救国、做人民公仆这一宝贵的民族精神财富，是怎样点点滴滴地融入人们的骨血里，化作不尽的力量，为建设美好家园、创造幸福生活而闪光发热的；听一听这片藏有红色基因的沃土上，红色音符跳跃的韵律……

家乡　传承红色的基地

英雄李兆麟的出生地铧子镇后屯村，隶属辽阳市灯塔市（县），灯塔是1980年建县。1983年，刚建县三年的灯塔县政府就将李兆麟故居列为县级文物保护单位。在此之前，后屯村党支部带领村民，一直默默地义务保护着这个宅院。前任老支书李振荣，每到除夕，几乎整夜守在这里，生怕村民燃放鞭炮引起火灾。

李兆麟故居，宅院不大，一进一出。一道木制高门槛，两扇木制对开门。院内三间木格子窗正房为全家人的居室，四间厢房分设在东西各两间，东为书房，西为仓房。院里大石磨光滑锃亮，一口深水井里圈着清凌凌的地下水。牲口棚里的毛驴、小牛时常脸对脸打着响鼻，另一侧堆放的农具一应俱全。看上去当时李家的日子过得还算殷实。

时光的隧道进入了1995年，李兆麟故居被风雨侵蚀严重破损。灯塔县政府在财政极其紧张的状况下，出资抢修。2005年，即抗战胜利60周年之际，灯塔市政府再次出资在李兆麟故居东侧建起了相当于故居正房面积大的李兆麟故居纪念馆，用于陈列李兆麟的遗物。同年，后屯村被辽宁省列入红色旅游景点。

1996年灯塔县撤县设市，当年10月，中共灯塔市委、市政府在李兆麟故居挂牌"灯塔市爱国主义教育基地"。

1997年故居正式对外展出。之后二十几年多次维修、完善、翻建。

1998年1月，被中共辽阳市委员会、辽阳市人民政府评为"辽阳市爱国主义教育基地""辽阳市党员培训基地"。

2002年10月，被中共辽宁省委评为"辽宁省中共党史教育基地"，中共辽宁省委宣传部挂牌"辽宁省爱国主义教育示范基地"。

2005年5月，被辽宁省委宣传部、辽宁省民政厅、辽宁省教育厅、辽宁省文化厅、共青团辽宁省委员会评为"爱国主义教育示范基地"。

2007年，被辽宁省人民政府列为省级文物保护单位。

2008年5月，被辽阳市精神文明建设指导委员会评为"辽阳市未成年人思想道德建设革命传统教育基地"。被辽阳市公安消防支队评为"公安消防部队政治教育基地"。

2010年1月，被辽宁省人民政府列为"辽宁省国防教育基地"。

2017年5月，李兆麟故居被正式划入"沈阳抗战联线（沈阳抗战历史研究会）"。

2021年6月，被共青团辽阳市委员会评为"少先队校外活动实践基地（市级）"

由此可见，英雄没有被人们忘记，他的革命精神火种种在了家乡，撒在了东北。每年前来后屯村开展教育活动的人数有万余人。

早在1980年，灯塔县建县之初，城镇建设规划中，在城市文化建设方面，设计了融入民族英雄李兆麟的红色文化元素。1985年，在县城内主干道建设大街南部铺建了兆麟路，在路中央与建设大街交会处，修建了环形小广场，广场中央伫立着李兆麟骑马向人民敬礼的雕像。小广场四周由县委、县政府、电业局、邮政局护围。

尤记得当时设立李兆麟雕像捐款倡议书一发布，机关干部和社会各界踊跃捐款。我刚参加工作，拿出了四分之一的月工资，当时大家都表示，如果资金筹集不够，我们继续捐。

一座城池需要有一根魂系，把广大人民群众牢牢地系在一起。人民，需要一种精神来支撑，才能更加坚定地朝着理想的目标迈进。李兆麟雕像不仅只是县城的标志性雕塑，更深远的意义在于对他那种民族精神、公仆精神的传承。

之后，在李兆麟雕像南几百米处，新建的灯塔县第四小学被命名为兆麟小学；街道居委会划分中，出现了兆麟街道居委会、兆麟社区。

自兆麟广场诞生之日起，机关、学校、工厂和社会各界的爱国人士，在清明节那天总是有组织地前来祭奠；小学生举行少先队入队仪式要来到李兆麟塑像前；五四青年节，有共青团员来这里举行入团宣誓；党的生日，新党员在此入党宣誓；好多青年人的婚礼车队要在兆麟广场慢行绕上三圈；老年人休闲在小广场聊起抗战那年月，会情不自禁地朝李兆麟雕像拱手抱掌，感恩之余，感慨现今的太平生活。

李兆麟的光辉事迹和他那种不屈不挠的革命精神，根植到了灯塔人民的心里，深入到了灯塔人民的骨髓里。

灯塔人走出灯塔去求学、就业、开会办业务，自我介绍时，好多场合都会说："我来自抗日英雄李兆麟的故乡——辽阳灯塔。"这份自豪、这份骄傲，绝非故意张扬，真真切切地发自心底。

2021年1月20日，中共辽宁省委组织部、辽宁省财政厅下发"辽组通〔2021〕2号"文件《中共辽宁省委组织部 辽宁省财政厅关于开展推动红色村组织振兴建设红色美丽村庄试点工作的通知》。

中共灯塔市委于2021年5月25日下发"辽组通〔2021〕5号"文件《中共灯塔市委 灯塔市人民政府关于灯塔市铧子镇后屯村红色

美丽村庄试点建设的实施方案》。

2021年11月，在李兆麟故居南100米处，建筑面积1368平方米的"灯塔抗日史馆"竣工投入使用。馆内以介绍李兆麟将军为主，同时陈列以宋鸣皋为代表的灯塔市其他18位抗战人物简介。与此同时，对抗日史馆前边的兆麟公园、兆麟广场进行了升级改造，新增的绿地、停车场面积达3万平方米，同时修建的高端公厕等配套服务设施均投入使用。

后屯村依托李兆麟故居打造的红色基地，硬件设施已然成型，长久规划在之后将陆续实施。据不完全统计，史馆每年接待万余人参观、学习、进行党史教育，高峰时一天接待近千人。

基地　跳动着红色音符

走进后屯村这块红色的沃土，处处跳动着红色的音符。整个村子昂扬向上的气场，会使你不由自主地浮想联翩——延安、西柏坡、井冈山、韶山……庄重、神圣、激昂。走进这里，你会神清气爽，呼吸舒畅。

蓝天下，首先映入眼帘的是高高的节能路灯杆上竖挂的宣传条幅，大红底色与天蓝底色两幅并列灯杆上，十分醒目。上面分别书写"学习总书记讲话　党的一切工作都是为老百姓利益着想，让老百姓幸福就是党的事业""红色旅游乡村振兴　共同富裕　共同奋斗"。

走进党建文化长廊，红底黄字的长廊横幅光彩夺目。第一块牌子"红色党支部建设"上，中间醒目的"学　学　做"，两个学一个做，不禁让你去仔细浏览板面上的所有内容，你会从中了解到党支部建设的主旨以及实施方式。长廊内几块大型宣传板上"循百年足迹　践初心使命"板块带你重温党的历史，把你的思绪带回到那饥寒交迫、战火纷飞、艰难困苦的岁月里。中国共产党在每一个历史的紧要关头，都能带领广大人民奋勇前进的智慧与勇气，会让每一位走到宣传板前的人，产生一种对我们党更加崇敬的心情。从而，坚定忠于党、跟党走的信心。

走进百米红色步道，一块块红色基调的宣传牌在绿树的掩映下，似一幅幅振奋人心的画卷，又好似一首首跳跃着红色音符的激昂雄壮的乐曲。学习中国共产党人精神谱系，你会激发出一种"发扬红色文化，传承红色基因"的决心。

上午的文化广场，健身器材静静地晒着太阳。到了晚上，这里便成了欢乐的海洋。几十人，甚至上百人来健身、休闲、唱歌、跳舞……喜好清静的村民会钻进村图书室，选自己喜欢的书，或是找一本正需要学习的科技书籍读读。灯塔电视台曾经有一档乡村大舞台节目，在这档节目里，这个文化广场曾经闪亮出镜。这里的人们喜欢唱红歌，场面是热烈的，沸腾的。一人唱歌，多人拍手唱和；一人吟诵《露营之歌》便有多人跟着和诵——朔风怒号，大雪飞扬，征马踟蹰，冷气侵人夜难眠。火烤胸前暖，风吹背后寒。壮士们！精诚奋发横扫嫩江原。伟志兮！何能消减。全民族，各阶级，团结起，夺回我河山！

"红色文化广场"的美誉在灯塔市流传。辽阳市文艺界在2021年，为纪念建党100周年编排了一部大型评剧《太子河畔》，在后屯村的红色文化广场进行了首场演出。

村党支部在开展党的建设工作中，在"学　学　做"方面，以李兆麟故居纪念馆老馆长李振荣这位先锋模范为榜样，打造了红色党员之家。其中有一个最最主要的倡议：全体党员，不仅要学好党史，了解东北地区抗战史，更要讲好李兆麟故事，明白自己到底要学习李兆麟什么！不但要自己学好用好，还要带动家庭成员学好，影响身边人，尤其是教导好下一代。作为红色旅游基地的党员，要有随时随地接待好游客的知识储备，不能辜负舍生忘死的革命先辈。

2021年，来自沈阳航空航天大学的驻村第一书记陈浩男，积极协调高校与村支部联合开展工作，开创了校地合作的基层党建新模式。村党支部与沈阳航空航天大学签订了《校地联建后屯村乡村振兴战略合作协议》，邀请了建党百年全国先进基层党委书记、航空航天大学教授莅临后屯村调研指导，给后屯村注入了前瞻性的红色文化发展、振兴乡村经济的新元素。

在村委会党员活动室，墙面上布满了各种村务公开表、村规民约、综合治理责任落实人等等。电子显示屏、音响设备一应俱全。这些一目了然的渲染，绝非花架子。透过这些表象我们可以深入了解到，后屯村党务、村务管理已经实现了网格化，村"两委"班子严格执行"四议一审""两公开"制度。党务、村务、财务及时公开。

当你深入了解到村党支部这些年来是如何带领全体党员践行板面上的豪言壮语时，当你知道村民这些年的日子如竹子开花节节高的时候，你会由衷地欣慰。你会进一步认识到党的建设，在振兴农村经济中发挥的至关重要的引领作用。你会了解到这里的人们，除了具有一般意义上的农民那些优良品质外，在他们身上，还闪烁着一种更有别于普通的色彩。与他们接触，你会感叹：这里真是一方红色的沃土，他们的思想境界，有时会像一面镜子，就在你面前。

在我们去李兆麟故居的路上，村里的监委陈会海顺手拾起路边被风吹过来的空塑料袋子，途中几次哈腰拾捡路边的小小垃圾装进袋子里。我诧异地说这点小垃圾不影响观瞻，还捡起来呀。支书说："他就是咱村公认的'郭明义'。谁家有急事都先想到他，他马上放下自己的活计，去帮助别人，总是急人之所急。谁家老人看病了、生小孩了，等公交车不方便，他就及时开着他的小车帮着送医院。村里留守的老人多，他就顶这些老人的儿子用。你看咱村7条主干道柏油路，还有家家门前都通了柏油路，都这么干净；树木长得这么好，都是他打理的。前些年身体壮的时候，家里外头可能干了，捎带着给村里义务干这干那，广场啦路面上啦，不干净了，他看到了，拎起扫帚就去打扫。用自个做的小洒水车给花草树木浇水。后来腰脱了，干不了重体力活，因为他特别爱惜咱村里的一草一木，经党支部研究，安排他当了村里的卫生队长、兼绿植护理员。因为他诚实，做事踏实，被选为村党支部委员，监委，还是村里财会监督组长。"

年过半百的陈会海，看上去就是手脚麻利的勤快人，他嘿嘿地笑道："咱村好人多，谁有困难，大伙儿都上前。在我14岁那年，一场大雨，咱家住的土坯房大山墙垮塌了，当时家里真是拿不出钱盖新房啊。是村党支部出面帮咱家赊砖瓦，带着大伙儿义务出工帮我家建起了三间房。从此，我就拿村里的事当咱自个家的事，把全村人当我的亲人。我18岁就跟着李振荣老书记，在村里当通信员。老书记对我言传身教，随时随地讲李兆麟的故事，领我走正道。我就觉得村委会也是我的家，村里的事就是咱家的事。人哪，不得知道感恩嘛！入党后，我就告诉自个，要学习前辈李兆麟，多为老百姓办好事！我53岁了，还住这房子呢。不是我盖不起新房，我是对这所房子感情太深了，住在这里，我就觉得党给的幸福一直罩着我！"

要说后屯村村民的觉悟，那是没的说，那可不只是一个好人陈会海呀。在发展经济、综合治理工作中，难免碰触到村民个人利益，稍有想不通的，党支部委员把大局利害关系给他讲清楚了，很快就会想通，很少有胡搅蛮缠的。修路、挖沟引水、下管线、架变压器等公共设施建设中，从来没有村民放横而使工程停下或延期的。单说建设灯塔抗日史馆和兆麟公园这项工程吧，动迁30多户人家，没有一家钉子户。这可是人家安身立命的地方，多数人家都是祖屋，或是在老宅基地上新翻建的，亮堂堂的大宅院，肯定是心有不舍呀。可是，一听说是打造红色旅游基地，没二话，就一个字：搬！政府主持的红色振兴工程，咱举一万次手赞成，坚决支持。

我问起咱后屯村每年征兵时，适龄青年可都愿意报名？陈会海眼睛发亮，音调高八度，自豪地说都愿意，咱村里的适龄青年，只要身体健康，不用劝，都愿意参军，历年都这样。不少人在部队提干了，还有立功的。刚才参加座谈的前任老支书李德成的儿子，在部队开飞机，飞机出故障了，他驾驶技术高哇，硬是给安全着陆了。立了二等功，部队派人来村里慰问了。都上电视了，咱们在电视上看到了。

英雄辈出，红色基因得以传承。这是多么值得庆贺、令人欣慰的事情。骄傲吧，后屯村的人们！

领航　追梦路上

李兆麟等一代革命前辈浴血奋战守卫了江山，他们的初衷是天下太平，让老百姓过上安稳富庶的幸福生活。那么，村党支部面对村里的几百户人家，守着这有限的土地，如何让大家过上好日子，是摆在眼前根本的任务。致富，如何领路、掌舵、护航，这是党支部每一位委员必须思考的。

后屯，过去只是个小自然屯，1962年之前，不是行政村，一直是邻村（行政村）所属的自然村。日伪时期归属贵子村，叫前堡（贵子村在后屯村北面）；国民党时期，属于土门子（行政村，在后屯西面）村所辖的自然村，叫邻东；新中国成立后，合作化前，又属于荣官屯村（在后屯村南面）管辖的自然村，叫小荣官屯或后屯。1962年才确认为行政村，叫后屯村。后屯村又分东后屯、西后屯（老百姓叫东堡、西堡）。第一任村党支部书记就是现任李兆麟故居纪念馆馆长李振荣。近年来，后屯村作为合并后的行政村，下辖一个自然村贵子村。

老支书李振荣在任时，前期一直是贫困村，因为后屯村四周有6座小山，离公路远，早年间，交通不方便，村里这点土地都是旱田，即使丰收，交了公粮，再给社员分口粮，几乎没什么剩余的。老百姓没有来钱道哇。那时候，每逢上边有工作组驻村帮扶，都要派到后屯村。直到合作化后期后屯村翻了身，在县农机部门援助下，大田作业实现了机械翻地和耕种，被省里评为农业机械化先进单位；在2018年农村人居环境整治工作中，被辽阳市住房和城乡建设局评为先进集体。

1

"土里生来土里长啊，咱是个庄稼人儿。庄稼人哪流大汗，种出粮食香喷喷儿。"村里人在田间地头，时常哼唱这类二人转小调。早年生活不济时，唱这样的小调，是自嘲，是解闷，也包含心有不甘。如今再唱类似的歌儿，心里是美滋滋儿的。

土地，是农村、农业的根本。农村人爱惜土地、依赖土地，也时有对土地的无奈。

粮食，毕竟是人们赖以生存的最基本保障，种好地，是咱农民最首要的责任。可是，曾经只在土里刨食的日子是穷的，穷日子那不是咱们追求的理想生活。所以才有了发展第三产业的思路，才有很多人不愿意被几亩地所束缚，去寻求发展经济的新路子。

后屯全域2.8平方公里，耕地1300亩，在籍560口人，每人均摊才两亩多。如果一家一户各自种地，确实牵扯精力，劳动力和收入不成正比。

实行内部流转，由种植大户来承包。更方便统一管理，机械化作业，这样才能合理分配劳动力资源，达到人尽其才，物尽其用的效果。只要肯付出，哪有不收获的道理呢。这样做，村民赚与赔都不会怨天尤人。

土地虽然被承包了，但并不是承包者想种什么就种什么。种植方向必须要遵照上级统一规划，服从整体部署。这就要求村党支部、村民委员会来统筹管理。

种玉米？对，还是种玉米。别以为玉米就那么好种。耕种前的选种子、田间管理、收成后的土地修整，对照科学管理，还是有不到位、不达标的。为什么同一块地，不同年份收成不一样？这回你们这4位承包大户可得下足功夫了，做好应对各种自然灾害的准备。要是没整好，减产了，损失的可是你自己的。与土地流转给你们的各家各户没有半毛钱关系。

是呀，这回可是压力山大了。

春天选玉米种子，村"两委"班子找明白人帮着去把关；翻地了，农机具合理配用，村里还是盯着帮助协调；播种了、定苗了、施肥了，需要人工了，村"两委"成员甚至亲自下地参加劳动。

与邻村相连的地块，雨季挖沟放水起争端了，村"两委"要出面调和。

玉米收成了，销路、价格、信誉诸多事宜，村"两委"要当好参谋，帮着拓展销路。既要保证卖上好价钱，又要拉住回头客，又不能给搞垄断的奸商可乘之机。看看，这里边的学问，不动脑筋行吗？

前些年玉米不好卖的时候，大家伙帮着找销路，找粮库、找饲料生产厂家，由此，还衍生出了一些经纪人。市场放开了，收粮的找上门，咱还得摸摸市场行情，瞅准了才出手。

玉米出嫁了，秸秆还待字闺中。村"两委"负责联系机器，秸秆加工打包，运往牲畜养殖场、饲料加工厂。秸秆嫁出去了，又要考虑土地的保养，深翻地作业、肥料……这些事物一概是村委会包圆了，不用承包户操心。

前两年雨水勤，涝得厉害，人工排水来不及。村委会出资，修建了6条排水沟。2021年秋，标准化的水渠正式开工，正在修建中。

村里有一户对特种农作物种植感兴趣的，懂得一点葡萄栽培技术，党支部便扶持其弄了12亩地的大棚葡萄试验园，精心呵护，收成可观。村"两委"鼓励园主，坚持干下去，以后把这里作为旅游采摘园，在葡萄品种和栽植面积上再做文章。

基本农田实现了土地承包，6座小山，只有1座承包人栽果树，剩下5座没人接盘。靠着小山栽果树吧，当年没收入，技术也成问题，三年后还不知咋样，即使结果子了，又怕销路不好；修梯田种农作物，收成又不好。对于经济底子薄的村民来讲，谁也不愿意承包山头，因为收益不保准，兜不住这个底，担不起没有收成的风险，毕竟温饱还是头等大事。村民不敢接盘，只能对外承包，给村集体增加收入，集体有了收入，才能更有力地为村民解决实际困难，做好服务。很快，两个小山头包给了外面有实力的企业。其中一位沈阳的企业家承包人在山下小河上修建了回廊栈道和一座小凉亭。这位企业家把这个山头交给了灯塔市东部山区一位懂果园技术的崔克锦老汉打理。

崔老汉带着老伴住在山腰的小屋里，守着山上的梨树，树下种点地瓜、花生、玉米和一些小菜，养几只鸡几只鸭，过着世外桃源一样的生活。这看似世外桃源的生活却是辛苦的、劳累的，每一棵果树从剪枝到灭菌，稀花定果，都是他一双手亲自操作，千余棵果树哇，每一棵每一枝都零距离地闻到过他的气息、接受过他的抚摸。每年四五月份，梨花盛开时节，这座小山吸引了附近城市的游人前来观光，赏花挖野菜；中秋时节果子成熟了，有人来采摘，无门票收费，完全开放式自由采摘。老汉也是含糊人，一大筐梨，几十块钱，你看着给，不会跟你计较价钱。

让村民诧异的是，守山侍弄果园的老汉竟然是位农民作家。据说他在市、县的文学刊物上发表过小说呢，还创作了一部反映当地抗战的长篇小说，常常坐在梨树下改稿子。灯塔市作家协会在2014年10月下旬，还为这位农民作家的作品召开了版前研讨会。那天，山下的村民看见崔老汉穿戴整齐、清清爽爽地下山，问他这是要进城啊，像个干部开会的样子似的，这白衬衫蓝西装，还刮了胡子理了头发。老崔呵呵地笑答，还真是开会，灯塔市作协给我的小说开研讨会。

那几年，灯塔市作家协会会员每年百余人次到访后屯村采风、帮助看山的老崔干农活、参观李兆麟故居。一系列的文化活动，让后屯村的人们大开眼界，一些人饭后在大门外闲聊："同样是农民，人家自学会整果园，会种地，还能写书哇，咱差啥呢！咱也应该把闲下的时间用在学习知识上，何必钻小卖店烟气沉沉地打扑克呢。

那村里不是还有图书室吗，给咱预备得妥妥地，这回呀，得常去看书哇。不管自个学成咋样，身教胜于言教吗，也能给晚辈打个样儿，学文化呀，是一辈子不能放弃的呀。"

没想到，对外承包山头，不仅给村集体增加了收入，还为小村引进了别样的新文化，点亮了村民学文化的心灯。

2

当红红的窑火被点燃的那一刻，人们屏住呼吸，进而欢呼雀跃。老人们的眼睛亮了，仿佛看到了儿孙们的日子，就像这烧窑的火焰一样，透着红彤彤的希望。

改革开放后，村里土地承包给个人，又实现了机械化作业。解放了劳动力，剩余劳力做什么？村民在思索，在找门路。村党支部带领党员认真学习、研究上边的新政策，领会了精神实质。政府大力支持兴办第三产业，这让大家眼前豁然一亮。

有句话叫靠山吃山，文气一点说就是因地制宜。村里有6座小山丘，对外包出去2座，还有4座呢。村民代表大会上集思广益，有人发言：现在日子比以前好过了，孩子结婚没有和公婆住南北炕的了，盖不起新房也得靠老房大山墙接个偏厦；现在，上边又提倡搞活乡镇企业、村办企业，那得建厂房啊；城里将来也是要盖楼建厂的，砖的用量一定很大。对呀，靠山头盖窑厂，烧砖，适合。

把脉，村党支部必须履职。找懂得烧窑的老工匠来勘测，选址。定下三处可以开窑厂。村党支部扩大会议上，再次产生决议：由于村集体经济薄弱，无力投资启动砖厂，决定由个人承包。强调，在用工原则上，首先用本村劳动力。

各显其能的机会出现了，三位承包人很快产生。小村沸腾了，三个砖厂开工建设了，人们奔走相告，能出力的绝不坐家观望。老人们干不动体力活的，也来砖厂转转，顺便做点力所能及的，帮着照应。

砖厂开工了，每个砖厂能用工人60名左右，村里愿意来砖厂干活的，都能来上。

人们忙碌着、累着，也快乐着！过去想找活干，赚点钱，可是很难找到哇，想累也没处去累呀！

后屯村的老百姓啊，不怕累，也不怕苦。再苦，还有李兆麟那些抗联战士爬冰卧雪、饥餐露宿、钻深山老林苦吗?!

一车车的砖拉出村子，就是一摞摞的钱回到了家里。做了砖厂的工人，家里有活动钱花了，生活水平向上拔节，要想吃鱼吃肉，可以随时吃，好在现在吃的用的也不限购了。可是后屯村的人们很少有大吃大喝的，老一辈传下的家风，勤俭节约，是流在骨血里的，你就是给他个金山银山，他也是舍不得挥霍的。过惯了苦日子的人们，把钱攒起来心里才踏实，自此，村里好多人家有了银行存款单。

村里的小伙儿不愁娶媳妇，大姑娘也不急着往外地嫁。不愁吃不愁穿，守在父母身旁成个家，踏踏实实的幸福着呢。

市场经济开放了，村里有头脑的人开始另谋营生自己当老板，村里的剩余劳动力已满足不了一度生意兴隆的砖厂用工。因此砖厂接纳了来自四川、云南的外来工。外来工们受到了村民的友好相待，又听村里人讲咱村出个大英雄李兆麟，直想在后屯村落户。每一个来后屯村的外来打工者，离开时，都是对后屯村恋恋不舍。在他们的人生历程中，曾经到过出英雄的后屯村，在这里洒下过汗水，这是他们一辈子值得骄傲的。他们更会把这一人生历程当成资本，讲给后代，也会把李兆麟的故事和后屯村的故事讲给后人听。

在激烈的市场竞争中，建材行业随着建筑行业的发展起起伏伏，生产模式、质量也是不断提升。国家加大环境保护力度，要求生产绿色环保砖。砖厂在生产上需要新设备、引进新技术，这对于砖厂来说，又是一场新的考验，也是摆在村"两委"班子面前的新情况新问题。

在村党支部的积极协调下，整合资源，由原来的三个厂，整合为两个。由2名党员致富带头人分别承包。一番苦心经营，这两个砖厂完全实现了机械化操作，一家生产黑砖，属于废物利用的环保砖；另一家生产气块砖，是轻体环保砖。7个人就能完成整个生产流水线操作，村里只有20多人分别在两个砖厂帮工。之后，村里外出务工的人看到砖厂生意兴隆，陆续回村跟着开办，最多时达到7家。随着房地产业的起落，有2户实施关停转产，至今村里仍有5家砖厂坚持生产。

砖窑，还在那旮旯，历经这四十多年的风霜雨雪，他最清楚每一块砖里的汗水有多少，他也清晰地记得每一张坚毅自信的脸庞。

3

"车轮一转，就有外快；油门一踩，就要发财。"村民们对养车的人如是说。

市场经济的大潮，冲击着人们的思维，后屯村的人们，就如一朵朵小浪花一样，汇入到市场经济的大潮中。去企业打工已经不是一些村民们的首选了。这些年放开手脚打工赚钱，手里有了点积蓄，要让钱生钱，才是王道。

村里砖厂拉料拉砖都需要车，跑运输是条挣钱的路子。如果村里砖厂的活计供不上干，还有东边铧子和柳河子的矿呢，去那边也能找到拉脚的活计。现今村路畅通了，出村上了小小线，往东7公里就是铧子镇。铧子地区除了烟台煤矿、石膏矿等几家国有矿厂，一些私企小煤矿陆续开采；东部还有选矿厂、水泥厂多家生产企业。看着大货车成天在小小线上跑，听说那些车可不完全是企业的。企业自用车不够用，好多是私家车给企业拉货，拉脚费是日清月结，一把一支呀。

这好哇，干，就干这个。几位村民合计好了干，那得去找村党支部委员商量商量，给定个砣。这些年，村党支部就是村民的主心骨，谁家有什么大事小情，自己吃不准，拿不定主意了，都立马想到村党支部，请支部委员们给个定心丸。

其实，村党支部委员们心里也一直在盘算发展养车个体户这个事情，也一直在默默地做市场调研，恰好村内开办砖厂，也需要运输。正准备动员村民呢，这事可是干部群众一拍即合了。党支部表态：手里有闲钱的几家先行一步，即使一时半会儿的回不了本钱，也不影响正常生活。如果市场发展形势几年内向好，其他人再陆续加入。买不起大货车的，买小型农用车，找零活儿拉小脚，也是出路。

说干就干，驾校考驾照、买车。党支部委员们和村里的能人们都行动起来了，各显神通。有帮着到建材生产企业找关系，挂钩签劳务协议的；有懂车的人去帮着买车。

当大小车辆驶进小村时，村民们喜笑颜开——真好哇，这车花多少钱哪；你开车可得悠着点，这么老大的车，拐弯抹角的可得注意了呀；啧啧啧，你看人家多有能耐呀，过去哪敢想啊，咱这老农民还能养起四个轮子汽车呀！嗨！国家强大了，都在发展哪，现在养汽车不就是跟过去养俩轱辘的马车是一个道理吗！照这样下去呀，将来呀，个人还能买飞机呢，你看着吧……哈哈哈……

在致富路上，有人开动脑筋，实干加巧干，冲到前面去了。看到几个养车专业户赚到了，有的人家又购置了第二辆车。又一批村民着急了，买车钱不够，怎么办？

欲养车的村民一边考驾照，一边筹集资金。村党支部又开始为这些缺少本钱的人家想办法，首先提倡自己筹集，找亲友借，更支持亲戚朋友合干，自己实在筹措不到的，村里统一帮助办理小额贷款，监督其专款专用。陆续又有十几户加入养车队伍中。

养车户出车本着村内所需优先，尤其是砖厂用车。实话讲，砖厂是养车户最基本的业务，或者说砖厂是养车户赚钱的定心丸，养车拉脚这一行当就是砖厂给衍生出来的。但养车户也将眼光瞄到了整个运输业，一旦砖厂这边有了空档，那车轮还是要转起来的。

尽管建材市场起起伏伏，但近些年的物流企业又蓬勃发展，养车户们只要一人找到了门路，大家就都有了指望。跑长途贩运，只要有人用车，多远都敢跑，多辛苦都去接活。养车也得讲信用吗，客户遇到困难了，需要你出车，即使赚不到几个钱，你也得去，这样才能保持长久的合作吗。咱后屯村的养车户可不能给祖宗掉链子呀，车开出去了，走到哪里都有一个"红色后屯村"的无形标签呢！这标签，在咱自个的心里。

直到2021年，养车专业户还保持有13户，每户年均收入12万元以上。

后屯村成为铧子镇有名的运输专业村，这块无名的牌子早已传播在铧子地区。

4

"猪哇，牛哇，送到哪里去，送到那集市换黄金。"小曲一支接一支，生猪出栏一批又一批。又有几头牛下崽了，还有几头产奶了。哈哈，腰包不要撑破了呦，换个大点的兜子呦！

后屯村早已是远近闻名的生猪养殖专业村了，这里的人怎么这么能耐呢。

后屯村的东堡，几乎家家养猪，是村子的养猪基地。说起养猪这件事，故事还得从头说起。简单地说是村民自发的，那党支部也是一直在尽心扶持、服务的呢。

在20世纪80年代，自由市场放开了。一些村民琢磨着到自由市场做点小买卖，先是连背带扛地倒腾点青菜、烟叶等一些农副产品，蹲集头。起先是在灯塔、铧子一带集市转，后来，又到本溪的一些市场蹲点。人撒出去了，回来后，相互交流买卖信息，揣摩市场动态。

村党支部关注到这些村民的动态，也在开会研究跑小市场的生意，应该怎么做才能更赚钱。得给这些村民打打气，出出好点子。

当年，后屯村东堡有位30多岁的青年袁纯联，头脑灵活，思路清晰。他琢磨透了，要想长期从事市场小生意，得找出一项站得住脚的物品来经营，不能随机地倒腾点时令的东西，跟打游击似的，这样太不稳定。他考察过灯塔、铧子地区的市场，感觉市场上商品基本达到供销平衡了。他便在周边的其他城市和城郊的市场做了考察。很快地，他瞄准了本溪的一栋桥市场，那里猪肉需求量大。

卖猪肉，要收购生猪、屠宰。这不是一个人能完成的，得有多人合作。他动员了身边愿意加入的人，立了口头协议。

村党支部得知袁纯联要带人从事生猪买卖，不仅给予了肯定，还表示大力支持。如果在经营过程中，遇到什么麻烦，村党支部一定尽力出面帮助。

后屯村的东堡，有30多人加入到了袁纯联的生猪经营业务中，到后来整个东堡有80%的人家围绕生猪做生意。

生猪买卖生机勃勃地做了几年，大家眼界打开了。于是发现收购生猪，不如自己养猪利润大。大伙儿合计，咱们自己养猪。又是一拍即合。陈会强带头回村砌圈舍，选仔猪，几户人家紧跟着干起来。

东堡的生猪养殖户，在陈会强的带动下，从1995年开始养猪。养猪，新问题来了。圈舍、饲料、防疫，哪个环节都不是一蹴而就的。遇上难办事了，找谁？还是找村"两委"呀。村"两委"就是要为民办事的，办好事的！谁有畏难情绪，朝村西看一眼，先辈李兆麟在那看着你呢，你没了公仆精神，还在村部晃荡什么？

有村"两委"的保驾护航，养猪户赚大发了。于是，周边其他村也有人跟着养猪。养猪养了十余年了，大家赚钱了，不仅感谢村"两委"的助阵，也在感谢袁纯联，是他，带着大伙儿走出屯子，去本溪一栋桥市场做生猪买卖，使大伙儿开了眼界，又转入养猪，发了家。袁纯联成为群众和村党支部公认的致富带头人。村委会换届时，老支书退休，他被推选为后屯村党支部书记。

但是，养猪是原始粗放型操作的，圈舍简单，粪便和清理圈舍的污水污染了村子的环境。随着国家大力实施环境治理。猪舍清洁、粪便及污水处理是亟待解决的问题。养猪户自己实在是想不出办法，他们也不愿意生活在臭气熏天的环境里。

党支部，出手。2006年，党支部带领党员义务劳动，铺设地下排水管，把村里污水排到村外的山脚下。党员们挖沟下管线时，弄得全身都是黑泥水，一个个造巴得跟个泥猴似的；脏泥水溅到脸上、溅到嘴里也是没法回避的。党员们却没有一个抱怨的，吐一口脏吐沫，漱漱口，啊哈哈，一笑，风清云散了。

咱村里的党员从来都是不惜力的，尤其是大家一起合力完成一项任务时，都是争先恐后，生怕被人误认为自己是偷奸耍滑的人。老一辈人讲了，你没能耐走出村去干大事、出人头地，在农村务农你就是干力气活的，还惜力呀，那就是个"废物"！

大家在风趣幽默的聊天中，出力流汗，一起完成一项任务，感觉非常愉快。即使没有这项小工程，也还是要在每个月第一周的星期三党员活动日，每月的18号党员奉献日参加义务劳动的。村屯环境综合整治，是常做常新的工作，总是有新情况新问题需要解决。谁来解决，只有党支部牵头，带领广大党员和积极群众伸出勤劳的手，无私奉献。

党员活动日和党员奉献日，每月这两个日子，早已铭刻在每一位党员的心里了，各种活动和义务劳动，早已成为全体党员的一件乐事，一件趣事。平时大家都是各干各的，忙忙碌碌，没时间聚一起谈心、交流。在每月的这两个日子，大家聚到一起，共同学习，共同劳动，相互交流。家事、国事、天下事，天上地下、海阔天空地聊，聊着聊着，就有可能聊出了又一项新的发展项目，聊着聊着就可能又聊出一条新的发展经济途径。要把党员奉献日比作是开放式聚义堂，其效果真的比坐在会议室正襟危坐开会的效果更好。反正是干活为主题，漫无边际地聊天，反倒能聊出真情实感，道出真实想法。

排水管建成了，脏水排出去了，村民居住的生活环境有了相当大的改善。但是，新问题又逐渐暴露出来了。这排出去的脏水长年累月地暴露在山脚下，仍然是一个污染源。从全镇乃至全市环境治理上，这是个污点。

2021年，全国上下都在高效治理山水林田湖草沙，打造、修复良好的生态环境。灯塔市大力整治污水排放问题，让山更绿水更清。在镇党委的资助下，党支部带领党员上山做了蓄水池，把村里的污水排到蓄水池里，到秋收后，再放到大田里做农家肥，一举多得。

前几年生猪价格落到低谷，一些养猪户及时止损，转做猪饲料生意。嘿嘿，咱老百姓的生意经，念得活络吧。

如果说后屯村成为全市上榜的养猪专业村，是群众自发自觉地广开思路，勤劳和智慧的成果，那么，村党支部的引领、服务也是功不可没的。养殖户们都十分感慨："没有党支部的保驾护航，好多困难问题，早就导致猪场关停了。"

后屯村的生猪养殖在市场经济的风云变幻中，经历了几次起起伏伏，终于守住了。在生猪养殖最旺盛时期，全屯仅母猪就接近600头。如今仍有14户专业养殖，不成规模零星养在庭院的也有几十户。养猪大户李振英家母猪存栏201头，还有肥猪和仔猪若干，年出栏近3000头。保守估算全村养猪存栏数约4000头。

为了使村容村貌再上一个新台阶，在建设红色旅游村整体规划中，村党支部重新做了生猪养殖基地的建设规划。到2022年底，人们将看到，在后屯村北侧，占地面积117亩的生猪集中养殖园区，园区内生猪存栏量可达6000头。整个园区将是规整、干净、无污染的。

后屯村东堡养猪养得轰轰烈烈，引发了几户村民养牛的兴趣。村"两委"同样地支持、同样地维护、同样地服务。到2022年，村里还有3户人家养牛，共计50余头牛存栏。

村里有了养猪的、养牛的。羊呢？被几户人家瞄上了，两只、三只、五只、十几只、几十只，"咩咩"的叫声逐渐叠加，滚雪球式增加的白团团，在庭院里，山坡上、在秋后的田野里悠闲悠闲地觅食。规模虽然不大，收入却是可观。

"只要你有难，就来找两班（即'两委'，村党支部委员会、村民委员会）"这句顺口溜早已不是笑谈，是村"两委"班子烙在村民心里的铁铮铮的誓言。

追梦 一个也不能落下

在脱贫致富的道路上，一个也不能落下，这也是村"两委"班子工作的目标。

脱贫致富奔小康，是新的长征，也是一场竞技赛。同样的起点，总会有人先到达终点，路途中，难免有人受伤而被落下。时光的隧道进入到2018年时，后屯村连同下辖的贵子村共有31户沦为了贫困户，后屯这边占11户。其中一半以上是因残致贫。此时，全国开展打赢脱贫攻坚战的号角吹得震天动地。组织部门给村里送来了来自灯塔市直机关的驻村第一书记。第一书记的到来，给村党支部注入了新的血液，带来了新思维，拓宽了发展经济的路子。

保证村里的老弱病残吃得饱、穿得暖、及时就医，这是最基本的。要让他们开心起来，笑起来，融入后屯村这个欢快的大家庭中，才是大家共同期待的。

党支部重新梳理贫困户致贫原因后，找准相应的办法，给他们提供脱贫致富的门路，并且帮助他们跨过这道槛。在保证基本生存条件的基础上，进入自我发展的正轨。把握好国家的扶贫政策，利用好扶贫资金，实施精准帮扶。

先查看贫困户的住房，这是为人遮风挡雨的基本需求，是首要的，亟待解决。贫困户张顺梅家还住在破旧的危房中，驻村第一书记和村干部研究，对她家后院的闲置房进行修缮。号召全村党员义务劳动，村集体出资购买用料，很快地让她家住进了安全的房屋。第一书记自掏腰包为她家添置了电风扇、纱窗，鼓励她们别灰心，要对生活充满信心，党和政府会帮助你们渡过难关的。

贫困户住房没问题了，还得找准适合他们的脱贫项目，这是关键。分析贫困原因，其中一些贫困户无劳动能力，只能靠救济，这就需要壮大村集体经济。村里集体经济来源除了对外承包的两座山头，还有一处原来准备扶持村民养鸡建起的鸡舍在那空着，原因是鸡舍建成时，禽流感流行，肉鸡和鸡蛋价格下滑，村民对养鸡信心不足，这一项目暂时搁浅。

鸡舍在那空着，村"两委"着急，村民也咂嘴惋惜。招租，是唯一的出路。这些房舍的规模，足够一个小工厂做厂房用。招商引资来办厂，既收房租，又能安置村里一些到外边打零工的劳力回村就业，还能给国家增加税收。铧子镇党委和村"两委"八方联络，通过招标，以每年不低于10万元的租金租给了宏瑞石墨制品有限公司，主要生产碳棒。厂里用工多数是本村的村民，其中李家大乐子夫妇都在厂里做工，月收入6000余元，夫妻俩非常满足，以往到外边找活做，东跑西颠的，收入也没多到哪里去，扔下50奔60岁的人了，再到外面找零活做也蹦跶不了几年了。这回守家在地，过安稳的日子，真是幸福哇。

驻村第一书记杜宏伟看到村里种植方面还有潜力可挖，便想方设法，搞种植两季庄稼试验，即早熟玉米和晚熟玉米，虽然实验没有成功，却开阔了大家的视野。村民安慰第一书记，没事的，干事儿嘛，哪有都顺当的呢，你为大家着想敢做敢当的，咱们理解你。第一书记又扶持村里1.50万棵榛子树，种植在荒山上；2020年，又扶持试验种植辣椒1.50万株。

办法是想出来的，路是走出来的。集思广益，开动大伙儿的脑筋想办法，要让贫困户早日脱贫，尽快、从速、雷厉风行。多数贫困户因为残疾，大体力活干不了，适合搞庭院经济。庭院经济又有好多项，哪一家适合做什么，这要一户一户去探讨，还要给不自信的人鼓劲儿。

与此同时，第一书记先后为20户贫困户争取到了养鸡扶贫项目，从送鸡到户，再到把生产出的绿壳鸡蛋销出去，村委会全程服务。在新冠肺炎疫情期间，各行各业都受到影响，贫困户的鸡蛋滞销。第一书记和村"两委"班子成员发动亲戚朋友同事，沟通多方渠道，帮助养鸡户销售鸡蛋，使贫困户在疫情期间的鸡蛋不减产、收入不减少。这一项使每个家庭一年增收3000多元。

依据市残联的扶贫政策，村委会又为6户残疾人家庭从市残联争取到了仔猪和饲料，并为其长期养殖打下基础。

残疾人宋景岳家又养鸡又养猪，院内不够建圈舍，宋景岳急得直搓手。经过党支部多次研究，决定将他家院子扩大，与村集体地块儿置换。宋家院子扩大了，陆续地建起了鸡舍和猪圈，还留有余地，可以扩大规模。这让宋家人心里敞亮了，脸上也露出了笑容。

残困户李孝良家没有猪舍，着急要养猪，第一书记和村残协委员陈会海亲自帮他捡旧砖石，垒圈舍，力不从心，便求助企业帮助，圈舍搭成了，李孝良一家的生活有了希望和乐趣。

居家做手工，也不失为体弱者找出路的良策。第一书记又与灯塔市内一家手工制品加工厂联系，请厂长到村里为感兴趣的贫困户培训，做手工艺品加工。这一下子就有15名贫困户人员参与进来，力所能及地居家做手工，多多少少也能增加他们的经济收入，起码能赚点零花钱。关键是他们找回了自信，看到自己制作的小产品，好有成就感，生活有了奔头，有了乐趣，眉头也舒展开了。

让有劳动能力的贫困人参加村里的劳务用工，报酬从优；挖掘残疾人家庭成员的劳动潜力，把他们安排在村里力所能及的公益岗位上，比如打扫卫生，使他们在家门口通过自己的劳动来增加收入。村民老李得了脑血栓，妻子精神有障碍；老张高龄，俩女儿智力轻微障碍……类似这样的家庭，村里想方设法，既让他们有病能得以医治，又要让他们手里有零钱花。更重要的是勤于走访慰问，疏导他们的郁闷，让他们活得有信心、有安全感、无忧无虑、从心里乐起来。

每逢节日，党支部就多方求援争取民政、残联、扶贫办等部门进行走访慰问，村干部们还自筹资金走访慰问村里老弱病残户。近几年，全村60周岁以上的老年人每年都能领到村委会发放的慰问金，慰问金随着年龄的增高而增加。

扶贫济困的路途上，一桩桩、一件件暖心的事，数也数不清。村民们也是相互帮助，邻里们越来越贴心。全村贫困户在党的亲切关怀、资助下全部脱贫，没有一个人被落下。

村里一位姓祝名学文的老汉抑制不住自己的幸福感，挥毫泼墨，书法作品参加辽阳市举办的纪念建国70周年书法展，竟然获了奖。祝老汉有修鞋的手艺，前些年村里找他修鞋的人较多，如今日子好过了，修鞋的人越来越少了。而找他写对联的人多了，不只是春节写对联，村里人家的喜事多哟，建个房啊砌个墙了，结婚生子老人办寿哇，买个私家车啦，每逢喜事必要大红对联贴上去。还有的人家求他赐书法作品，装裱起来挂在墙上，点缀得家里有点书香气。

后屯村的人家，一半以上有自己的私家车，所谓没车的人家多是留守老人，他们的子女在外地就业的、创业的，几乎都有私家车。每逢节假日，进出小村的小轿车络绎不绝，人们看一眼就知道谁家的儿女回来了。来时后备厢里装满了买给老人的衣物食品，回时装满了屯子里的绿色蔬果。老人们站在门口乐滋滋地迎送儿女，儿女们安心地出村返岗工作，都是因为有村"两委"做后盾，老人孩子的心里都有底气，没有什么可担心的，再有后顾之忧那都是多余的。

圆梦　再启新征程

村民全部脱贫了，多数人家迈进了小康的生活。下一步怎么走，怎样才能巩固取得的成果，进一步振兴经济，是摆在村"两委"班子和全体村民面前的新问题。人们清醒地懂得，要抬头看路，学习党和国家的新政策、新部署。有了方向，才能找到出口，找到措施。

经济全面振兴，要抓重点，补短板、强弱项，统筹推动，全面升级。让群众进一步在乡村振兴中有更多的获得感、幸福感、安全感。

在中国共产党建党百年之际，后屯村被辽宁省列为红色旅游试点村。有了良好的发展契机，在这块红色的基地上再描新彩就有了精准的目标。市委组织部以及各相关职能部门积极行动，主导规划、投资建设。

后屯村红色美丽村庄试点建设项目规划了5个一级项目，展开为14个二级项目。截至2021年11月底，有6个需要投资的硬件设施建设竣工，投入使用。

当村民出村走上了直通小小线的柏油路时，脚下平坦了，心情更加舒畅了。

这条新修的出村路，直通新落成的灯塔抗日史馆。抗日史馆以深沉的灰色基调为主体，建筑面积1368平方米，坐落在李兆麟故居及纪念馆南100米处，兆麟公园内。馆内陈列的展览品以介绍李兆麟将军生平和抗日救国的英雄事迹为主，同时陈列了灯塔市以宋鸣皋为代表的其他18位抗日人物的简介。

在抗日史馆前，兆麟广场、李兆麟雕像及其配套设施升级改造已经成型。动迁30余户村民实施广场扩建，地面全部硬化，甬路、绿地、停车场均已投入使用。

新建的一处600平方米文化活动广场已投入使用，文化活动广场与村部、主街安装的各类宣传设施高度地营造了红色党建的氛围——高灯塔杆宣传条幅、党建文化活动长廊、百米红色步道。人们置身于此，整个身心都沉浸在红色的洪流中，奋发向上的气息从村里弥漫到村外。

村容村貌进一步改观，全村沟渠改造工程实现了全部硬化处理；见缝插绿、植树种花；各类文化小景渐次建设中。2021年10

月，在灯塔市妇联开展的"千村美丽　万村整洁"行动中，后屯村被授予"巾帼绿化示范村"。

红色美丽旅游村庄雏形基本成型，振兴产业发展的重头戏也已拉开序幕。以红色旅游产业为主导，实施转变、拓展、提升。

到2022年底，在后屯村北侧将完工一处占地面积117亩的高标准的环保生态生猪养殖园区，生猪存栏量可达6000头。

到2023年年底，在李兆麟广场周边流转的土地上，将建成300亩的采摘园，园内将有裸地水果、绿色蔬菜供游人游览采摘。抗日史馆西侧小山，将进一步改造成休闲景观区，届时，人们将漫步在环山休闲栈道上，徜徉在花海里，休闲在景观亭上，一览后屯村美丽的风光。

未来，后屯村在各级党组织的扶持下，将打造成多元融合串成的特色红色旅游线路，融入灯塔市、辽阳市及至沈阳市经典旅游圈。红色文化、田园景观、休闲娱乐、科技展示"打包"呈现。让游客来此产生一种"游一地、览多景"的超值感，休闲乐趣与文化收获共鸣，走出小村时，精神上有质的提升。做大做强红色旅游，辐射周边村落，带动其共同振兴发展，形成景点联动，共建共享的局面。"农文旅"融合发展，将有无限的活力来巩固脱贫攻坚的成果，进一步振兴经济，让小村成为生态宜居、乡风文明、生活富裕的祥和之地。

进入了杨柳吐芽迎新绿，4月东风送暖阳的美好季节，村民便开始了紧锣密鼓的春耕备种，各种农事活动有序展开。村"两委"成员干在先、走在前，村民们信心满满。

由此不难看出，后屯村的红色文化是一笔宝贵的精神财富，宝贵在于这种民族精神财富滋养了人们的心灵、融入了人们的骨血里，推动着当地的人们在不同时期的历史长河里，溯流而上，勇往直前。

红色美丽村庄的诞生，让人们重读党史，再忆峥嵘，重温那段艰苦卓绝的抗战故事。缅怀抗日英雄李兆麟，传承他那种为百姓办好事、做公仆的高尚情怀，意义深远。在这片红色的沃土上，在这英雄辈出的地方，滋生出的每一棵参天大树，都将历久弥新！红色旅游产业亦将从"两个一百年"的历史交会点起步，汲取更多的红色养分，大步走在奋力创建社会主义现代化先行村的征程上……

那一路花开锦绣

邱　静

　　沿太子河畔的滨河路向燕州城方向前行，一路繁花相送，绿树成荫。奔流的太子河水生生不息地流淌着，滋养着这片土地。

　　"一水护田将绿绕，两山排闼送青来。"登临燕州城遗址俯瞰，群山环抱，碧波清流。太子河水在这里形成天然的弯道，将小小的江官屯村揽入她的臂弯里。

　　江官屯村隶属辽阳市文圣区小屯镇，2013年村里的江官窑址被确认为国家级文物保护单位，2020年江官屯村被评为省级文明村。

　　走进江官屯村才发现，这样一个依山傍水，拥有得天独厚自然条件与浓厚历史文化的小小村落，没有企业，没有工厂，甚至养殖场也不成规模，但它却是远近闻名的富裕村，人均年收入达到2.50万元以上。人民安居乐业，村集体经济遥遥领先。村民是怎样走向了富强之路呢？

劈山填水，开启新生活之路

　　20多年前，太子河蜿蜒几百公里的河上，只有寥寥几座桥梁。江官屯村与太子河北岸的西大窑镇官屯村隔河相望，直线距离不过数里。然而多少年来，村里人去北岸探亲、赶集，却只能靠河上小

148

小的摆渡船。车辆、货物通行，需要绕路到辽阳的太子河桥。这一绕一回，凭空多出近200里路来。若是谁给村里的姑娘小伙子说亲，每当说到对方家住北岸，不免引来一声遗憾的叹息。北岸不远，可来回不便。悠悠太子河仿佛成为隔绝两边的鸿沟，相望相守，却不"相亲"。

20世纪90年代末，老村书记尚永江看着村民的不便，急在心头。修桥，一个念头在他脑中闪现。开会，找来党员和村民代表："咱要修桥。有道是要想富先修路，咱们村是小屯、西大窑、弓长岭三地的交通要道，如果这座桥能修好，过往车辆客流一多，咱们村子的山货就有销路了。"

听到修桥，大家的眼睛都亮了。多少年来，大家困于山水一隅，北岸的就业机会得不到，北岸的亲戚走不得。北岸，就如同一个近在咫尺又远在天涯的存在。同意！同意！同意！赞同的声音里透着连通两岸的喜悦。

就这样，尚永江带领村里党员干部为修桥奔波，连续跑了交通、水利等几个政府部门，打了一个又一个报告，终于得到了上级的修桥审批。

审批下来了，可修桥的资金却成了问题。村"两委"成员建议用村里的资金，可是江官屯村资金紧张，当时还有不少外债，哪来修桥的这份钱呢？"我出。"尚永江说道。"书记，修桥可不比盖房子，那可不是小数目哇。"大家劝阻他。

尚永江摩挲着审批文件，他为了这个审批，日夜悬心，前前后后担心了两年。为何审批这么难？因为尚永江不仅想要给江官屯村修个桥。他从里怀兜里掏出一张叠得规规矩矩的纸，那纸张的边缘有些磨损的痕迹。慢慢将纸展开，上面画着草图。尚书记原来是个手艺很好的瓦匠，谁家盖房子砌墙都要请他帮忙画图。懂一点施工的人看见这草图吃了一惊："尚书记，这是要拦河？"

江官屯村临着太子河，旱季要是能引河水灌溉，土地收成肯定好。可是旱季河道里也没有水，怎么灌溉？修一条拦河坝，平时走车拦水，汛期泄洪，水从桥面上过，一举两得。尚永江一脸自豪："对，拦河，所以审批特别麻烦。好不容易批下来了，你们说我能不能因为没钱修就放弃啦？钱能解决的事儿，其实都不算事儿。我回去张罗钱。"

很快地，江官桥开始施工，钻孔、打桩、架梁。资金紧张，除了技术要求高的工作雇请施工工人，余下卸料装车等力工活，村委会便组织村民帮忙，帮忙的村民连工具都从自家带着，闲时便来工地。这就是朴实的江官屯人，平时谁家的红白喜事，修房子砌墙的活计，也都是邻里邻居间互相帮忙。这样为全村谋福利的大事，大家更不会袖手旁观。尚永江每天吃住在工地上，日日查看工程进度，指导施工。

这天，他早起醒来，工地上却不见施工人员，眼见日头升得老高了，还不见开工。尚永江找来会计询问才知道，一期工程款结算后，钱已经用完了，现在还欠着人家钱呢，没钱就没办法施工。"你咋不早说？"尚永江有些生气。"说了，能咋办哪？没有钱，人家就不来了呀。""没钱，没钱想办法呀，说啥也不能停工啊。"尚永江斩钉截铁的话引来了一阵沉默。修桥是好，可是现在拿什么修，哪有钱哪？有人提议打申请，请求上级拨款。老书记摇摇头。他知道国家资金也紧张，村里外债还有很多，负担也很重。上级拨款困难，现在去申请，很可能是申请不下来的，就算能够申请下来，层层审批也需要时间。可是工程却不能停，马上要到汛期，如果桥面修不好，上游水库开闸泄洪，会将桥冲垮的。

怎么办？他将家里的积蓄全部拿了出来，先把欠着的钱还上。可是仍旧没办法施工，因为修桥用的水泥、钢筋等材料已经用完，还没有补货，这又是一笔钱。尚永江连续几夜没合眼，想着如何筹集资金。眼看着桥墩立在水中，再不施工，真的到汛期了。他急得嘴里起了几个大泡，最后只得跟亲戚借钱。

半辈子没低头求人的尚永江，为了凑够修桥的钱，低声下气地跟亲戚朋友借贷。有人不理解："也不是自己家娶媳妇盖房子的事儿，就是给村里修桥，至于搭上半辈子积蓄还欠一屁股债吗？将来桥修好了，有人记得你的好吗？你就等着上级拨款得了呗。"

"不行，不能等了，再等下去就到汛期了。而且，修桥是给咱们村谋福利。那摆渡船一次就能载几个人，连大件家具都载不了，咱们跟北岸多少亲戚走不得，河对岸多少工作的机会，咱们村人都错过了。谁都知道我们这里是个死胡同，外地车辆没事谁能过来？这水路不通，咱们村的日子怎么能过好？咱修这个桥，拦住了太子河水，旱季地里庄稼就不能旱死，葡萄园子，每年因为干旱缺水，减产、掉粒……这些，这些还用我说吗？"老书记的话像一根小木棒一样敲打在每个人的心上。"对，不等不靠，咱们有双手，能劳动，修桥也是为自己谋福利，干吧！""对，干吧！"

这就是江官屯人，不等、不靠、不要，一直只坚信用双手创造生活。

材料不够，他们就地取材。村里的党员干部带头，带领着青壮年下河挖沙，上山采石，农闲时候到工地帮工。就这样，江官屯村民在村"两委"的带领下，将载着希望的混凝土浇灌下去，将承着愿景的石板搭建起来。终于，大桥的桥面部分开始施工了。

望着一点点搭建起来的桥面，尚永江的脸上终于有了笑容。进度快的话，雨季之前差不多能完成桥面主体结构，经过一个冬天，明年开春再进行桥面施工，质检过了就能通车了。想到两岸通途，他不自觉地就哼起了小调。这天，他坐在河岸上，望着平静清澈的太子河，怀着对美好未来的憧憬，却突然接到了上游泄洪的通知。气象部门预报这两天有大暴雨，今年汛期可能会提前，要提前泄洪！

尚永江只觉得两眼发黑，桥面好不容易搭建起来，竟然要泄洪！桥体施工还没结束，怕是禁不住大水冲刷。岸上还堆满了沙子、水泥、石子，这一泄洪，水面上涨，怕不是都冲走啦？

望着面前波澜不兴的太子河水——今日还平静无波，可是明早上游泄洪，这里便会一片汪洋。得先把材料转移了。尚永江定了定神，起身回村里喊人。

不一会儿，村里青壮年便集合到河岸上，大家都苦瓜着脸。太子河边长大的人，都清楚泄洪是什么状态，这刚刚搭起的桥面，怕是挺不住了。

岸上坡陡，装卸车很难下去，村民们就靠着肩挑背扛将一袋袋水泥、一堆堆沙子扛上高地。眼见西边灰蒙蒙的天，似乎有雨，可还有一半的材料没有转移。

一面是即将到来的暴风雨，一面是上游水库开闸泄洪，时间紧迫。尚永江一边看天一边喊着："大块石料先不用动，沙子水泥是关键……往上挪，再往上，这眼瞅着有大雨，涨水呢……"

这一夜，江官屯的村民们靠着肩挑背扛，硬是将岸边的水泥沙石转移到了安全地带。材料能转移，可是桥体没有办法再加固，只能看天意了。

后半夜，大雨倾盆。尚永江坐在炕上听着哗哗的大雨声，那大雨如同小小的鞭子抽打在他心上。他沉默着，一支接着一支地抽烟。

一夜大雨加上上游泄洪，汪洋恣肆的太子河水奔涌不息，水面甚至已经快漫延到两岸堤坝。尚永江穿着雨衣雨靴走在堤坝上巡视。经过昨晚连夜抢救，建桥的材料暂时安全，但是这样大的水量，刚刚搭建起来的桥面，已经被洪水冲毁。天渐渐大亮，雨也渐渐小了些，村委会党员干部陆续来到堤坝上巡逻。"完了，都完了。"好不容易建起的桥，一夜之间被大水冲毁，大家心情都很低落，你看看我，我看看你，都不说话了。

气氛凝固着，尚永江望着面前肆虐的河水重重地咳了一声："都丧气什么呀？啊？打起精神来，冲毁怎么了，再修就是了。咱们还怕没有修好那一天吗？只要咱们还有口气儿，这桥，咱就修到底！冲毁咋啦，冲毁咋啦？冲毁一回修一回，冲毁十回修十回，我就不信修不好，我就不信咱们村要永远当这个死胡同！"一夜没睡，尚永江的嗓子嘶哑，眼睛血红，他手中拄着护坝的铁锹，站在高高的堤坝上，像一座丰碑，凛然不可撼动。

2000年，江官大桥历时两年终于建成通车，其间桥体被水冲毁

4次，最严重的时候甚至整个桥面只剩岸边一小段残存。然而江官屯人依然没有退缩，资金不足，施工困难的艰苦条件下，靠着铁一般的肩膀与意志，终于建成了大桥。至此，江官屯成为连接小屯、西大窑、弓长岭三地的枢纽。

大桥建好后，引河水灌溉，葡萄产量、品质上升，庄稼收成也比从前高了两成，原本闭塞的村子也活络了起来。每到春夏时节，村民们将自家种植的瓜果蔬菜和上山采摘的山货摆在路边售卖，足不出村就有了收益。两岸资源矿产互通有无，村民婚丧嫁娶，赶集串亲戚，外出务工都从这桥上经过，大桥上车来人往，隔河相望不相亲的时代结束了。

江官大桥建成后，胡家洼人出行困难这个问题更加凸显。

胡家洼是江官屯村下辖的自然屯，在太子河臂弯的外侧，三面环山一面临水。胡家洼的人若想出村，冬天河上走冰，夏天水里划船。春耕化肥运不进，只能靠小船每次载两袋过河，山里的粮食运不出，同样的玉米，要比外面每斤少卖2角钱。更不必提山里的山货，即便市场上价值不菲，胡家洼的人也没办法将它们运出来。山上产的野蘑菇，地里种的山榛子，拿到市面上都是宝贝，可是胡家洼没有路，这些山货要么少量送与亲戚朋友，要么自家留着吃，大部分烂在山里，无人问津。如果说江官屯原先是个死胡同，那么胡家洼就是死胡同的底。村民们就这样祖祖辈辈地在这山坳里生活，冬天走冰，夏天划船都是十分危险的。冰封不严的时候常有人掉进冰窟窿，夏天风大将小船掀翻的情况更是屡见不鲜，水浅时候赶马车过河，不小心就会陷进淤泥里……

怎么办？2010年，村"两委"研究决定：修路。修路这两个字，说起来简单，可是在哪修呢？三面环山一面邻水，从哪修都不是简单的工程。

村"两委"干部考察了胡家洼的情况。修路，只能沿河道拐弯处，混沙填河，顺着河沿填，一直填到小漩的桥头。麻烦就是沿河拐弯处，有山体阻挡。

爆破！开山修路，给胡家洼的人开出一条道来！

江官屯村这次争取到了上级的修路资金，还争取到了爆破专家为他们埋好火药，炸开山体。为了节约资金，江官屯村的党员干部带领村民用山体炸开的碎石作为铺路的基石和路面混凝土石料，一块一块地凿，一段一段地填，一点一点地铺，这一段路只有1500米长，却修了一年之久。一年之后，胡家洼终于告别了走冰划船的生活。这开山填水造就的3里路，是胡家洼人通往外界的康庄大道。

逢山开路，遇水搭桥。江官村党员干部们就像先锋军一样，冲在第一线上，带领着村民们沿着凿山填水开辟的道路，奔赴向前。

路，总要有人去走，哪怕山高水远坎坷陡峭，也总会有人劈山填海，摸索前进方向。

特色种植，探索新农业之路

江官屯村山多地少，人均耕地不到两亩，土层薄，肥力差，还有不少荒滩荒地，传统作物产量不高。20世纪90年代末，江官屯村民一窝蜂地种植葡萄。葡萄虽然适合在沙土地上生长，但是对成长环境要求也非常高。由于当时环境污染、农作物喷药、市场饱和等多种原因，几年后数百亩葡萄园被蚕食殆尽。传统耕种收益太少，这些年村民种植葡萄，好不容易找到了致富的道路，没想到不过几年的光景就又失败了。看着村民们又要回到原始的耕种状态，村"两委"决定带领大家"走出去"，积极引进新的作物，引进适合江官屯土壤和气候条件的作物。

2004年，村"两委"号召党员带头引进五味子，后因市场销量不好选择放弃。第二年，国家投资改造荒滩，将原有的沙土地改造为农田。改造地土层薄，种植玉米大豆等传统作物，效益很差。改种经济作物，却不知道这片土地适合种什么，能种什么。面对重新开始的局面，江官屯人依然无所畏惧。

2007年村"两委"带领党员和村民代表前往河栏镇、丹东等地考察大榛子的种植环境与条件。村里早就有种山榛子的传统，只是产量一般，销量一般，收益自然也一般。村委会经过分析研究，认为村里的土地适合种植大果榛子。于是以8元每棵的价钱购进树苗三千余棵，分给愿意尝试种榛子的村民。这次引进树苗种植后，有的长势尚可，有的却产量不佳。

同样的树苗，为什么有这么大的差异？村委会调整策略，动员村民放弃产量低的榛子树品种，继续寻找适宜土壤环境的品种。为了避免浪费资源，村委会党员干部带头自行研究试验榛子树的品种，力求找出适合栽种的榛子树。就是这样一步步努力，不断地试错，终于，党员佟玉琢发现了最适合栽种的榛子树品种——"达维"和"玉坠"。凭借这一突破，江官屯村探索出了一条榛子树种植的产业之路。

佟玉琢承包了100亩改造地，种植着玉米、大豆等传统作物，效益一般。改造地的土壤情况，他已经研究过很多年，尝试过土壤改良却收效甚微。玉米亩产不过千斤，一年辛苦下来，每亩地还不到200块钱的收益。若是年头不好，赔本也是有的。搞了几亩试验田种经济作物，效果也不理想。眼看着100余亩的土地创造不出产值，佟玉琢再也坐不住了：国家为了乡村振兴，投入了多少资金才将荒地改为农田，难道就是让我在这浪费资源吗？

2012年的春天姗姗来迟，已经3月份还不见回暖。佟玉琢家里的火炕上，烙着几个山榛子，这是江官山地上的野生榛子，个头小，却很香脆。佟玉琢坐在炕上，看着这几个小小的山榛子沉思。几个月前，村里的朋友约他一起种植大榛子，他虽然心动却始终没有行动。前几年村民种植大榛子，收益并不理想。他种过山榛子，这几年一直研究改造地的土壤结构，也从未停止过改进种植品种。到底如何才能提高收益呢？佟玉琢思考了许久。

"玉琢，玉琢。"门忽然开了，一阵寒风冲进门里，来人正是几个月前约他考察本溪大榛子的尚国林。"玉琢，你看。"尚国林从口袋里掏出了一把榛子扔在炕上。那榛子个头大，骨碌碌地在炕上蹦了几蹦，同原先炕上那几个山榛子一比，足有它们三倍大小。佟玉琢推了推眼镜："大榛子？"尚国林兴冲冲地说："对，市面上的大榛子，号称美国大榛子，其实我问了，说是原产在中国，就在东北这旮旯。就这榛子，便宜的还30多块钱一斤呢。我听说了，丹东本溪都有种的，咱去看看，考察考察？"佟玉琢低下头，气候条件、土壤结构、榛子品种……这些他苦心研究多年的榛子树种植条件在心中一一盘算。许久，他仿佛像是下了什么决心一般，再抬头已经是满眼的光芒："说去就去，咱明天就去。"捡起炕上的几个大榛子，用力拍开，嚼在嘴里，满口酥香。

那天有点阴沉，本溪地处山区，雾气蒙蒙。经由熟人介绍引路，他们终于找到了树苗售卖的地方。大约佟玉琢也不会料想，这一次说走就走的本溪之行，彻底改变了他的生活。朴实的村里人不知道什么叫谋定而后动，也讲不出什么高深的大道理，只是见到榛子树苗的那一刻，佟玉琢便知道，自家承包的那块地，能种这个品种的大榛子。他特意将自己从地里挖出的土同这里的土质进行了对比，发现土壤相近。就种它了！佟玉琢下定决心，当场交付了1万元的定金。

当时大榛子树苗13元一棵，种上100亩，至少也要1万棵苗，就是十几万元。佟玉琢回到家中，拿出了积蓄，还不够一半的树苗钱，更遑论平整土地，挖沟打井购买机器这些费用了。钱不够怎么办？佟玉琢再度沉默了下来。了解情况的朋友都劝他：100亩地全部种榛子，是不是有点冒进？这个品种的大榛子在我们这里还没有人栽种过，如果不能成活，长势不好，产量不高，这十几万岂不是要打了水漂？大榛子树苗从栽种到结果到成熟需要的周期是四年，这四年里市场会发生怎样的变化？即使这大榛子真能成活，谁又能保证将来不会滞销？不然先少栽点，栽个二三十亩，等有收益了再扩大种植？这是个出路，然而佟玉琢却没有答应。因为他知道，如果先搞出试验田，等到见利再扩大投资，周期就是8年，那时候兴许市场已经饱和。敏锐的洞察力与敢为人先的精神促使他勇敢地挑战人生。资金不足，就和亲戚朋友借点，再不够，就贷款，一定要凑够钱，让这100亩改造地都栽上榛子树！压上全部积蓄，又向亲戚朋友借贷，终于凑够了钱。佟玉琢以每棵13元的价格购买了大榛子树苗1.10万棵。

其实这无异于一场豪赌，没有人知道等待他的结果是什么。

2012年的春天终于来了。山渐渐朗润，河水渐渐上涨，万物复苏。佟玉琢将购买的树苗栽进了这片曾经荒草丛生的土地，也栽进了他的心里。一棵棵小小的树苗在春风里摇曳，它们现在还很稚嫩，还无法结出果实。榛子树第四年开始坐果，这意味着三年之内，这些树苗不会产生收益。然而佟玉琢并不着急，他这些年早研究清楚了大榛子树的特点，按照书上的介绍，他开始在榛子树间套种大豆、地瓜等作物，既不浪费土地资源，又能在一定程度减少杂草的生长。一年下来，这片土地也并非完全没有收益。第二年，佟玉琢开始在地里打井。大榛子树抗风沙，抗病虫害，防冻能力强，但土壤水分条件要好。打了井，接上管道设备，采用滴灌技术，精准浇灌。

看着他在地里"折腾"，朋友们都为他担忧，两年过去了，这片土地上的收益微乎其微，仅有的一点套种作物产生的收入，又被"折腾"进去了。开始有人在背地里嘲笑佟玉琢，笑他没事瞎忙活，一晃两年过去了，家里债台高筑，连一个榛子都没见着，再过两年，说不定就得把树砍了。前几年村里人一窝蜂种葡萄，抵挡不住病虫害，抵挡不住市场饱和，最后葡萄树全砍了，这不就是最好的例子吗？佟玉琢听到了这话不仅没有生气，反倒一笑而过。他从榛子树苗栽进这土地里就笃定，这一定不会是一场赔本的买卖。这两年里，虽然榛子没有结果，但他无时无刻不在关注着，观察这些榛子树的长势。他看书也看电视，还不时从手机视频里学习种植榛子的先进技术，村支部组织的农业技术学习，他更是踊跃参与。丰富的种植经验加上不断地学习、充电、研究、观察，他坚信再过两年，这片榛子树林最终会结出累累硕果，一定会有好收成。

功夫不负有心人。

第四年，大榛子终于结果了。当时鲜榛子市场价17元一斤，大榛子树成熟后亩产500多斤，每亩产值8000多元，100亩地产值80万元。这可观的收入引得村民一阵羡慕的同时，也促进了江官屯大榛子的产业发展。2016年村"两委"以佟玉琢为示范，组织村民到本溪再次引进榛子树苗。因为佟玉琢的成功，村委会建议他为村民们进行技术指导。佟玉琢将这几年种植大榛子积累的经验无条件地传授给江官村村民，帮助村民寻找销路。

　　经过不断研究，佟玉琢发现大榛子树的根为气生根，需要土壤透气，使根部进行呼吸才能保证生长。传统的农田由于土质松软，黏土层厚，虽然肥力足够，但是土壤透气性差，不利于榛子树根部生长发育，这也是当年村里人种植榛子失败的原因之一。不是所有的土地都适合种大榛子，一定要选择土层薄的沙土地、改造地来种植。而且经过研究，最适合江官屯土壤种植的榛子就是"达维"和"玉坠"这两个品种。

　　村委会了解到这一情况后，立即组织开会。大榛子是江官屯村又一个新兴的农作物，最适合种植大榛子的便是改造地，但是改造地目前却是分散的，不集中的，种植的作物也是五花八门。为了让大榛子在江官屯村栽种成林，方便机械化生产，村委会决定将适合种植榛子的改造地进行流转。

　　经过村委会不断努力，五年间，流转土地2000余亩，在小屯镇党委和镇政府的扶持下，吸引了周边的种植大户承包土地，大榛子种植面积逐年增加，种植规模不断扩大。如今江官屯村大榛子种植面积近3000亩，榛林成片，销售向好，村民收入不断增长。每年榛子的种植、采摘、加工、销售等环节吸纳周边农村1000余名剩余劳动力，使江官村的农民足不出村便实现了就业，在榛子林做工的人年收入近4万元。

　　眼前的利益并没有使江官屯人停下前进的脚步。

　　大榛子树抗病虫害能力强、树龄长是它固有的优势，然而大榛子的市场销售却要随着行情变化。江官屯的大榛子主要依靠地理环境优势，依靠太子河水系的小气候条件，比其他地区大榛子先成熟，这使得这里的大榛子鲜果上市时间比其他地区提前，一直以来江官的榛子也以鲜果销售为主。但是鲜果保质期短，储存不便，在如今市场缺口较大的情况下，没有出现过滞销。可随着市场变化，坚果种植的人越来越多，鲜果上市时间又接近，鲜果榛子如果出现滞销，必然导致大量损失。

种植葡萄失败的教训还历历在目，为了不重蹈覆辙，江官屯村委会决定，分三步走：第一，建造冷库。遇有鲜果滞销的情况，可以启用冷库储存。第二，探索精加工。将鲜果进行加工，变为市面上常见的熟榛子，既可以直接销售到市场，又延长销售时间。第三，打造属于江官屯村自己的坚果品牌。用品质赢得市场，用品牌创造价值。

目前，江官屯的冷库已经建设完毕。佟玉琢等几个榛子种植大户开始探索鲜果的深加工，美好的蓝图已经勾画。江官屯村的榛子再不是像从前一样盲目无规划地一窝蜂种植，在村"两委"的组织与支持下，2019年，江官屯村注册了"江官大榛子"商标，他们正向着一条集坚果种植、采摘、加工、销售于一体的产业化道路迈进，不久的将来，他们定会打造出属于自己的坚果品牌。

对于特色种植的探索，江官屯村并没有止步于大榛子的种植。村"两委"号召村民因地制宜，在这片土地上种植大菇娘、花秋果、特色辣椒、黑枸杞等自研新品种农作物，笔管菜作为近几年又一新兴作物开始崭露头角。

野菜在农村遍地可见，有时候农民会将野菜当作杂草处理掉，或者把它们用来喂猪、喂牛羊。有一种野菜，人们将它叫作笔管菜，之所以会取这样的名字，是因为它的形状类似于笔管，都是一节一节的。实际上这种植物的学名叫作玉竹，它的根茎和嫩叶都可以当作野菜进行食用，还可以入药，尤其是它的根，是中医常用的药材之一。

江官屯的山上，漫山遍野的野菜，绿油油爬满山坡，肆无忌惮地疯长。谁想吃笔管菜，上山就采，野菜就如野草一般，割了一茬再长另一茬。山就在那里，野菜就在那里，想吃，上山挖便是，没有谁会想到把它们移植回家。

张宏民是江官屯村前任书记，今年67岁，他引领种植的中药玉竹目前在辽阳及周边城市已经扩大到3000多亩。倒退二十年，张宏民决计想不到，自己从山上移植的野菜会变成十里八村争相种植的中草药。

二十年前，张宏民突发奇想：这笔管菜青青嫩嫩，蘸上自家产的大酱，别提多好吃了，就是每年总去山上挖野菜太过麻烦。能不能把山上野生的笔管菜移植到自家院子里？敢想就敢干，张宏民扛起锄头上了山。

笔管菜这东西根系真是庞大，为了不破坏它的根，张宏民一点一点挖，小心翼翼地挖了半天，才挖出三五根。张宏民喘了口气，看来想把它移植回家还是个力气活，显然不是一天就能干完的事，先把这三五根带回去栽上再说。

就这样，张宏民闲了时候就上山去挖这笔管菜，陆陆续续挖了一段时间后，家里大概移植了一块1平方米的笔管菜。看着这小小的一方菜池，张宏民突然不满足于食欲："这东西移植起来这样费劲，能不能留籽播种？"

到了秋天，张宏民将笔管菜的种子采集下来，小心留好，留到来年开春播种。万没想到的是，这笔管菜不仅仅移植麻烦，连播种也是个麻烦。春天播种，秋天未收，笔管菜沉默在土地里三年才长出了一片叶子。张宏民气乐了，这野菜长势如此之慢，要是长到能吃还不得十年八年的？看着自己1平方米移植的笔管菜，再看看旁边播种的长了几片叶子的菜地，他一咬牙，反正种也种了，有苗不愁长，等吧，不信等它十年还不能吃。

第四年，笔管菜长了六七片叶子，总算是有了点菜的模样，然而距离长成还是差了很多。见这笔管菜真的要长上十年才能成熟，张宏民思路又活络起来：这玩意儿能不能栽根呢？试试。

这就是江官屯人，敢想，敢做，敢试，敢等。

果然不出所料，笔管菜栽根的确要比播种成熟快。将成熟的笔管菜根部切下移栽到土地里，第三年便可长出成熟的叶子来。张宏民将自己吃剩余的菜叶子采摘下来拿到集市上卖，这野菜价格实在令人咋舌，竟然卖到十几块钱一斤。

看到商机的张宏民兴奋不已。从前也知道有人将山上的野菜采下来去卖，而且价格十分可观，但仅限于村里人上山采摘三五斤的量，卖个三五十块钱，也算不得什么大收入。如今将这野菜移植到家里，再扩大种植，定是一笔可观的收入，如果引导全村扩大种植……张宏民仿佛看到了一条新的致富之路在脚下蜿蜒向前。

既然能有收益，自然就更要认真对待了。张宏民盘算着怎么扩大种植，怎么采摘，怎么销售。他翻阅资料，查找笔管菜的种植技术，偶然间竟然发现，这笔管菜的根，竟然是中草药玉竹，药用价值非常高，而且在药材市场上的缺口非常大。以前他也知道这笔管菜的根可以入药，但只是基于原有的生活经验，这一次经过系统地研究他才知道玉竹的价值。

这可是宝贝呀。可是，这玉竹亩产能有多少呢？张宏民将那一方小小菜池里笔管菜的根削了下来，栽种在土地里。

唯天下至拙能胜至巧。

张宏民就这样用笨拙的功夫，靠着这1平方米的菜地，一点点扩大，一点点栽植，历经十几年的积累，方才有了20亩的玉竹。经试验，黄精的产值非常高，成熟的玉竹亩产达到万斤，目前市场价为6元每斤，亩产万斤就是近6万元的产值。

证实了玉竹产值，村委会积极宣传推广，以张宏民为代表，动员村民栽种，探索玉竹的种植之路，将玉竹种植发展成这一区域的新兴特色种植业。如今不仅在江官屯村，连带周边农村，辽阳各地都有栽种玉竹，甚至庄河、丹东等地陆续有人前来江官屯学习种植玉竹的技术与经验。

玉竹的种植就像一场漫长的马拉松，在土地深处积累、沉淀、扎根，最终在看不见的地下，繁育出亩产万斤的根系。就像是江官屯的村民，扎实、坚韧，在漫长的等待里也从不退缩，从不放弃，在无路可走的时候，也从不抱怨，从不妥协，直到他们用双脚在土地上踩出一条坚实的路。

路，总要有人去走，哪怕迷雾重重前路漫漫，也总会有人守望相候，等到云开日出。

融合文旅，开发新产业之路

江官屯村是全国重要的民窑遗址，每逢太子河水上涨时会冲出大量窑具、瓷器残片。江官屯窑起于辽，盛于金，废于元，是辽金时期东北地区最大的陶瓷业手工作坊。窑场规模宏大，烧造时间跨越辽、金、元，历时三百余年。其文化层厚、瓷片堆积丰富，是我国重要古窑址之一，对研究辽金元时期陶瓷生产工艺、特点以及当时的社会生产、生活具有重要意义。该窑址1988年被确立为辽宁省重点文物保护单位，2013年又进一步被确认为国家级重点文物保护单位。

辽阳市江官窑博物馆位于江官屯村中部，是辽阳市首家私人博物馆，也是东北地区最大的以单一窑口为主题的博物馆。辽阳市江官窑博物馆从筹建到完工历经七年多的时间，村民对于江官窑的情谊更是深厚，为更好恢复窑址，建立博物馆，在村"两委"协调下，他们将土地流转出让，积极配合帮助收集散落的瓷器。

2019年4月17日江官窑博物馆正式对外开放，标志着辽阳市馆藏文物迈向了新的发展阶段。江官窑博物馆是集文物收藏保护、旅游观光、学术研究和社会教育等多种功能于一体的一座博物馆。博物馆作为历史文化的积淀，不仅是现代社会文明进步的重要标志，而且是保护和利用文物资源，弘扬历史文化，加快推进先进文化建设的重要载体。

江官屯原有柴窑老旧失修，为了让熄灭近千年的江官古窑窑火复燃，江官窑遗址旁复建了和辽金时期一样的仿古柴窑，并于2019年7月29日试烧。2020年6月28日，庚子第一窑装窑，29日点火，首烧成功。江官窑出品的瓷器，非常符合现代人的高端审美和追求，为未来辽阳陶瓷文创产品探索出了一条可贵的道路。预计将来江官窑瓷器与当地特色的江官大榛子相结合，共同推出具有地域文化特色的辽阳伴手礼。如今，江官屯村凭借古陶瓷文化的独特魅力，成为辽阳市文化交流和旅游休闲的一处胜地，吸引着越来越多的游客前来探索欣赏。

江官屯对岸的燕州城，是辽宁省内唯一保存完好的古代高句丽城垣（遗址），现列为国家级重点文物保护单位。其周长2500米，地势险要，为古代兵家必争之地。城依山而建，蜿蜒迂回，森严壮观。南面为陡崖峭壁，崖下太子河水依壁而过，气势逼人。西、北、东三面筑有石城，用大石块垒砌。城内制高点上建有指挥台，高约5米。站在指挥台上，全城内外的景致尽收眼底。据文献记载，唐贞观十九年（645），唐太宗李世民曾率兵与高句丽守军在此发生激烈的攻城战斗。燕州城是古代高句丽民族智慧、勇敢和富于进取精神的象征。如今的燕州城载历史文化之精髓，携青山秀水之灵气，已成为人们怀古观光的旅游胜地。

沿太子河逆流而上便是参窝水库、九连洞观光区。两岸风光秀美，河水清澈见底，船行如风，人如在画中畅游一般。每到天气回暖时候，来此游览观光的人络绎不绝。

一面是秀美的山河风光，一面是厚重的历史文化，江官屯村吸引许多游客参观游览。村民们自发购买船只，打造了太子河游船观光项目，年轻的村民凭借多年的水上经验，带领游客们往返于燕州城、九连洞等观光区。旅游旺季，每只船每天有近千元的收入。

2019年，随着观光游客越来越多，村民自发组织的游船无法满足游客需求，而且存在较多的安全隐患。村"两委"陷入了两难的境地：观光旅游有需求有市场，如果直接取缔观光船，必然导致游客大量流失，放弃在外打工回乡开船的青年人又将面临失业；如果继续经营，存在的风险隐患又显而易见。观光船没有经过权威单位质检，船只驾驶员、救生员没有进行系统的上岗培训，应急处理措施不健全，游客众多船只超载，观光船各自为战，甚至为了拉客抢活产生矛盾冲突……

2020年春天，矛盾日益凸显，眼看到了旅游旺季，如果没有合理解决办法，江官屯的旅游产业势必要就此夭折。为此，江官屯村"两委"将情况上报，请求上级政策支持，寻求妥善的解决办法。

2020年4月27日，市交通运输局、市文化旅游和广播电视局、市应急管理局、市水务局、市行政审批局，联合印发了《辽阳市水上游览经营活动安全管理办法（试行）》，对太子河水域的游览活动进行了规范。

要做大做强旅游产业，真正地吸引游客，打造一系列旅游项目，壮大集体经济，必须吸纳资金投入。经公开招标，2020年10月市水务局与辽阳江官窑文化发展有限公司签订了《太子河燕州城水域及太子岛水域水上游览经营权合同》，打造江官窑—燕州城—九连洞文旅综合体项目。经多方论证，江官窑燕州城水域初步具备行船条件，交通部门已批准相关手续，预计于2022年6月旅游旺季启动该项目。

为了推动当地经济发展，壮大村集体经济，文圣区委组织部以村集体注资方式对江官屯村文旅项目进行融资，总投资100万元，用于开发江官窑—燕州城—九连洞文旅综合体项目，江官屯村每年依照7.50万元标准进行分红。村"两委"协调江官窑文化发展有限公司从江官屯村民中招募20余名船只驾驶员、安全员，对他们进行系统的上岗培训，另外招募20余名江官窑烧窑窑工，这些受聘员工的月工资预计将达到3500元以上。

燕州城下太子河水道通船，江官窑千年釉火重燃。村"两委"在文圣区委区政府的支持和引导下，依托燕州城良好的生态环境和江官窑历史文化资源，根据地理区位优势，合理利用山水宜人、坚果产业规模大的资源禀赋，以安居、乐业、家园、绿色为目标，强力推进农业与文创、旅游、商贸等产业跨界融合，走出一条融合发展的乡村文化旅游产业道路。

路，总要有人去走，哪怕迂回曲折山重水复，也总会有人寻寻觅觅，终将柳暗花明。

挖掘人才，培养新青年之路

群众要致富，党员要引路。

基层党员干部是带领群众致富的"领头雁"，在建设社会主义新农村、带领群众致富奔小康方面发挥着不可替代的重要作用。村党支部书记是农村的领路人、村级班子的带头人，直接关系到政策落实与否、带动乡村振兴的成效。

江官屯村党支部书记尚宏鹤，出生于1993年，今年不到30岁。就是这样年轻的村书记，23岁起便在村委会任村主任，如今已是工作六年的"老同志"。尚宏鹤大高个儿，有点胖，说话时笑眯眯，总是给人以踏实肯干的印象。他是老书记尚永江的孙子，从小跟着爷爷耳濡目染，看着尚永江带领村民修桥叠坝，植树造林，看着江官屯的人一点点富起来。小时候的他就在心里想着："将来我也要当村干部，像爷爷一样，带着全村人致富挣钱。"

成年后，尚宏鹤没有像村中其他年轻人一样出门打工，而是帮助家里照看工厂。尚永江已经退休，心里却仍旧想着为村里做点事，然而毕竟年纪大了，心有余而力不足。看着爷爷成日着急，尚宏鹤心里也不是滋味。

"我想进村委会，我想当村干部。"尚宏鹤一句话吓了全家人一跳。"家里不缺吃不少穿，你当村干部受那累干啥？"都说隔辈亲，尚永江当年为村里如何受累都不觉得辛苦，如今却是无比心疼孙子。"小鹤你可想好了，当村干部可不是你想得那么简单，你才20，村里人眼里你就是个毛孩子呢，你当村干部，能服众吗？"父亲也摇头不赞成。

尚宏鹤知道现在村干部年龄老化，许多人临近退休，有的干部身体不好，"两委"工作做起来很是吃力。他也知道村干部其实是个"费力不讨好"的工作，无论大事小情都要尽心竭力。他更知道，村里年轻人都愿意出门打工挣钱，少有愿意留下来当村干部，为村里忙碌的。家里人不赞成，自己年龄又小，当这些困难与问题摆在眼前的时候，尚宏鹤丝毫没有动摇："我从小就跟着爷爷，看他带领全村致富挣钱，如今我长大了，我也想为村里做点事，我不是心血来潮，我想了好久，爷爷，你必然懂的。"尚永江看了看孙子，许久才叹口气："真愿意去就试试，村里换届选举，你要能选上，我也不拦着，为人民服务嘛，是好事。"

　　得到了家里人同意，尚宏鹤开始盘算起来。别看他年纪不大，可是头脑灵活，又踏实肯干。但凡村里有些个跑腿打杂的活，他都第一个上前帮忙，春耕打地，秋收联系卖粮，雇车拉货，只要是村民有需要，找他准没错。这几年他为村里干的工作，大家都看在眼里。2016年，江官屯村换届改选，尚宏鹤竞选村主任，以遥遥领先的票数当选。

　　当上村主任后，尚宏鹤更是忙碌起来。当时村书记张宏民已经60多岁了，他早就有退休的念头，可是村里的工作却一时无人接手，"两委"人员老化严重，村干部平均年龄在60岁以上，求安求稳的心思重，在乡村振兴、发展壮大村集体经济方面干事创业的热情不足。

　　作为年轻的力量，尚宏鹤无疑挑起了江官屯村的重担。别看这位23岁的村主任年纪尚轻，不管是带领村民发展农业，还是帮助村民解决生活难题，大到土地流转修路建房，小到解决邻里纠纷鸡毛蒜皮，他都处理得井井有条，工作干起来游刃有余。2017年重铺自来水管道、新建村部，他日日在场监工；2018年修村路，建高标准农田，尚宏鹤更是忙前忙后。春耕打地，尚宏鹤拿出土地台账，挨家测量，秋后庄稼收割，他日日巡视，宣传禁止秸秆焚烧政策。春天防火，汛期抗洪，冲在前头的总是那个年轻的"小鹤"。那些最初怀疑他年纪小、干不了事的村民们渐渐开始对他刮目相看。

2019年，江官屯村响应国家号召流转土地，小屯镇党委、镇政府帮助招商引资，吸引种植大户来江官屯村包地发展种植业。为了推进土地流转，尚宏鹤挨家挨户做工作，宣传政策。有的人家有养殖场，需要保留土地自种玉米做饲料，如果土地承包出让，就要去市场买进饲料，无疑会增加饲养成本。为此，尚宏鹤同村"两委"班子讨论通过，将不需要流转的一部分村集体备用地，为养殖户进行置换，确保土地流转工作正常推进。

2021年，村党支部换届选举，张宏民主动让贤，他说："小鹤这几年在村里积累了许多经验，他的能力也是大家有目共睹的，我年纪大了，早就想退休了，如今看着后辈如此优秀，可以放心离岗了。"换届选举中，小屯镇党委严把人选标准，把政治标准放在首位，要把愿干事、真干事、干成事的优秀青年人才选出来。经过组织层层审查后，尚宏鹤顺利当选，成为文圣区最年轻的村书记。

"今年打两口深井……开春了带大伙出去考察引进草莓苗……明天党日活动集中学习……下周……"尚宏鹤的日程安排得满满的，可是你若是问他，每天都做什么工作，他都会说："就是那些呀，该干啥干啥呀，没有什么特别的，每天都这样，领着大伙干就完了。"

尚宏鹤家境殷实，同他一般大的青年人，要么搬去城市定居，要么在家享受父辈创下的家业，可是尚宏鹤却从未想过离开家乡，也从未想过要靠祖辈留下的产业。他在本可以安逸生活的时候，选择了一条辛苦却有价值的道路——带领全村人致富。他说："我是江官屯长大的人，我的祖父，我的父亲，为这片土地流过数不清的汗水与热泪。我不走，我不是一时兴起要当村书记，我就是要和我的家乡人一道，拓出一条新农村致富的道路……这条路，我选了就要走下去，干就完了。"他就是这样一个能够俯下身子，弯下腰，踏踏实实走在路上一心肯干的青年。时间在他的脸上留下了成熟的印记，也在他心里刻满对未来的期许。

乡村要发展，人才是根本。

同许多乡村一样，江官屯村大多数青壮年劳动力进城务工。面对年轻人出门打工，人才与劳动力流失的局面，"两委"班子在深入学习中转变思路，在一系列的探索过程中，围绕盘活集体资产、农村土地、林地、资本、劳动力、技术等资源要素方面，激活发展潜能。外引内培，助推乡村人才振兴的计划渐渐提上了江官屯村"两委"工作议程。村"两委"通过聚集文创产业、提档升级新村面貌和配套土地政策，不断提升对人才的吸引力。一批有想法、有冲劲、致富能力强的年轻人挑起了建设家乡的重担。

2002年，16岁的孙延毕离开家乡。那时候他总觉得一辈子窝在农村种那一亩三分地，怎么也不会有出息。出门闯荡了十几年，生意越做越大，手中有了不少积蓄，然而有了积蓄的他却没有在城市扎根。离家在外十几年，此刻他却觉得，自己最想去的地方，其实还是家乡。

2016年，江官屯村支部开始大规模流转土地，支持机械化生产，促进新兴农业发展，同时也鼓励青年人返乡创业。听到这个消息，孙延毕放弃了在外打拼多年的事业，回到了江官屯，重新开始了他的农民生活。农村传统的耕种模式太过守旧，他在外做生意多年，了解许多新型农业，他想改变农村的种植业，走出一条不同于传统的新型农业之路。

返乡的孙延毕承包了75亩土地，打算搞一场新型的种植业。但是搞什么？他心里却还没有打算好。2016年村委会了解到这些情况后，推荐他跟镇上组织的考察团去考察。他跟随考察团来到南方的小镇，发现当地的农场搞得很好，适合引进到村里开展实践。

当时村里普遍看好大榛子的种植，村民们都争相栽榛子苗。这几十亩的土地，如果栽上榛子将会带来很大一笔收益，并且栽榛子已经有了成功的经验。而打造农场，在这之前还没有人实践过，土壤结构适不适合，气候条件允不允许都是未知数。然而，孙延毕并不想走前人走过的路。"我回来，就是要走一条别人没有走的路，即使失败也没有什么，我还年轻，大不了从头再来嘛。"为了使农场建设更加科学规范，孙延毕向组织申请学习，学习先进的农业科学技术，打造现代化、科技化的农场。

江官屯村土壤薄，而打造农场需要肥沃的土地，孙延毕为此制订了详细的种植计划。前两年种植大豆、地瓜等农副产品，施用有机肥养地，第三年开始种植各类蔬菜，两年一换茬，休整土地的同时又可以不间断收益。整个农场采用机械化种植，翻地、打垄，采用深耕技术，施用有机肥，发展绿色农业。凭借农村出身的底子与经验，加上在外学习的知识，孙延毕很快地打响了"正乙农场"这个绿色无公害蔬菜品牌。

2019年，孙延毕又承包300亩土地，扩大了农场规模。他知道，要想走得更远，就一定要不断创新，墨守成规只能停滞不前。通过考察研究，再结合江官屯村地理位置特点及文旅产业优势，他开始将农场蔬菜订购给前来观光旅游的人们，并且引进了认养方式种植。前来观光的游客可以提前定制蔬菜，农场按需种植。为方便预定，孙延毕建立了微信群，线上预定蔬菜。群主统计客户的需要，将客户需求的品种进行汇总再反馈到农场，农场春天按客户需求种植相应的蔬菜，等到秋天客户来收菜，或者邮寄到客户手中。这种精准种植避免浪费资源，更符合当下客户的需要。

一个人富，不算富，带领大家富，才是富。孙延毕说自己放弃在外的生意，回到家乡，就是要时刻不忘自己的来处，回馈家乡父老。他凭着年轻敢拼敢闯的劲头，同家乡人一道，走出一条不同的新型农业道路。目前孙延毕的农场每年净收入30余万元，农忙时候雇用村民参加生产劳动，每人每年有2万多元的收入。

2019年，孙延毕光荣入党。这一刻他期盼了许久，他说："感谢组织对我的支持，是江官屯党组织成就了今天的我。"孙延毕平时话不多，但每一句话，都掷地有声，"我不会忘了党的培养，也不会忘了养育我的家乡，我还年轻，我还有很多的时间来践行。这条路，我会坚持走下去，不断创新，不断探索……"

路，总要有人去走，哪怕踽踽独行无人为伴，也总会有人踏过孤单，尽看岁月流转。

山水宜居，打造新家园之路

随着村民收入逐年增加，文旅产业不断发展，江官屯村"两委"依托特色种植与文旅产业，开始打造宜居乡村。在尊重和保护现有村庄地形村貌、田园风光和农业生态前提下，完善村中基础设施，进行村道巷道改造，美化村容村貌，提升村庄人居环境，加强村民的精神文明建设。

江官屯村部原先坐落在村子中间，用的是70年代生产队的3间趟房，房屋破旧、狭小、逼仄不说，还是危房。冬天供暖还要烧火炕，生炉子，办公设施老旧，党员活动无处开展。村部门前的小路，狭窄弯曲，连大型车辆都无法通行。为了加快新农村建设，规范村"两委"班子的正常办公，发挥村部的作用，实行有效的村务、党务公开，为百姓及时、高效、民主地服务，增强农村基层组织的凝聚力和战斗力，2017年，村"两委"决定重新建设村部办公场所。

村部原址在村子内部，不仅出行不便，而且很难找寻。再建村部，村"两委"决定依靠主路，选择交通便捷的地理位置，方便办公与出行。

根据江官屯村的文化特点，村部办公房设计成中式仿古建筑，与江官窑博物馆相得益彰。新建村部办公面积300余平方米，宽敞明亮，内部设有党员活动室、普法工作室，还有临时隔离办公室。走廊里挂着党建宣传板、村务公开栏，还有书法家题写的书法作品，文化氛围浓郁。办公房门前建有2000余平方米的休闲文化广场，农闲时村民们在这里跳跳广场舞，打打篮球，业余生活丰富多彩。

提升乡村风貌是乡村振兴的重要抓手。为了建设美丽乡村，村部重建之后，江官屯村又开始了村容村貌的美化。2019年，为了改变村容村貌，响应文圣区政府提倡的"三堆进院"（垃圾堆、柴火堆、粪堆不能堆放在院外道路两侧），江官屯村委会决定清理"三堆"。将柴火、垃圾堆在大门外面已经是村里老习惯了，家家如此。原本不甚宽阔的道路两侧堆上柴火、垃圾、粪堆，更加狭窄，平时两辆轿车错车都有些困难。下雨天里，雨水冲刷着垃圾流在路面上，泥泞不堪。村"两委"深知这项任务的艰巨，为了顺利推进工作，江官屯村"两委"制订了详细的工作方案。

根据"两委"决定的方案，清理"三堆"之前村干部便开始做动员、宣传工作，然而真正将"三堆"挪进院中的并没有几户。甚至还有人说，"收拾那么干净干啥呀？这么多年都堆外面了，也没影响谁家吃饭穿衣呀。"习惯总是难以更改，更何况把这些东西堆在外面，变相地节约了自家空间。政策推行不下去，工作开展不了，村"两委"党员干部挨家挨户地去做工作、讲道理。通过上门走访做工作，他们了解了症结所在。

首先一件事便是大家认识不到位，"美丽乡村"这四个字，只是说在了口头上，至于如何美丽，怎样美丽，美丽有什么好处，没有人能说出个所以然来；第二件事，把"三堆"挪进院子里，需要大量的人力，普通人家一两个人很难办到；第三件事，"三堆"是脏乱差的代表，既然脏乱差，又有谁愿意挪进自己家里呢？

了解了问题的根本，村"两委"做出决定：不能光做表面工程，要想真正建设美丽乡村，改善村容村貌，必须从根本上解决问题。党员、村干部带头，先清理了自家门前的"三堆"，为村民"打个样儿"。清理之后的人家，路面宽阔起来，门前也干净起来，一片整洁。左右邻居们看着人家清理之后露出了门脸与院墙，想着如果种上点花花草草，的确要比堆垃圾好看许多。

由于党员发挥的带头作用，渐渐地，主路两旁人家开始动手清理自家的"三堆"。这些东西清理起来确实十分麻烦，对此村委会积极发挥动能，立刻征集村里闲置的铲车、小货车，帮助没有清理能力的村民一起清理"三堆"。虽然有了人帮忙，可是要将这些东西清理进院子，村民们又打了退堂鼓。村"两委"迅速决定，在村里修建垃圾集中堆放点，派车帮助大家将垃圾都清理到投放点。村委会还联系了正需要农家肥的种田大户，将村民家门口的粪堆清理到农场。这最难办的"两堆"解决了，柴火堆却成了难题。

清理现场混乱不堪，机器轰鸣，人声嘈杂。村"两委"党员干部开始集中做村民的思想工作："我说咱们为啥清理呀，是为了咱们自己呀。一家家门前堆的乱七八糟自己看着不难受吗？""咱们村山清水秀，旅游发展这么好，外来人看我们村子里破烂不堪的不是打自己脸吗？""柴火都堆在路上，车都错不开，你们孩子开车回来不闹心吗？"

在场的村民都安静下来。这些年，村里修了柏油路，安上了路灯，道路旁也设立了垃圾箱，硬件设施没问题，可村民们从心里往外觉得，村容村貌改变不大。下雨天泥水粪水横流，刮风天烟尘灰土满路。

家乡美，靠的是什么？最后还是要靠居民对居住环境的清理和保护。否则再宽阔坚实的路面，堆满柴草，满地随风乱飘，也算不得美。"清吧。"一个人大声说道，"咱们自己家门口，得干净利索呀。"说着开始动手清理自家的柴火堆。"干吧干吧。"其他村民们也跟着一起动手，清理完自家的"三堆"，再帮助左右邻居清理。

历时一个月，江官屯村"三堆进院"工作全部完成，道路两侧宽阔起来，村委会重新扩宽了路面，沥青马路修到了各户门前，沿主路两旁种植花草，一派新气象。村民们无不感慨："下雨天脚不沾泥了，刮风天没有灰尘暴土了，粪堆垃圾堆清理出去，家门口也没有味了。""这家家有花户户有草才是社会主义美丽新农村呢。"

随着村容村貌的改变，人们的心情也跟着舒畅起来。农闲时候上上网，刷刷手机，跳跳广场舞，日子越来越惬意。

村里老年人多，但江官屯村的养老问题却不凸显。除了完全丧失劳动能力，身患重病的几户，村委会帮助办理了低保，绝大多数老年人仍旧可以自食其力。很多老年人还学会了用智能手机，学会了网购，生活变得更加便捷。

江官屯村的老年人，他们或者保留几亩自留地种植，或者将自家土地承包给大户。江官屯村土地流转，带动了全村人致富。人们将自家的土地承包给种植大户，再到这些大户家里打工，每年都有几万元的收入。每年8月间榛子采摘时节，都需要人工来剥榛子。年龄大的人不能下地干重活，却仍然可以剥榛子创收，每年仅剥榛子这一项就有七八千元的收入。

有时候，安度晚年并非仅仅是要老年人无所事事，老年人依旧有着自己的人生追求与多彩的生活。他们的眼里，幸福有时也并非是围在子女身边寻求照顾。年纪大的人不非得等着政府救济，也不一定要靠子女养活，他们依然能够靠双手劳动，让自己获得更强的幸福感。走在江官屯村里，常常遇到那些面容安详的老年人，有的年过古稀，有的甚至已经耄耋之年，他们的脸上始终洋溢着笑容。

现在的江官屯村，农民富裕，生活水平全面提高。生态宜居，青山绿水自然本色。乡风文明，构建现代生活方式。长幼有序，社会安定生机勃勃。

乡村振兴，始终在路上。江官屯村"两委"和村民在物质生活丰富，精神文明提高的今天，仍旧在琢磨着：如何将村子发展得更好，如何进一步提高收入，如何建设更美丽的家园。在党的引领与支持下，他们从没有停下脚步，始终走在振兴的路上。这条路上，也许没有先行者，也许前进的每一步都是"摸石头过河"，但是这条路上，从来不乏勇敢坚定的人们，他们踏过山河锦绣，花开成海，向新生活奔赴而来。

路，总要有人去走，哪怕步履蹒跚道阻且长，也总会有人昂首阔步，踏出锦绣前途。

春天来了，登临燕州城俯瞰，这里山清水秀，屋舍俨然。傍晚，小小的村庄升起袅袅炊烟，倦鸟知还，美如画卷。

劳作在这片土地上的人民，他们心中有信仰，脚下有力量，坚定的目光里透出对美好生活的渴望。他们用强劲有力的双脚，踏出了一条坚实的路。虽任重道远，然明灯在前。他们一路欢歌笑语，奔向花开锦绣的未来。

　　路，在远方——也在脚下。

本 色

——辽阳市宏伟区兰家镇西喻村党组织建设纪实

唐文贤

　　沿辽阳辽凤线南行10余公里，宏伟区兰家镇政府正南方3公里的一个村落，叫作西喻村。

　　明朝初期，一批移民从遥远的云南迁居到山东胶东半岛，后来，他们生息繁衍的地方被人称作"山东小云南"。清顺治八年间，"山东小云南"1户喻姓人家的7个兄弟一起闯关东，北迁至千山余脉北麓的辽阳县境内落居，其居住地始称"喻家沟"。后以今辽凤线为界，路以东被称为"东喻家沟"，俗称东喻村；路以西则称"西喻家沟"，俗称西喻村。

　　带着云贵高原少数民族文化基因的"小云南"人，移民到山东后融合了胶东人勤劳朴实、忠厚亲和的文化基因。而迁徙到东北这块沃土上，他们又邂逅了热情豪爽、重情重义的东北人。于是，融合着中华民族多种文化的基因，在长达三百多年的历史长河中相互交会、碰撞，使得地域相邻、姻缘相通、宗族往来的西喻村与附近的前林子村在21世纪初实现了行政村的重组。

　　合并重组前的西喻村与前林子村一样，没有得天独厚的产业资源，这里远离都市的浮躁与喧嚣，朴实得像一幅疏淡清逸的山水画，或是一块经手工纺织和传统工艺浸染的土布，去粉饰少渲染，表面极简而内涵充盈，表象质朴而意境深邃，它们以最朴实的样貌彰显了新时代新农村温馨和谐、充满亲情的人文画卷。

从中华人民共和国成立，到改革开放，再到走进新时代，七十多个春秋，光阴流转，时代更迭，社会发生了太多的变化，但融入基层党组织的红色基因却从未改变——这就是为人民服务的政治本色。

1983年开始在西喻村任了3届九年村主任、二十九年村支部书记，2020年7月改任村党总支副书记的喻纯拥说："咱祖祖辈辈都是农民，种地养家是本分，能让咱担点事儿，就是组织对咱的高看和村民对咱的抬举，咱只能老老实实、尽心尽力为老百姓做点好事儿，别给组织抹黑，别给自己和家人掉价……"

而在2004年两村合并后的第九年，即2013年开始担任村主任、2020年7月接任村党总支书记兼村委会主任的李爱军说："生本清贫无奇，是这方水土养育了自己，是这块土地上的父老乡亲影响我长大，我没有能力让这里有翻天覆地的变化，但我有信心跟'两委'班子一道，让父老乡亲过上安宁无忧的生活。"

言为心声，行为心表。质朴而坦诚的表白，像极了这个朴实无华的村庄，没有豪言壮语，但在全体村民当中，他们都赢得了极好的口碑，从他们的言谈举止中，我依稀读出了两个字——本色。

多年来，特别是两村合并以来，西喻村党总支坚持以党建为引领，不断强化村"两委"建设，带领广大党员和群众，初步实现了宜居宜业、和谐稳定的新时代农村建设的目标。2003年，西喻村被省委、省政府命名为省文明村；2006—2011年度获市委授予的先进党支部称号；2015年、2016年西喻村又先后被评为辽阳市村容整洁达标村和辽阳市宜居乡村建设工作先进集体；2017年11月，西喻村被中央文明委授予"第五届全国文明村镇"称号；2021年西喻村获辽阳市先进基层党组织称号……

从20世纪80年代初，到中国共产党建党百年，一串串奋斗者留下的足迹和无数闪光的荣誉背后，无不折射出西喻村党支部历届班子不忘初心，牢记使命，一心为民，接续奋斗的政治本色。

一

突出党的建设，不断强化党支部的战斗堡垒作用和党员的先锋模范作用，时刻以服务村民为目标，以只争朝夕、无私奉献的精神引领党员推动全村各项工作的顺利开展，这是西喻村多年来实现良性发展的制胜法宝。

第一次见到老支书喻纯拥还是在七年前。2015年，宏伟区委宣传部按照省、市精神文明建设的部署和要求，在全区城乡推进"两榜"建设工程（善行义举榜和好人榜），而西喻村是兰家镇"两榜"建设工作的首批试点村之一。

喻纯拥当时已届六旬，魁梧敦实的身材，朴素的灰色布衣，一身典型的农民装束。一双眯成一道缝的眼睛盈满了笑意，一副憨态可掬的样子让人立马感觉到踏实可靠。因为数年前罹患喉癌，术后说话声音变得低沉且沙哑，听起来让人感到几分心疼。

再次见到老支书是在今年的春天，虽经七八个春秋的风霜洗礼，喻纯拥的精气神仍不减当年。问起四十年来他在农村最基层的创业史，已67岁的老支书感慨地说："我经历的太多太多，只能简单地讲述几个忘不掉的片段。"

1983年，随着农村第一轮土地承包制度的深入推进，中共中央决定撤销国家政权在农村的基层单位人民公社，建立乡镇政府；撤销作为村行政机构的生产大队，建立村民委员会。也就是这一年，血气方刚、头脑灵活、为人和善、扎实能干，年方27岁的喻纯拥被推选为西喻村村委会首任主任。党组织的器重，村民们的信任，让19岁便当上村民兵连长、25岁当上生产队长的喻纯拥不敢有丝毫的懈怠，用他自己的话讲，从那时候开始，自己一直就是在扰蹶子干。

土地是农民的命根子，"公开、公平、公正"是农村土地承包中必须遵循的一项基本原则。喻纯拥上任之初，正是农村土地承包进一步规范推进的时刻。

喻纯拥同村"两委"班子一道，精心研读《中华人民共和国农村土地承包法》，牢牢守住公开、公平、公正这一底线，坚持承包工作的信息公开、程序公开和结果公开。他们成立土地承包工作小组，吸纳村民代表参与，从研究承包方案到具体推进实施，始终坚持民主协商，不搞暗箱操作，力戒厚此薄彼，坚决排除宗亲家族的关系影响，严格按照公开的条件和程序办事，依法保障了村民享有平等的权利。

在土地承包推进过程中，难免遇到村民中的一些小计较、小争执，但这些"小问题"最终都通过村党支部出于公心的思想工作一一化解。

也正是那个时候，在关乎每家每户饭碗问题的关键时刻，村民们透过土地承包工作更加确信：村党支部是老百姓最可信赖的组织，村干部是最可信赖的人。

新官上任三把火。1984年春天刚过，为了给穷得像一张白纸的村里创造经济收入，喻纯拥盯上了城市建设改造的商机：大面积的楼房建设工程，需要大量的沙子、水泥、钢筋、木方和红砖，如果能承揽运输这些材料的活儿，岂不是一个为村里经济创收的天赐良机？

于是，喻纯拥带人通过一个亲戚找到了市农机公司，他一眼就看好了嘎嘎新的大"二八"拖拉机，不过一打听价格却吓了一跳：17200元！

改革开放之初，1万元都是一笔巨款，何况还有7200元的大零头！

机不可失，时不再来。想想城里建设工地热火朝天的场面，再想象一下那唾手可得的钞票，喻纯拥鼓足勇气通过本家亲戚找到领导，怯生生地问："领导，能不能再便宜一点？"

"那不能！"

回答简短且斩钉截铁！

喻纯拥与同来的村干部商量后，又跟亲戚一阵耳语，然后问道："领导，你看这样行不？我们凑1万元预付款，你们先赊给俺们两台，俺们先干活挣钱，余款年底前给你们结清，行不？"

"什么？我没听错吧？17200元一台，你给我们1万元，还开走两台？你确定不是在跟我开玩笑？"

不知是因为激动，还是自己也被自己的"荒唐"想法给吓到了，喻纯拥满脸涨得通红，慌忙说："不是，不是！哪敢和领导开这玩笑！"

"我和村班子拿自己的人格担保，我的亲戚不也在这儿嘛，他也替我作保，我们先给你们1万元，你让我们先开走干活儿……"

喻纯拥停了一下，掰着手指头算了下账："这么的吧，也不用年底了，半年后我们即便是挣不来钱，卖房子卖地也把余款给你们结清，这样行不？"

"说得倒是挺轻巧，这可不像是买两头毛驴，拉回去干两天活儿，不想要了喂饱再送回来，毫发无损，这可是价格不菲的机车呀，磨损、折旧……"

"关键还存在驴送不回来而驴钱又不给的风险哪！"领导也是个风趣人。

喻纯拥一脸严肃地说："这样吧，咱们除了打欠条，再签一个协议，如果我们违约了，我愿意代表村班子承担所有的法律责任！"

双方都知道这一纸承诺将意味着什么。

或许是被这个村干部为争取集体和群众利益的一腔赤诚所打动，总之，在那个"万元户"还是凤毛麟角的年代，这宗看上去相当不靠谱的买卖协议，竟然在他们之间奇迹般地达成了！

1万元，两辆崭新的大"二八"拖拉机开回了村里，相当拉风！

抚摸油光锃亮的两匹金属战马，喻纯拥晚上兴奋得辗转反侧，一夜无眠！

终于盼到了天亮。

喻纯拥揣上两块玉米饼子，招呼几个党员早早就去了城里的建筑工地。

就这样，找工地负责人——要活儿——讲价——干活儿——结账，喻纯拥带领村党员和骨干开启了这样一个单循环模式，只要工地有施工，他们一天就从天亮干到太阳西下，每天回家虽然浑身像散架一样，但睡一宿觉后照旧。

"那时候风气也好，放活儿的也不卡油儿，俺也不需要上赶着浇油儿，活干完就给钱，一把一支付，利索！"喻纯拥感慨道。

"村里的这几个伙计也好，根本不跟你讲价钱，中午自己带饭，1毛8分钱的四两面包算是犒劳，会抽烟的整一包便宜的烟，大伙儿都乐呵地干！"

功夫不负有心人。在那个装满一车红砖只给5元钱运费的年代，喻纯拥率领党员骨干披星戴月，硬是在三个月后把24400元余款送到了农机公司，比承诺的半年提早了一半！这在今天看来也绝对是个奇迹。

二

1992年，在连续担任九年村主任之后，喻纯拥开启了历时二十九个春秋任村党支部书记的人生，同时也开启了他漫长的"跑路"生涯。

为最大限度争取村民的利益，喻纯拥围绕村民渴盼渴求的问题，上上下下不知跑烂了多少双鞋底儿，蹬断了多少条车链子。

在三十年的时间里，历任的县（区）党政主要领导和分管领导，市、县（区）两级的民政、交通、水利、农经等行政部门的局长和分管副局长，喻纯拥都一一混个门儿清、脸儿熟，很是招人待见。

"就不怕碰一鼻子灰吗？"喻纯拥有自己的哲学：问题如果我不提，领导就永远不会知道；我提出后，问题得到解决了，那我就没白跑。即使因为各种原因，问题没有得到解决，那我也不用后悔。

喻纯拥笃信民间那句老话——较劲的孩子多吃奶，但这较劲是讲理，而不是胡搅蛮缠，不是任性撒泼。

其实，领导们心知肚明：喻书记每次来"讨扰"，没有一件事是为了他个人的利益，从修路到建广场，从村民吃水到困难户危房改造，从改造荒坡到修建水塘，从实施亮化美化工程到争取农业项目……每一次的较劲都是喻纯拥在为村民争利、为集体造福。

喻纯拥从来不打无把握之仗，除了写在脸上的真诚，他总是事先备好两个"谈判"砝码：一是上级的政策，二是村民的渴求。老喻说："这两样东西能碰出火花，有作为的领导不敢跟政策作对，有情怀的领导不会跟老百姓过不去。"

谁能不给为争取村民的"面子"而舍弃自己面子的人以面子？因此，每每他都以胜利者的姿态打道回府，多年来屡试不爽，可谓尝尽了甜头儿。

"日落西山红霞飞，战士打靶把营归、把营归……"骑着蹭得满裤脚都是机油的二八自行车，满载收获从市里、县（区）里、乡里匆匆往家赶的喻纯拥，每次都是一路哼着胜利的小曲儿，带着溢于言表的喜悦，拉风得很……

农民的吃、住、行问题始终备受关注。这里的"吃"已不是单纯吃得饱的问题，而是要吃得好、吃得安全；"住"也不是简单的有容身之处，而是要住得舒适、住得享受；"行"自不必说，远不是过去意义上的有路可行，而是要宽敞、平坦和"脚不沾泥"。

多年来，西喻村党支部一班人紧紧围绕群众的所思所想、所期所盼，用朴实而无悔的执念兑现着当初的承诺。

西喻村过去的村路狭窄且曲折，村民出入绕弯多走不说，风天一身土，雨天一脚泥，出行十分不便。

2001年，农村道路硬化"村村通"工程陆续启动。喻纯拥与时任村委会主任喻纯礼商量后，又经班子会研究决定，争取上级支持，对1.80万平方米的村路和村民入户路进行沥青路铺设改造。

在通过"跑路"争取到部分资金后，他们找人对铺路工程进行了测算。经过测算，如果请工程队铺设全部道路，计入各种材料费用、运输费用、机械费用和人工费用，每平方米最少需要40元，整个工程算下来就是70多万元！

　　"不算拉倒，一算脑瓜子嗡嗡作响。"如果按此预算，村里争取到的资金只是杯水车薪，如果完成全部工程，那村里就得拉饥荒。

　　这时，有人通过关系转弯抹角找到喻纯拥，表示想包下来这个活儿，说工程价格还有商量的余地，并暗示干完活儿不会忘了他。

　　喻纯拥当即予以回绝。一是因为不想背负债务过日子，二是因为这些人为了省钱肯定会在施工成本上做文章。

　　"更重要的是，别说村里没那么多钱，就是有钱，冲他说的那话，我也不能让他干哪，我在村里干了快二十年了，就因为蹚他这浑水，让我自己一世的清白全给毁啦？"喻纯拥说。

　　"这么说吧，这么多年来，凡是想跟我搞事儿的，那多余了！"拒腐蚀永不沾，这是喻纯拥和班子成员心中永远不可触碰的底线！

　　他与喻纯礼连夜组织召开支委会，研究这活儿到底怎么个干法。

　　全体支委对书记、主任太了解了，还能怎么干？还是自己干呗！

　　会后，村党支部向全体党员发出动员令，为降低工程成本，真正把实事办好，把好事办实，每个党员都要带头发动身边骨干，带动周边群众自己干！

　　跑采石场，走水泥厂，去沥青厂……经过多轮的考察和讨价还价，在党员、骨干的共同努力下，用于基础铺设的沙石材料终被以最低廉的价格和最省的运费拉到了村中，其他铺路事宜也都有了着落。

　　几天的忙碌之后，望着堆积如山的沙石和水泥等材料，喻纯拥眼睛笑成一条缝：这可是他的战利品！

　　喻纯拥、喻纯礼带领班子成员、党员和村民骨干，组织村民各显神通，通过各种手段把基础材料运到各自门前的路段，再按照道路铺设宽度与厚度的标准，将沙石料自行铺设好，然后再雇来轧道机反复碾压。

村里有言在先：哪趟街基础先铺好了，就先给哪趟街喷油铺沥青。

为干成样板工程，他们先后对路面进行3次喷油作业，以确保道路铺设质量。

当看到一条条先期铺好的入户路时，最初持观望态度的那部分村民后悔不迭。等他们也备好车辆准备干的时候才发现，村里所提供的沙石料已所剩无几！

这些肠子悔成铁青色的村民没有给自己留出疗伤的时间，也顾不上再跟村里讨价还价，连忙组织家人昼夜兼程，从山上拉来碎石将门前的路基铺好。

时值夏日，工程推进多半时，喻纯拥和党员骨干们也瘦下一大圈儿。

工程终于结束了，村委会组织结账时，他们个个心里乐开了花——预算造价每平方米40元的沥青路工程，最后每平方米他们仅花了10元钱，全部资金投入比外包预算竟然节省了50多万元！

省钱就是赚，党支部又取得了一次胜利！

回忆起当年修路的场景，今年64岁的村会计邹亚芝大声笑道："哎妈呀，那段时间村里老热闹啦！跟打土豪分田地那出儿似的，大伙儿用大小各种车辆往自个儿家门前拉沙石料，自行摊铺路基，场面热火朝天。书记和村主任天天也不着家，守着堆积如山的沙石料，一边组织计量放料，一边帮助村民装车，有时候还到施工现场协调施工进度。"

"中午人家外雇的压道机司机吃饭休息，喻书记就自己开着压道机干，一是为了抢进度，二也是为了节省工钱。晚上则裹着军大衣蜷曲在铲车里守在材料现场看着……其实咱堡子人可规矩啦，没人去偷，他呀，我看就是兴奋！"

走在宽敞的村路上，望着一条条通向各家各户的平坦沥青路，看着茶余饭后街头散步遛弯儿的村民同他开心地打着招呼，喻纯拥内心的喜悦简直无法形容，眯缝的一双笑眼都看不到白眼珠了！

村民们心里清楚，这是一条用党员干部的汗水铺就的幸福路，也是一条挥别时代的致富路，更是一条铺在党与老百姓之间的连心路！

人的美好愿景就像一个个的幸福驿站，到达一个之后就盼望着下一个。

2002年，村路铺完的第二年，白天看着宽敞平坦的村路，掌灯时分望着天上时隐时现的月亮，心里再想想城里明亮的灯光，党支部一班人那一颗颗"不安分"的心又躁动起来：村里要是能安上路灯该多好哇！

说来也巧，喻纯拥从村里铺路施工时认识的一个朋友口中得知：辽阳市民主路正在实施路灯改造工程，原来设置的水泥杆路灯将被全部淘汰。

听到这一信息后，喻纯拥丝毫不敢迟疑，同村主任喻纯礼商量后，立马骑上那辆已经吱吱作响的大二八，去找市里路灯的主管部门。

同样是被他的这份执着和赤诚所打动，市路灯管理部门经过研究，最终答应将淘汰下来的水泥杆路灯以每套70元的价格转让给村里60根。

60根，4200元，又赚了！

又粗又重的水泥路灯杆通过大件车（由4匹马拉的车）往返十几次拉回村里后，党支部又组织班子成员和村民骨干购买线材、丈量选址、挖坑埋杆、扯线安灯，这番操作看得周边村民羡慕不已。

齐刷刷的路灯点亮了通往村庄的道路，让夜色中的西喻村多了几分生机与妩媚，更让村民们看到了西喻村明天的希望。

当年全程参与安装路灯的党员、电工于永春说："那60根水泥杆可不比今天的金属灯杆哪，一个好几百斤重。那时候也雇不起吊车呀，从运回村里到路边挖坑埋上，最后再扯线接电，全程使用架杆儿和梯子，老费劲了！"

"为了省钱还加快进度，喻书记带领我们起早贪黑地干，吃饭也是现场糊弄一口。记得当时，喻书记有好几次边干活儿边许愿说等干完活儿的，我请大伙下饭店撮一顿儿！这都过去二十年了，到今天他也没兑现哪！"

说到这里，于永春哈哈大笑。

尽管今天看来那一排已经站成"标本"了的水泥灯杆并不时尚，甚至有些笨拙和丑陋，但在遥远的二十年前，那绝对算得上乡村里一道亮丽的风景线。

三

抢抓机遇，顺势而为。2004年，随着国家税费改革的推进，为进一步优化农村资源配置，完善党政管理职能，减少行政成本，按照省行政村合并改革的要求，在上级民政部门的指导推动下，生产生活中有着千丝万缕关系的西喻村与前林子村合并成新的西喻村，形成了党务集中领导、村务分别管理，资金、资产和债权（债务）各自承担的"一套人马、分工合作"的"两委"班子架构。

也许是先天结下的缘分，不像其他地区推动行政区合并时出现干部和群众思想波动，甚至是思想交锋现象，没有质疑、没有抱怨，也不迟疑观望，西喻村与前林子村的合并工作水到渠成，波澜不惊。

重组后的西喻村由西喻、前林子和隶属前林子的三家子3个自然村，共5个村民小组组成。从人口数量到地域面积，村子的体量刚好翻了一倍。

合并后的新西喻村尽管财务各自管理，但全村上下必须有一个灵魂的核心，这便是村党支部。经过选举，村党支部书记一职自然落在年富力强、始终与村民同甘共苦的喻纯拥身上。三家子自然村的喻宗吉当选村主任。

如何发挥好党组织的凝聚作用，团结合并后的村"两委"班子，围绕民生福祉，在新农村建设中凝心聚力、大有作为，继续把民生工作做到极致，这成为村新一届党支部班子思考的课题。

为进一步统一思想，让广大村民对两村合并尽快形成认同感和归属感，党支部决定以支部建设为契机，以调动党员积极性为抓手，让广大党员在思想上首先实现整合、形成共识。同时，有效发挥党员的先锋模范作用和乡贤能人的示范带动效应，确保合并后的西喻村始终处于党组织的领导之下。

一荣俱荣，一损俱损。村党支部深知这个朴素的道理，他们要求"两委"班子成员和广大党员，要树立大局观念和整体观念，不能因为两个村财务自理就各唱各戏、自梦自圆，关键时刻一定要顾全大局，需要时候一定要拉兄弟一把。

两村合并十几年来，这种不算经济账，共续手足情的故事时有发生。

2007年，就在两村合并后不久，国家电网欲在西喻村选址建一个变电站，同时配套给村里数十万的征地补偿款。党支部在集体研究时认为，西喻村集体经济虽然也不富裕，但考虑到前林子还有村债务在身，决定建议国家电网在前林子村地界内选址，相当于把已到嘴边的肉让给了兄弟。

通情达理的建议也得到国家电网相关部门的理解和尊重，最后决定，工程选址在隶属前林子村的一块坡形荒地上，虽然建设成本有所增加，但他们乐见西喻村这温馨和谐的一幕。

俗话说，肥水不流外人田，西喻村的这次抉择让肥水流进了自家兄弟的田里，因此，班子也好，村民也罢，各自欢喜。

2005年年初，为打通市际交通血脉，促进高速公路的国内融通，辽宁省启动了历时3年多的本辽辽高速公路建设工程。按照工程规划，高速公路的一段将由东南向西北贯通西喻村。

在家门口修高速公路，这对于发展地区经济、改善生产生活条件，绝对是一个千载难逢的利好机会。

千禧年以来，国家加大投入，全力实施交通、水利、电力、通信、能源等基础设施建设工程，毋庸讳言，这让一部分人尝到了动迁补偿的甜头，有的甚至把它看作是咸鱼翻身的良机，于是，圈地围建、突击栽种等行为屡见不鲜，有的狮子大开口，有的为了争取更多利益和补偿甚至成为"钉子户"……

水未到时先叠坝。为保证国家交通战略工程的顺利实施，村党支部一班人首先提高思想认识和政治站位，绝不能让土地征用沦为一场村民对国家资源的掠夺。他们积极配合高速公路建设管理部门，认真组织做好涉地群众的思想发动工作，做到识大体、顾大局，对工程施工不得设阻、对征地补偿不得蛮要，坚决不允许国家工程在西喻村境内出现任何的罗乱。

得益于村党支部多年来在服务群众工作中树立起来的崇高威望，凡工程涉及自家土地的村民，没有一个提出过分的要求，整个工程得以顺利推进。

高速公路工程管理部门对村党支部一班人赞赏有加："工程沿线经过的地方太多了，能像你们这样把工作做得如此到位，真的不多见。"

大树底下好乘凉。工程竣工在即，可否借势为村路进行二次拓宽摊铺改造？支部书记喻纯拥同村委会主任喻宗吉的意见一拍即合。

党支部这个想法一经提出，立即得到相关部门的回应：没问题，全力支持！

2007年，在本辽辽高速公路西喻村段建设施工进入尾声时，得到公路工程管理部门和地方交通管理部门支持的村里也启动了村路二次摊铺工作。

在进一步研究规划对村路进行二次摊铺工作时，党支部一班人不约而同地想到了与高速公路建设没有关系的三家子自然村。

原属前林子村的三家子自然村，地处山坳里，村民日常生产、生活出行都要经过有着漫长山包的一条混着山石的土路，这段长度接近2公里的村路，路面狭窄且凸凹不平，雨天泥泞，雪天湿滑，风天尘土飞扬。而村中的道路因为地势低洼，每逢雨季土路常常被冲得沟壑纵横。对此，喻宗吉感同身受。

考虑到前林子村的经济实力以及三家子自然村村民出行的实际困难，党支部和村委会经研究决定，把此次争取到的"福利蛋糕"做大，依托高速公路建设部门的支持，再由西喻村和前林子村分别添补部分资金，把通往三家子村的兰溪线乡道和三家子村路也一并铺成沥青路，彻底消灭西喻村境内的所有土路。

铺路工程刚刚启动，个别村民因为路边的一两尺地头、三四棵树苗的补偿诉求与村组发生争执。喻纯拥与喻宗吉第一时间赶到现场做涉事群众的思想工作，跟他们讲明此次铺路机会的由来，讲清小家与大家、局部与整体之间的利益关系……通过动之以情、晓之以理，这几户人家最后都心悦诚服、不再计较，愉快地配合铺路工程顺利推进。

铺路施工期间，整个小山村沸腾了，热闹的场面像过节一样。

就这样，总投资达七八十万元的铺路工程，除了高速公路的赞助，西喻村又赞助了十多万元，前林子村自己仅拿了十多万元。

又一次为兄弟开渠放水，老西喻村的百姓却没有一句怨言。

望着雨中能照出人影的黝黑村路，听着马蹄敲打路面的清脆悦耳声，祖祖辈辈生活在山坳里的村民们喜不自禁："我们赶上了好时代，也遇到了贴心人！"

四

民以食为天。许是上天赐予的恩泽，近百年来，西喻村这方沃土可谓风调雨顺、五谷丰登，老百姓仰仗祖辈留下来的土地，过着自给自足的生活。

然而，小富即安、小进则满不是西喻村党支部想要的目标，也不该是当代农村建设的应有之义。让农民的钱包鼓起来，让农民的日子富起来，这才是村"两委"班子应该彰显的真本事和奋斗目标。

为增加群众的收入，村"两委"班子绞尽了脑汁，想尽了办法。

西喻村属丘陵地貌，前林子村三面临山，在发展农村经济方面，全村除了可耕作的坡地，没有其他方面可供发展的特色资源。村民的主要收入除了耕种玉米等常规作物，就是在周边企业务工，只有少部分人远赴南方做生意。

要想群众多增收，就必须进行农业产业结构调整，跟项目要效益。

2008年，听说外地种植蘑菇挺赚钱，村"两委"班子在喻纯拥的带领下，一方面跑政府要政策和资金支持，一方面赴外地学习蘑菇种植经验。喻纯拥多次带人自费前往丹东、本溪、沈阳等地进行实地考察，最后选定了当时经济价值高而且市场需求大的双孢菇栽培项目。

选准了项目后，村里斥资百万建起了30栋塑料大棚，用于蘑菇种植。为了打消村民的顾虑，喻纯拥动员村干部率先垂范，走在前面先干先试。

喻纯拥先在自家700平大棚里搞起双孢菇种植试验。很快，他就基本掌握了栽培双孢菇培养料配方和技术流程，栽培出的双孢菇受到外地批发商的青睐。

见到喻纯拥把双孢菇培植成功且效益可观，村民们心里一下子有了底，纷纷学着干起来。为了帮助大家尽快把项目搞成，喻纯拥又先后跑外地求菌种、跑材料，到省科研所寻经验、讨技术。他还请省科研所技术人员前来讲授蘑菇种植知识，现场手把手指导种植户蘑菇栽培和防病技术。

为了跑销路，喻纯拥又多次自费前往辽阳、鞍山等周边地区考察市场、试探销路。晚上，他又带着村干部跑到宏伟区夜市，低价抛售、免费赠送，用牺牲自家蘑菇利润的方式，替村民做宣传，以打开远近的市场。

结果，村民们仅用一个月的时间，就收回了全部投资。

投资收回了，哗哗的钞票也源源不断地流入了腰包，村民们发自内心地感谢他们的老书记喻纯拥。

随着市场的变化，此后，喻纯拥还多方寻找门路，带动村民搞香瓜种植，引导村民养牛、养羊，还鼓励有条件的农户购买大型春播秋收联合作业机械，实施玉米秸秆回收，发展循环经济。

农村经济的发展，带动了村民的脱贫致富奔小康。2021年，西喻村建档立卡户全部实现脱贫。

谈到三十年来村经济的发展和村民生活的变化，喻纯拥深有感触地说："一棵麻能捻几条绳啊？就凭我这一个人，咋蹦跶都白费，你像早年的喻纯礼、喻宗吉老哥儿俩，那都是拼命三郎，西喻村光荣簿上都有人家的功劳！"

五

海阔凭鱼跃，天高任鸟飞。新时代是属于奋斗者的时代，面对惊涛骇浪能够屹立于时代潮头的，永远是那些胸怀大志、不畏艰险、奋发图强、一展抱负的强者。

2013年，在原属辽阳县的兰家镇划归宏伟区的第三年，也是西喻村与前林子村合并后的第九个年头，在前林子村土生土长的、时年38岁的李爱军，从喻宗吉肩上接过村委会主任的重担，村"两委"班子也从此输入了新鲜的血液。

李爱军一米八多的身材，体格虽显消瘦却结实挺拔，一身得体的穿着干净利落，写满正气的脸庞彰显出几分军人的气质。最醒目的，是他右臂上佩戴的红色疫情防控袖箍和左胸前一枚熠熠生辉的党徽。

李爱军——不知道当初父母给他起这个名字的时候，是否希望他长大后成为一个军人，尽管他最终没进过军营。据看着他长大的村民讲："李爱军从小就孝顺懂事、正直善良，性格耿直、乐善好施、一身正气。"

李爱军离开校门后不久便开始闯荡社会，他打过工、务过农，做过买卖；从事过粮谷加工，也经营过饺子生意。二十年间的历练，他见过形形色色的人，也经历过各种各样的事，但他从未被社会上和商海里的浮躁、庸俗、势利以及投机取巧等不良习气所浸染过，一直坚守自己做人做事的底线。

他骨子里崇善向上，刚正不阿，疾恶如仇。无论是做人还是做事，他从来都以慈悲为怀，坚守底线，保持本色；做事方面，他善于咬定目标不放松，面对困难，越挫越勇，从来也不服输。

正是有了这样先天的人格基因和后天的历练积淀，才有了他日后为群众、为社会施展才能、释放能量的机遇和舞台。

正像老支书喻纯拥所评价的那样："爱军适应了时代，时代选择了爱军。"

走上村主任的岗位后，李爱军认真聆听班子成员和村老干部讲述村党支部多年来为民"争名夺利"的故事，仔细观察和回味老支书喻纯拥为民请命的各种细节，虚心向老书记学习和请教做群众工作的方式、方法，围绕群众所期所盼，身体力行，全力以赴为村民解难题办实事。

合并之前的前林子村在村"两委"班子的努力下，已实现了村主次路的硬化，但限于当时的财力，全村3个村组的村民入户路一直没有实现硬覆盖。因为村民住宅多处在山脚下，每逢雨天特别是开春冰雪消融时节，道路上水裹着泥、泥掺着水，每家每户门口都准备着"揭哧"脚下泥土的锄具，而大小车辆进院后，院子里铺的水泥路则满是车轱辘带进的泥巴。

2013年，李爱军上任。望着村民信任与期盼的眼神，他暗下决心，一定要想尽办法让大家早日实现人进屋不换鞋、车进院儿不带泥土的多年愿望。

他找来明白人先搞个预算。不算不知道，一算吓一跳：3个村组的入户路如果实现全部硬化，所需资金在100万元左右。

100万元，不啻一个天文数字！村里的债务刚刚见透亮，现在又面临这么大的一个缺口，是全身而退，还是迎难而上？

只要老百姓欢喜满意，我自己付出多大的代价都值得！正是带着这种坚定的信念，李爱军也学着老支书走上了"化缘"的道路。

他首先瞄上了位于村东侧山坡上成立于20世纪80年代末的采石场。

"无事不登三宝殿，李主任亲自光临，这肯定是有指示呀！"

虽然此前彼此认识，但互相之间并没有什么交往，李爱军也从未来过这家采石场。因此，采石场老板对李爱军的突然造访，感到多少有点意外。

李爱军不卑不亢，笑道："哪敢指示老板啊，采石场离村儿这么近，没事儿不兴来看看哪。"

老板一听感觉也在理儿："哎呀，欢迎，欢迎！"

"采石场在咱村山上也经营这么多年了，生产运输也是跟村里共享一条路，春夏秋冬、风里雨里，可谓风雨同舟。我过来就是了解了解：这段时间企业的生产经营环境怎么样，采石场周边的治安环境存不存在什么问题，还需不需要我们村里为企业生产做些什么。"

李爱军的一席话听得老板有些不好意思了："哎呀，谢谢主任关心！咱们在这也这么多年了，周边治安环境一直挺好，这期间还真没遇到村里带来的麻烦或者是困扰，相反，我们企业的重型运输车辆通过村路出出入入，老百姓从来没有因为车辆伤路或运输过程中偶发的粉尘落地而抱怨和设阻，关系一直很和谐。我知道这都是你们村领导教育安抚得好，我们感谢还来不及呢……"

"这新官上任三把火，李主任，你看我们有啥能帮上忙的，尽管说话！"

"得！什么三把火两把火的，这干一天就得想着一天的事儿。"

李爱军顺势接过老板的话茬："你还别说，话唠到这儿，今天我还真的有点小事儿有求于咱们采石场。"

李爱军便将村民的出行愿望、村里的财政困难以及自己的想法向老板和盘托出。

实事求是讲，这么多年来，采石场还是为村里办了一些好事的，李爱军深知这一点，所以，他心里还是有一些底气的。

老板一听，心中暗想："这可不是一件小事儿。"

不过，虽然此前没有什么接触，但从周边朋友的谈论中，他知道李爱军的人品和口碑都是杠杠的。况且，修路对老百姓来讲确是一件天大的事儿！

"爱军，叫你一声兄弟，你不用多说了，今天我就冲你啦，你说，你们需要我们出多少钱？"

一向不喜形于色的李爱军依旧淡淡地说："这也不光是多少钱的事儿吧，你采石场的沙石料不也是钱嘛……"

老板一听，心想，这小子也太透溜了："懂了，钱和石料都是修路所需。这么的，你把铺路工程的有关数据给我，我尽我的所能办，你看行不？"

采石场老板也是一个爽快人。

就这样，修路所需的重头戏被李爱军妥妥地给拿下了。

初战告捷。李爱军趁热打铁，接下来又南下探访一家农事企业，北上前往宏伟区交通局，讲明情况，表达群众心声，诚求支持。

未出所料，李爱军的真诚和执着换来了巨大的回报，百万工程万事俱备。

2013年一入夏，前林子村入户路摊铺工程正式开工启动，村里的老百姓个个喜上眉梢，村民们走出家门，奔走相告：铺柏油路喽！

历时半年的铺路施工期间，李爱军同村班子一道挥汗如雨，奔走于施工现场。看着漆黑的入户路，村民们纷纷对李爱军竖起大拇指："爱军，行！是干大事儿的料！以后再也不必为出门发愁喽，下雨天进院再也不用连抠带敲打啦……"

六

细心的村民会发现，不会抽烟喝酒、不会打麻将、不喜欢围着餐桌闲谈扯皮儿，心里装事儿、眼里有活儿的李爱军，每天要么是看书学习，要么是奔走于村里村外，游走在田间地头，往来于街区小巷，一来是为了了解国家形势和政策，争取各级政府的支持，二来是为了发现村里存在的问题，帮助群众解决困难。

前林子村的3个自然村南邻鞍钢齐大山铁矿尾矿湖，由于长年累月对粉尘的带水排放，尾矿湖坝体与村庄的落差近20米。出于对尾矿湖存量和坝体安全的考量，尾矿湖管理机构常年要通过技术回收湖水，实现水的循环利用。

为了给村民争取到灌溉用水，早年村里积极协调齐大山铁矿，通过坝底回收水装置为村里留出一个排水口，排出的水流入新开河（原属季节性河流）。

经环保检测，被排出的清澈的水流除了矿物质成分高以外，别无其他污染，过去非汛期常常断流的季节性河流也变成了四季河，为村民们农业耕作灌溉和其他生产用水，提供了用之不竭的水源。

然而，随着水流的流淌，特别是每年夏秋季降雨时，从村中和民田间蜿蜒穿过的新开河都会因为突然增大的降水，导致河两岸出现塌方现象，坍塌的沙土一方面淤堵了河道，一方面也造成村民耕地土壤的流失。

李爱军看在眼里急在心里，他分别向镇和区相关部门多次反馈情况，希望能够提供资金支持，实施河道护堤工程。

2015年，经过李爱军的不懈努力，新开河护堤工程全面启动。

新开河护堤工程由两部分组成：一是流经村里的1.5公里河段，二是流经农田的近4公里河段。

第一部分的护堤主要采用沟渠两岸硬化措施。第二部分河段流经农田的护堤工程则采用铁丝网笼装石头的方式实施，工程沿线涉及30户村民。施工过程中，工程车辆出入自然会压到地头，石笼也必定要占用少量的空间。对此，个别农户斤斤计较，准备联合起来向村里提出给予适当补偿的要求。

李爱军得知这一信息后，第一时间找到这几户村民做思想工作："我们为什么花这么多钱做护堤工程？如果我们放任不管会有什么后果？护堤工程是在保护谁的利益？村里投入这么多，跟你们谁要过一分钱没有？那些与河道治理无关的村民是不是也该得到一点补偿……"

几个问题问得几个人张口结舌，随即纷纷面带愧色地离开了。

为降低工程成本，李爱军与党员身先士卒，带领广大群众上山就地取材，仅石材一项就省下大量资金投入，预算近百万的护堤工程仅仅花了20万元！十多年前发生在老西喻村的奇迹，这次发生在前林子自然村！

七

忙忙碌碌的李爱军不只擅长干大事，只要是与村民利益相关的事，无论怎么小，在他眼里都是大事儿。

为给村民创造当代农民的生活环境，李爱军上任后带领班子新建了300平方米的文化广场，安装了体育健身器材，实施了亮化工程，修建了景观墙。体量不大的村庄，疏密有致，井然有序，环境优美，农民业余文化生活丰富多彩。

在前林子村文体活动室的四周墙壁上，除了党员目标考核栏、村务管理领导小组名单、村规民约、文体活动室规章制度，还布置了中华传统文化的书画内容，其中南侧的一幅"桐城六尺巷"故事十分醒目，由此可见村党组织在提升村民道德素质、促进邻里和谐方面是用了一番心思的。

在农村的生产生活当中，一些涉及群众之间利益的矛盾纠纷虽然不大，但却时有发生。李爱军始终怀着一颗公正的心，站在客观公平的角度去审视和调解，有时候几句话就可以搞定。村民评价说："李主任为人正直，说话在理，还特别懂得尊重人，所以没有他摆不平的事儿。"

一天，村里两位年近七旬的老大妈，因为两家地头的小事在田里起了纷争，双方剑拔弩张，各不相让。

李爱军听说后第一时间赶到现场，他问完缘由后笑着说："人哪，都讲一个缘分，全村那么多的耕地，就你两家地头挨着，这得多大的缘分？咱打个比方：野鸡跑到她家地里祸祸刚种的地，你看到了能不管哪？"

"那不能！"其中一个爽快答道。

"那对，不管在谁家地里，肯定得给它轰走。"另一个也附和道。

"这就对了呗，地头挨着地头，互相都有个照应，多好哇！"

李爱军接着说："你们就因为这芝麻大的事儿打起来了，还得旁人来劝架，砢碜不砢碜哪！这多亏没在村口，要不让左右邻居看到不笑话你们哪！"

几句话下来，双方都自知理亏，不再言语。李爱军便趁热打铁："多大点的事儿啊，咱村儿'桐城六尺巷'的故事是不是白宣传了？来，你俩握个手，互相认个错，以后继续好好处。"

两个老大妈像做错了事的孩子，各自羞怯地伸出右手，互相握在了一起。

"不许松手哇，直到我看不见为止！"说完，李爱军扭头往回走去。

走出近百米的李爱军侧身往回瞄了一眼，看见两个人正握着手向他离开的方向张望呢！

李爱军忍不住笑出了声……

他深知，农民骨子里都是善良的，没有解不开的疙瘩，只有不公允的心。

低保是农村的一个敏感话题，工作做不好，就会背离国家的初衷，也让党和政府失去公信力。多年来，村党支部高度重视低保工作，深刻理解低保政策，认真把握低保工作尺度，确保此项工作不出疏漏。

前林子村支委、多年从事妇联兼会计工作的喻素春介绍说："人家爱军书记可重视低保工作了，他说别以为几百块钱是个小事儿，这可是涉及人心向背的大事。他要求我们工作人员要严格执行政策标准，除了前期的申报、调查、认证和公开透明，日常要对低保户实施定期走访、动态跟踪，坚决杜绝人情低保、关系低保，让党的温暖惠及真正困难的群体。"

"我的一个家里姐姐，曾经是低保户，后来在走访跟踪时发现，其子女的收入情况已使其超出低保户标准了，我们就决定取消她的低保待遇。人家听说后跑到村里来，嚷着要和我对命，我有几条命跟她对呀？我就耐心给她讲政策、论道理，同时拿出目前村里低保户的资料给她看。村子本来就不大，谁家啥情况互相间都有个了解。最后，她扔下了一句'只要公平就行'，便心平气和地走了。"

遇到矛盾纠纷，大事化小；涉及民生福祉，小事放大。这就是西喻村党支部始终坚持的工作理念。

八

听党话，跟党走，党叫干啥就干啥，这是西喻村多年来在群众中形成的共识。

其实，并不是所有的村民们思想觉悟天生就有那个高度，他们是长年累月通过村党支部班子和党员的一言一行、一举一动感知和悟出来的。替老百姓说话，帮群众办事，这样的党支部和带头人，谁能不拥护？所以，凡事党支部一声号令，大家都铆足劲跟着干。

在常态化开展的村容村貌整治工作中，西喻村党支部要求"两委"班子带头、党员带头，同时要求坚持问题导向，确保整治不走过场，解决实际问题。广大群众以党员为示范，对环境整治中自家存在的问题不护短、不遮丑，该拆的拆，该毁的毁，实施自我监督，做到动态管理。

通过长年累月的不懈努力，村庄路边整洁，沟渠清洁，田间地头和洼地没有垃圾，公共场地常态化保洁，村民门前彻底消灭了柴堆、粪堆。全村生活垃圾实现日产日清，街路两旁实现了绿化美化。农村村容村貌的改善，也促进了村民道德水准的提升，向善向美成为村民追求的时尚。

在2015年全省启动的精神文明创建的"两榜"建设活动中，作为宏伟区兰家镇的试点村之一，西喻自然村在党支部的精心组织下，认真贯彻"两榜"建设工作要求，及时召开村民代表会议，认真传达市、区工作要求，宣传"两榜"建设工作意义，深入征求村民代表意见。

为保证评榜活动公开、公正、透明，村党支部组织成立由村"两委"班子成员、党员、村民代表组成的道德评议小组，广泛开展了"两榜"建设的宣传、发动工作，通过村民和村民小组的层层自荐、推荐，最后再经过领导小组的认真考核，最后确定了上榜名单并予以公示。

村里在村委会门口的显著位置，精心制作了宣传橱窗，对上榜人物进行公开展示，其中包含好儿子、好儿媳、好丈夫、好婆婆以及助人为乐、孝老爱亲、邻里和睦等各方面的典型代表。这些典型事迹的宣传，在群众中产生很大反响，见贤思齐、向上向善俨然成为广大村民追求的新风尚。

村党支部还充分利用"道德讲堂"阵地，组织上榜的各类典型现身说法，用身边人、身边事感染教育身边人。通过系列宣传教育，邻里之间的争吵少了，孝敬老人的故事多了，助人为乐成为新时尚，社会风气进一步好转，每一个村民都切身感受到"两榜"建设带来的新变化。

2017年，作为第二批"两榜"建设单位，前林子自然村在村党支部的指导下，通过村民的层层推荐和领导小组的严格考核，也高质量完成了"两榜"建设任务。优秀共产党员王有殿、秦国占、曹恩波，好医生刘广义，致富带头人袁福强、喻荣东，好儿媳宋凯荣，遵纪守法的王洪德等17人榜上有名。通过道德引领，不断提升了村民的道德素质，推动了良好村风、民风的进一步形成。

西喻村的村民们都知道一个公开的"秘密"：除了村会计室和档案室，村委会的大门三百六十五天是不上锁的，每个空间二十四小时开放，村民想躲个风、避个雨、聊聊天、下下棋，不必张望，推门就进，关门即走。需要个劳动器具啥的，里面有就只管拿，用完就送回原处，不用担心东西会丢。

谈到村里的治安问题，离西喻村村委会不远的小超市业主说："别说村委会，咱们村民家的大门儿，白天晚上基本也是不上锁的。我这小卖店离开个一时半会儿的也不必担心丢东西，家家院里放的、地里种的、树上结的，从来没人偷。"

"可别这么宣传，传出去容易招贼。"我故意打趣道。

"招贼？来个试试！咱堡子人可担事儿了，邻里间互相照应，村里来了外人马上就有人盯上：'你哪儿的呀？找谁呀？干啥呀……'特别是村里的几个保洁员，不但追着问，还偷摸跟着你后屁股走呢！有的事主进村一回，得被好几拨人盘问好几次！"说完，她哈哈大笑。

说到被保洁员盯梢儿，我是亲自领教过的。2022年4月1日，辽阳最后一场雪那天，我在村文化广场转了一圈儿，顺便跟一个遛弯儿的村民简短了解一下幸福院的情况。等来到幸福院门前，透过门玻璃向里张望时，两个身穿橘红色保洁服的女士同乘一辆三轮电动车慢慢悠悠跟了过来："同志你哪儿的？有啥事儿啊？"

"我没事儿，在这随便转转。怎么啦？是不是看我不像是好人？"我故意逗她们两个。

"哪呀，没有、没有！我们看你半天了，刚才和你说话的那个人患有脑血栓后遗症，我怕你打听谁家，担心他说不清楚……"

文明和谐的村庄，朴实本色的农民。

九

2017年中央农村工作会议强调，办好农村的事情，实现乡村振兴，关键在党，必须加强和改善党对"三农"工作的领导，切实提高党把方向、谋大局、定政策、促改革的能力和定力，确保党始终总揽全局、协调各方，提高新时代党领导农村工作的能力和水平。

2019年，坐落在西喻村境内的宏伟区中小学生教育实践基地有着三十五年党龄的副校长韩长庆，被区委选派到西喻村任驻村第一书记。

韩长庆，中等身材，不胖不瘦，腰身挺拔，走起路来步频较快。一副近视镜显示出睿智和几分书卷气，眉宇间流露出思维的严谨与缜密，一身笔挺的西服透出几分干练。因为此前每天上班都出入同一条村路，所以熟悉他的村民都还习惯地称他"韩校长"。

韩长庆多年从事中学和实践基地的副校长工作，有着丰富的思想政治工作经验和党建工作优势。到村赴任后，他第一时间走访党员，查阅村党支部建设档案，了解村史和党组织建设史。他结合"两学一做""不忘初心、牢记使命""党史学习教育"等主题教育要求，强化组织建设，加强阵地建设，制定和完善相关制度，规范支部组织生活，进一步营造了党建的浓厚氛围。

为摸清全村经济社会发展情况，韩长庆利用一个月时间，通过大量的走访调研和查阅历史资料，编写了《西喻村调研工作台账》，其中涉及区位、人口、资源、产业等村情概况，村集体收入情况，精准扶贫与社会保障情况，社会治安和基层治理情况，党组织和党员队伍建设情况，村"两委"干部和人才队伍情况，村务管理和廉政建设情况，精神文明和文体生活情况，重点工作和亮点工作，以及多年来取得的集体荣誉和支部带头人的个人荣誉。

他重新整理出党员花名册，老党员、中青年党员、困难党员、流动党员以及入党积极分子等信息一目了然，为完善和推进村党支部班子建设和党员队伍建设，提高新时代党支部领导农村工作的能力和水平奠定了扎实的基础。

第一次在村里遇见韩长庆，是2022年最后一场雪的那一天。

韩长庆的办公室设在村部二楼，因为早年相识，进屋他便招呼我坐到他办公桌侧面的简易床上，落座才注意到他办公桌的对面是两把陈旧的老式皮革椅子。

未及聊天，我一眼瞥见他办公桌下面露出的半块红砖。

"这啥意思？是不是用来防身的？"

韩长庆哈哈大笑："防身？咱村儿里压根儿就没有需要我防备的人！桌底下抽屉箱腿坏了，用它垫一下。"

其实我早就看出来了，又开玩笑地说："第一书记的办公室不至于这么简陋吧？"

"简陋？你一会儿下楼看看喻书记的办公室，靠背的墙皮掉了一大块，他把一张塑料插板钉到上面去了。我好歹还有张床，他比我还惨，回不去就睡破沙发！"

韩长庆接着道："哎呀，咱到村儿里来，不是来躲清静图享受的，实实在在地帮党支部帮老百姓干点事儿才是真格的。"

他是这么说的，也是这么做的。被下派到西喻村以来，韩长庆与村党支部班子一道，紧紧抓住民生这一主线，立足西喻村生产生活实际，围绕村民提升幸福指数的所思所想、所期所盼，推进实施了多项民生工程。

提升品位，改造广场。在西喻村历史上，曾经有一道三季干涸的天然大水沟穿越村庄而过。多年来，村党支部带领党员群众发扬愚公移山精神，经过数年坚持不懈的努力，最终将延伸到村里的那部分填平，并以此为基础建设了村文化广场。

2019年，村里投资45万元，对这个文化广场又进行了升级改造。他们搭建了小型演出舞台，配置了体育健身器材。利用保留下来的一个圆形水池，建成村中的景观湖，周边配以亭廊和安全围栏。

夏秋两季，广场周边柳枝婆娑，景观湖内莲藕摇曳。广场上休闲散步的，健身锻炼的，吹拉弹唱的，翩翩起舞的，热闹非凡，一派和谐景象。

记住乡愁，修建水库。二十多年前改造村内水沟的时候，村"两委"一度想采用"蚂蚁搬家"的方式回填掉村口南端的大水沟。在走访征求群众意见时，一个老党员提出了自己的看法："听老辈儿讲，这个水沟已经存在了数百年，历史上逢大旱之年，老百姓都是通过这里面的水，保证和解决了种地和日常用水问题，所以，这水沟过去一直被老百姓称为'聚宝盆'，视它为吉祥之物。"

在中华民族悠久的历史文化传统中，人们遵循着很古老的传说和移风易俗来延续着家族的兴旺和社会的祥和。乡愁，是一种记忆符号，更是一种社会文化价值的表达，记住乡愁，就是记住了自己的根！

"聚宝盆"又何尝不是西喻村的乡愁？

党支部经研究决定，尊重老党员的意见，保留住这个见证了西喻村沧桑巨变的文化印痕，待将来条件具备后，把这个水沟进行一次综合改造，建成具有观赏价值的小型水库，让西喻村人世世代代记住乡愁。

机遇总是垂青有准备之人。在党支部一班人的多方努力下，西喻村终于争取到了市水利局水利工程25万配套资金。

2019年，村里正式启动了修建小水库工程。水库建设以"聚宝盆"为基础，四边取直，水底清淤，外沿修道，岸边植树。水库的北侧浇筑成带有泄洪功能的水泥坝体。他们利用在铁价低至2毛钱时攒下的金属材料，在水泥坝顶建成具有防雨遮阳功能的观光长亭，配以塑料休闲座椅。在水库南岸坝顶，他们因陋就简，利用要来的金属亭和捡来的大石块建成水岸景观。

从前样貌丑陋的大水沟摇身一变，成为风光秀美的人文景观。

小水库建成后，有人到村里找到喻纯拥，提出要承包这个小水库。喻纯拥代表村"两委"一口回绝："如果承包出去，那就违背我们修建的初衷了，没有了公益性，那岂不是变了味道？"

精致的景观式小水库被命名为"南溪湖"，夏天水面铺满映日莲花，莲藕下鱼儿闲游，野鸭等水鸟也来此栖息嬉戏。村民们日常在此休闲驻足，各地的钓鱼爱好者也慕名而来，无形当中扩大了西喻村的对外影响。

2021年，村里买来小桃红栽在水库四周坡体。为了方便垂钓者，喻纯拥和韩长庆亲自动手，利用村里积攒的木料，在水库四周修建了12个钓鱼台。为装点湖边景色，村里花了600元从汽车修配厂买来50个废旧轮胎，准备用它们做"花盆"在岸边栽种花草。后来发现50只轮胎数量远远不够，喻纯拥便开着电动三轮带上村会计邹亚芝，在城郊周边连要带捡，又凑了74个。

4月末，南溪湖四周的粉色小桃红竞相绽放，"轮胎花盆"里的各色草花娇艳芬芳，过去的破水沟现在俨然成为西喻村的世外桃源。

体察民情，建设幸福院。西喻村自然村现有居民不到800人。随着社会经济的发展，年轻人毕业、成家后多离开村里，或在城里买房定居，或长期在外地打工，因此村里留守老人、留守儿童越来越多。

为解决这些留守人员、失孤人员、五保户、困难户等群体的吃饭和日常生活问题，2019年，村党支部积极争取上级民政部门的支持，兰家镇境内的首家"幸福院"工程正式立项。

投资115万元的"幸福院"建设工程从2019年11月正式启动，到2021年3月份的顺利落成，历时一年半时间。

"幸福院"占地面积770平方米，上下两层总建筑面积540平方米。内设食堂、文体活动室、图书室、医务室、理发室、淋浴室等功能设施。食堂早餐2元，晚餐6元，晚餐荤素搭配，花样翻新；理发5元，洗澡5元。作为村支委的村医刘广义定期值守，随叫随到，为村民免费体检，低价拿药。

因为舍不得花钱雇人，"幸福院"的管理运营实行党员义务献工制度，日常餐饮卫生服务员由村里的保洁员兼任，每人每个月象征性地发给100元补贴。

在"幸福院"里用餐的一般有二三十人，最多时四五十人。为最大限度降低运营成本，让人既吃得好又吃得实惠，老支书喻纯拥和会计邹亚芝义务承担起日常买粮买菜的活儿。

说到日常买菜的活儿，邹亚芝连说带笑打开了话匣子："每天早晨天不亮，喻书记就骑着电动三轮接上我，在早市买菜一分钱一分钱跟人家讲，有时候图便宜一买一车。为了省钱，还常在傍晚市场下市儿时候去捡漏儿。听说刘二堡肉便宜，就带着我起早去刘二堡去买。他也是能讲价，跟人家介绍'幸福院'，还别说，给咱们的还真是市场最低价。

"早先早餐的馒头是从市场批发，讲到四毛五分钱一个，后来一算账还是觉得自己蒸合适，就开始买面自己蒸，自己蒸这工钱不就省下来了吗？

"有时候累叽歪了我也发牢骚：咱俩六七十岁的人了，起早贪黑的，自己吃饭还得掏钱，图啥呀？喻书记说，图啥？图为大伙儿服务心安理得！"

"'幸福院'从立项、招标，再到设计、施工，跑市里、区里、镇里，咱第一书记韩长庆一趟趟的，可没少挨累！"喻纯拥夸道。

韩长庆淡淡一笑："哎呀，我毕竟比老书记年龄小，自己也有车，比起当年喻书记踩着两个'风火轮'跑里跑外的方便多了！"听得众人哈哈大笑。

十

2020年7月，为认真贯彻中央和省、市、区委关于基层党组织建设的部署，兰家镇党委在区委组织部的指导下，启动了农村党组织书记、村民委员会主任"一肩挑"工作。在老支书喻纯拥的积极举荐和组织的严格考察下，在西喻村任了七年村支部副书记兼村委会主任的李爱军，接过65岁老书记的接力棒，任西喻村党支部书记兼村委会主任，当了二十九年村支书的喻纯拥则改任党支部副书记，顺利实现了西喻村党组织建设的新老交接。

在2021年1月和7月先后进行的农村基层"两委"换届选举中，李爱军不负众望，当选西喻村党总支书记和村委会主任。甘为人梯的老支书喻纯拥当选西喻村党总支副书记，为西喻村的老百姓继续发挥着余热。

同年7月，李爱军作为宏伟区农村基层组织代表，当选辽阳市人大代表。

责任重大，使命光荣。通过在村"两委"班子七年实践中的耳濡目染，李爱军悟出一个道理：要想办好农村的事，关键在抓好党的建设，唯有始终保持党不忘初心的政治本色，才能实现"立党为公、执政为民"的宗旨。

李爱军组织"两委"班子认真学习了2019年8月中共中央印发的《中国共产党农村工作条例》。认真总结了多年来，村党支部保持政治本色，领导和推动西喻村各项工作取得长足发展的成功经验。

为不断深化村党总支的组织建设和思想建设，不断增强党组织的活力和战斗力，党总支一班人进一步强化了"三会一课"制度，坚持每季度上好一次党课。在抓党员政治学习方面，根据季节和时令，能集中学习时，就统一集中学习，不能集中学习时，就以党小组为单位组织学习。

坚持每月一次的"党日活动"制度雷打不动，根据形势任务的变化、党员的思想实际以及农业生产的实际，不断充实和丰富党的组织生活内容，把组织生活的思想性同知识性、趣味性和科学性结合起来，吸引了广大党员自觉地参加组织生活，党的政治本色得到进一步彰显。

为提升学习质量，驻村第一书记韩长庆还结合农业农村和农民的生产生活实际，精心挑选安排学习内容，不断用党史洗礼党员灵魂，用新知武装党员头脑，进一步提升党员的责任感和使命感，增强党员明辨是非、践行使命的能力和本领，发挥党员在实现劳动致富实践中的带头作用。

丰富的学习内容不断激发着党员的学习热情，广大党员以学习为时尚、以学习为乐趣，学习风气蔚然成风。

有针对性的学习内容拓展了广大党员的知识视野，丰富了党员的精神世界。茶余饭后，党员不再热衷于油盐酱醋茶、是非你我他，而是用更广阔的视野向外望去……

班子率先垂范，事事处处做标杆。要求群众做到的，党员必须首先做到；要求党员做到的，班子成员必须首先做到。

细心的人会发现西喻村除了村委会不上锁，还有许多属于自己的独到之处。比如为机关下派的春季防火值班人员准备的防火岗厅内，各种生活用品、取暖设施一应俱全，这些细节无不彰显出村"两委"在工作中的人性化与创新精神。

为提升党员的政治素养，彰显党员的政治本色，西喻村党总支立下这样一个"规矩"：只要在春季防火等重要工作岗位上，党总支班子成员都必须佩戴党徽；参加支部学习或参加支部组织的重要活动，全体党员必须佩戴党徽，在群众面前亮明身份，一方面是自我约束，一方面是接受群众监督。

"要做这么多工作，你们忙得过来吗？"我曾不解地问。

"党员是用来挑重担子的，关键时候不上啥时候上？我们村像春季防火等这类急难险重任务都安排给了党员，而且是不计报酬，完全尽义务。机关工作人员本身工作就很忙，实话讲参与到我们这里是种浪费。我们有党员值守就足够用了，效率高还省钱。"李爱军的话里流露出几分自豪。

敢想敢干、敢破敢立。话不贵多，关键在于其中的思想和逻辑。什么是共产党人的政治本色？什么是共产党人的担当？这位基层干部的思想理念和生动实践就是最生动，也是最直白的诠释！

我不得不仰视这个一米八多的汉子了……

2022年5月7日，艳阳高挂，微风拂面，北方特有的新绿挂满西喻村路两侧的行道树。村中高大的古柳，丝绦低垂，随风摇曳。蔚蓝的天空中，懒洋洋的几个云朵静静地俯瞰着这质朴而充满生机的村庄……

它们不知道，此刻，西喻村正在开启新时代新农村新生活的一个新纪元：他们2021年底争取到的市本级大中型水库移民后期扶持规划第二批项目——182盏新型太阳能路灯正式开始安装了！

两天之后，西喻村沉寂了数年的夜晚，将再次被更为密集的灯火点亮。

67岁的老支书喻纯拥徘徊在路灯安装现场，拿着手机变换角度拍着照。

与二十年前不同的是，施工现场没有木梯支架、没有铁锹镐头，更没有此起彼伏的劳动号子，安装人员在铲车的配合下慢条斯理地拧着基座上的螺丝。

看着崭新的太阳能路灯，再望望远处的老旧水泥灯杆，老书记若有所思："大浪淘沙，新的事物终将取代旧的事物，因为新的事物更有生命力，人也一样。"

老支书的话意味深长。

岁月不语，时光荏苒。从漆黑的一片夜色，到传统的水泥杆路灯，再到今天聚合现代科技的太阳能路灯，一次次被照亮的不只是路，还有一颗颗村民的心，更是照出了农村基层党员干部的本色。

夕阳西下，不再惧怕黑夜的西喻人知道，明天的朝阳将更加绚烂……

遍地红花

——辽阳市弓长岭区红穆村发展纪实

富福安

这是一片神奇的土地。

春天，眼前铺开的，是一幅山水画卷。汩汩山泉从山顶顺势而下，潺潺流向远方的大汤河，山谷间开满灿烂夺目的红花。

青峰叠翠，云蒸霞蔚，宛如人间仙境。

这里素有"岭岭藏宝、水水含金"之称，长白山余脉纵贯其中，蜿蜒如弓，先秦两汉、两晋时期，先人在此繁衍生息，世代承袭。

明朝末年，崛起的努尔哈赤率领马背上的八旗子弟，以风卷残云的雷霆之势迅速统一东海女真各部落。在海兰（与俄罗斯交界处）的乌苏氏首领、八世祖渣努被努尔哈赤的霸气折服，带领全族编入满洲旗籍，任正蓝旗牛录额真之职，不久即奔赴疆场，誓死追随着努尔哈赤。因为功勋卓著，努尔哈赤与他结拜为"把兄弟"。

自此，从长白山林海雪原，到太子河关外重镇，狼烟滚滚，烽火熊熊。

1621年，努尔哈赤率部队，经三天三夜的战斗占领辽阳城，随后迁都辽阳，在辽阳城东太子河东岸修建新城——东京城。

渣努驻扎在辽阳东京城，任拜他喇布勒哈番之职，官居正四品。死后被追封为通议大夫、从三品。

渣努一生育有十一个儿子，有九子均为在战争中去世。七子扎普善、十子穆成额、十一子富岱的后代定居辽阳。自后金到清末，乌苏氏族多次受过皇封，任三至九品的将官多达120人。祖传的"奉天诰命"（圣旨）有20多份。目前尚存2份，1份为康熙六年，追封孟古讷官衔；1份为康熙十四年，任命穆成额职务。

乌苏氏族的茔墓，即穆家坟，从立墓到现在已有三百五十多年历史。清初，朝廷为表彰乌苏氏族众的功绩，发下圣旨，让九世祖穆成额在正蓝旗界地（今弓长岭区汤河镇穆家屯）择定茔园墓地。茔园内，有清代坟墓161座。自清末以来，其后代又迁入或葬入坟墓208座。乌苏氏族茔墓目前成为东北地区最大的满族墓群之一。据辽阳文物部门介绍，乌苏氏族的茔墓由于其意义深远、记录史实，已被申报为辽阳市第五批市级文物保护单位。

如今，行走在百余棵具有五百年历史的油松林中，感受着当年渣努和他的"把兄弟"并驾齐驱英姿勃发，在白山黑水间策马奔腾英雄逐鹿的恢宏气势，恍惚间如影视剧拉开了帷幕。

站在石级之上，抬眼南望，清风拂面，松涛阵阵，俯瞰这一片片热土，心底油然而生几许敬畏。

这里有汤泉谷，有滑雪场，有冷热地，有岭秀山，有大水库，这里丰富着你对美好乡村的想象。

弓长岭地处辽宁省中部城市群腹地，古城辽阳市东南部，总面积335平方公里，总人口8.48万人。它是辽宁中部城市群的公共卫星城、山水后花园。行走于辽东大地，诗情跳跃，诗思翻涌，竞相差遣字字句句，表达着内心的感受。

故乡的山水惹人醉。

故乡的村庄最美丽。

大汤河浩浩荡荡，湿地纵横，水鸟翔集，仿若人间仙境。两岸田畴载绿，花木扶疏，山峦起伏，富含矿藏。

红穆村就是坐落于其中的一颗璀璨的明珠，精雕细刻后越发熠熠生辉。

然而，惨痛的九一八事变改变了东北乃至中国历史。

红穆村的百姓也未能幸免于难。1943年8月，日本侵略者肆意践踏，山河破碎，千人沟、万人坑触目惊心。弓长岭的每一块土地都变得暗淡无光。

从此，这里成为被人遗弃的角落。

新中国成立和改革开放后，红穆村迎来了新的发展机遇。但由于它位于一个极其特殊的地理位置，导致发展迟缓。这里是辽阳的地、本溪的天、鞍山的人。脏、乱、差，三个字涵盖了曾经一个时期的一切景象。

红穆村的老百姓生活在落后和贫穷之中。

一

"生产发展、生活宽裕、乡风文明、村容整洁、管理民主"，短短20个字概括出"建设社会主义新农村"的内涵。这不仅勾勒出一幅令人向往的社会主义新农村的美丽图景，也契合中国传统文化对于乡村社会的想象。

为了顺应21世纪新农村发展需要，2004年，红花峪村和穆家坟村合并为红穆村。组合造大船，要么乘势起航，要么退却搁浅，如何改变？这是摆在新一届村委会面前的头等难题。

2006年4月6日，中共辽宁省委、辽宁省人民政府下发关于推进社会主义新农村建设的实施意见。

春雷阵阵，吹响了辽宁弓长岭区红穆村向新农村建设冲锋的号角。犹如一道光，把这些村子逐个照亮。

历经多少岁月沧桑，历经多少春秋激荡，如今，红穆村终于迎来了高光时刻。

村委会办公楼的灯光开始彻夜长明。村委会成员围坐在一起，进行着热烈而充分的讨论。

干，怎么干？从哪里着手干？

老支书、老党员、村民代表纷纷发表不同意见和建议。

说得再多，不干也是等于零。正如丹东凤城市大梨树村村党支部书记毛丰美，30岁时他带领全村人艰苦创业几十年，把荒山变成金山银山，靠的就是"苦干、实干、巧干"的"干"字精神。毛丰美说，苦干，就是要弯大腰、流大汗；实干，就是要重规律、求实效；巧干，就是要讲科学、闯市场。他是社会的榜样，折射出21世纪的农民心声。

而红穆村的付广强、刘廷波这些党员们，更是充分体现了这种苦干实干的精神。

眼下的问题很棘手。说及乡村生态环境的糟糕状况，"脏、乱、差"是当时弓长岭区标配式的描述。那么弓长岭曾经"脏、乱、差"到什么程度？

矿区人还留有清晰的记忆。

"那些年，我每天都要拎着满满的一桶脏水走到很远的地方去倒污水。当时，我家厨房没有排污水管，村里没有垃圾箱，村里的一条小河道受污染，又黑又臭。"

"拉矿车扬起满天粉尘，街道两旁的房屋门窗涂了一层黑灰，已经看不出原样，人们上午穿着白汗衫出门，晚上回家一洗都是黑水。"

"那时候社会治安也不好，打架斗殴的，偷盗抢劫的，经常有。"

"红穆村的当年，那就更不用提了，就是一个地地道道埋埋汰汰的山沟子。"

村党支部副书记刘廷波这般"自曝家丑"。

说说这个早年就走马上任的当家人吧。

刘廷波，1966年出生于黑龙江五常县安家公社，是一位铁血男儿，标准的北方汉子，憨厚朴实。1984年10月参军在上海空军服役，1989 年 3 月光荣退伍后来到弓长岭区红穆村任民兵连长。从此，他一直扎根在红穆村，一干就是三十年。2004 年 4 月任红穆村副书记。2021 年任村党支部书记兼村委会主任。

可以说，他算是村中的老人了。他刚到时的红穆村，虽然整体上有所改观，但仍然是臭水沟，路难走，灰尘暴土吃苦头。

村子里没有正经的路，家家门口垃圾成山，原本应该山清水秀的地方，却让人压抑，昏天黑地，不敞亮。一进村口，就闻到一股异味。

面对此时此景，刘廷波内心有些动摇，想回到老家黑龙江。经过几天与老百姓的接触，村里发生的一件事让刘廷波彻底改变了想法。

当地有个小伙子，媒婆给介绍个外地姑娘。姑娘跟母亲来到红穆村，走了走，看了看，娘儿俩头也不回就走了。一句话没留，把小伙子和家人晾在那里。

后来，媒婆捎话过来，说红穆村除了坟啥也没有，人家说死不嫁过来。

刘廷波听说这件事后，咬紧牙关，痛下决心，不破困局不罢休。

村委会讨论后做出集体决策。以农村生产、生活、生态的"三生"环境改善为重点，开启以改善农村人居环境、提高农民生活质量为重心的村庄整治建设大行动。

先是从道路硬化、垃圾收集、卫生改厕、河沟清淤、村庄绿化入手，恢复村子的元气。

再是把整治内容拓展到生活污水、畜禽粪便、化肥农药等污染整治和农房改造，着力提升村子的颜值。

继而系统推进规划科学布局美、村容整洁环境美、创业增收生活美、乡风文明身心美，建设宜居宜业宜游的农民幸福家园、市民休闲乐园，开展历史文化村落保护，谋求城乡关系、人与自然关系的改善，激活村子的精气神。

一时间，村委会大院成了决战村容村貌大会战的指挥部。支部书记、副书记和党员代表，把村委会当成了家，有的甚至直接把行李搬来，安营扎寨。

全民动员，全民参与，在村委会的号召下，全村男女老少齐动员，向脏、乱、差宣战。

有一部分村民不理解，认为农村又不是城市，哪有那么多讲究，脏点乱点能怎么的。

村干部就挨家挨户地拉家常，苦口婆心地劝解大家，村容村貌是门面，好比自己的家。每个人都要从自己做起。

号角声声，战鼓阵阵。稳扎稳打，一步一个脚印。

垃圾集中堆放点第一个建立起来了，每天垃圾车在规定的时间挨家挨户回收垃圾。村干部亲自出马，成了运输大队长。

接下来，村内马路重新修好了，小河清除了淤泥，家家户户的院内院外修葺一新。

这个时刻，那些面向党旗庄严宣誓过的人，付广强、刘廷波、张晓敏等等是中坚力量。

在红穆村妇联主席张晓敏看来，红穆村在开展村容村貌环境整治攻坚战过程中，赢得村民的真正理解和认同、帮助他们从根本上改变根深蒂固的生活习惯的起初是一件有点伤脑筋的事。

"平时，我们走在路上，有村民就说，村子里破烂不堪的，你们这些党员干部怎么也不管管？一边抱怨一边把垃圾随处倒。当村委会下定决心要进行环境整治时，他们又说，农村终究还是农村，要那么干净干什么？"

张晓敏在红穆村干了几十年，对土里刨食的农民思想、观念有很深的体会。

你说你的，我干我的，党员干部没办法，必须事无巨细地自己动手。有的人家房前屋后不愿意打理，大家就撸起袖子，直接上手收拾了。认真地干了一两回，村民见了，怪不好意思的，心想看来这是要动真格的，于是从"岸上说话"转而变为"下水游泳"。袖手旁观的，看热闹的，说风凉话的，成了环境整治的主力军。

年长一点的说，活了大半辈子了，总算正儿八经地被重视了一回。

年轻一点的说，这是办实事、办大事，办好了农村人不比别人矮一头。

你有呼，我有应，你领头，我跟上，你掌舵，我安心，你和我，拧成一股绳。

示范和引领，是转化的强心剂，是进步的垫脚石。党员干部责无旁贷，任劳任怨，牺牲小我换大我。

万事开头难。有了良好的开篇，老百姓自己看到了希望，很多事情就由被动变为主动。事物发展就会逐步由量变向质变转变。不断促进美丽乡村建设从一处美向一片美、一时美向持久美、外在美向内在美、环境美向发展美、形态美向制度美转型，让村子丰满起来、立体起来、壮实起来。

二

垃圾是放错了地方的资源。

也就是说，一旦放对了地方，垃圾就有了价值。

2018年9月26日，辽宁省"村办社区、垃圾分类"工程，率先在红穆村开启。

红穆村紧紧围绕"千村美丽、万村整洁"行动为重心，村"两委"成立"千村美丽、万村整洁"工作领导小组，以村党支部书记、主任为组长，"两委"委员为小组成员。并制订详细的《"千村美丽、万村整洁"工作实施方案》，认真按照实施方案的要求，各司其职全力推进美丽乡村示范村的建设工作。

这在当时的农村来说，绝对是破天荒的事，过去想都不敢想。在乡村，对垃圾的认识是不断深化的。以前，垃圾是随手随地扔；后来有了垃圾桶，就整个儿一起扔。而现在，是"垃圾不落地"、定时定点收集，是垃圾分类投放、搬运到中转站。

红穆村作为辽宁省乡村垃圾分类治理示范村，实施"网格化、全覆盖""垃圾分类、分级管理""监督考核、奖罚并重"的管理模式。河道配备专人长效管理，做到无漂浮物，无白色污染物；新增集中垃圾处理中转站两个，达到村内主路卫生整洁，路间无杂草；保洁员全时全域上岗，确保村内环境干净整洁，做到日产日清；垃圾点周边无积存，垃圾清运及时，无隔夜垃圾。

刚开始，效果很好，但时间一长，村民的惰性和劣根性又出来了，垃圾收集和堆放比较乱。村委会研究后，出台了比较规范科学的制度，用制度约束，用制度管理。

比如生活垃圾由户集、村收、村委会专人负责，村委会建立了一支专业的保洁队，每天两次，到各农户和农家院收集垃圾，农家院一律采用袋装式，一次转运到垃圾中转站，沿街取缔垃圾点；二次转运由镇实行市场化运作的企业负责，将生产垃圾、建筑垃圾按要求转运至镇政府指定的地点，将生活垃圾转运至市垃圾处理场。而生产垃圾则由村民自行送到垃圾中转站，或自行填埋。建筑垃圾由村负责选址，征收土地，由村民自行送到指定地点，再由镇政府定期清运。对于景点垃圾，则取缔景点内的垃圾点，增设果皮箱，采用果皮箱、垃圾桶式收集管理，由该区域内的环卫人员定期负责清理。

时任村委会主任付广强说："村容村貌不是小事，事关群众的生产和生活环境，事关群众的安全和健康。"

2019年，辽宁决定把改善农村人居环境放在重要的位置，开展"千村美丽""万村整洁"行动。到2020年，全省建成1000个"美丽示范村"，1万个"整洁村"。

这注定是一次美丽的绽放。

此次行动将因地制宜，分类施策，以农村"厕所革命"、生活垃圾污水处理、畜禽粪污治理和资源化利用、村容村貌提升等为重点，辽宁省本级将安排2亿元财政资金，用于以奖代补，推动全省农村人居环境迈上新台阶。

辽宁在专项行动过程中，着力改变影响农村人居环境的不良习惯，重点治理垃圾乱丢乱扔、柴草堆乱放等现象；加强村庄绿化美化，鼓励农民群众在房前屋后、道路两旁、村庄周围、荷塘沿岸等开展植树绿化。

改变、治理、鼓励，从中能够看出从政策拉动转向内部动力的政府主导、村民主体原则，动员社会各方面力量参与，形成合力共振。

红穆村的村民、乡贤、村社、政府和企业，发挥各自所长。同时，吸引优秀青年农民、大学毕业生将资金和技术带回家乡，到红穆村实现"二次创业"，最大限度地调动广大村民参与建设的积极性和主动性。

由于各级政府的重视和社会力量的共同投资建设，红穆村绿化美化标准较高。全村林地2.52万亩，主要林木为油松，全村道路两侧绿化栽植果树700余棵，杨树、国槐、金叶榆、看桃等树木2800棵。近两年积极参加弓长岭区汤河镇"三优"评选工作，全村共涌现出村级以上优美庭院达标户262户，优美庭院示范户6户、优美庭院标兵户14户，红花一条街在2019年被评为优美一条街。

"这小院，真像个大花园，赏心悦目！"辽阳市弓长岭区汤河镇红穆村村民张丽家的庭院里，人头攒动，参观的人络绎不绝，啧啧称赞。

庭院深深深几许，杨柳堆烟，帘幕无重数。

庭院，承载着人们对美好生活的向往，也承载着很多人、很多家庭的梦想。闲暇时，热爱生活的张丽最爱做的事就是在院子里拾掇拾掇花花草草，将自家的居室院落精心装扮成亮丽的风景。

张丽家的庭院是红穆村创建"美丽庭院"活动的一个生动缩影。如今在红穆村，绿树成荫，花繁叶茂，优美如画的农家小院一座挨着一座，让人心旷神怡。

2020年11月18日，弓长岭被文化和旅游部确定为国家全域旅游示范区。未来的时光里，红穆村面临着更大的挑战和机遇。

夜晚在红穆村的公路上驱车前行，顺畅无比，还时不时能看见村委会大院的国旗在迎风飘扬，宛如红色的灯塔。分明能看见力量在这里汇聚，又从这里向四周辐射开来。

刘廷波的喜悦之情溢于言表。憨厚朴实的他，常常伫立在蓝天白云之下，凝神不动。天地之间，皆是干干净净的水、清清爽爽的树、洁洁白白的云。他告诉到这里来参观的游客："我们这里过去也到处是灰尘，到处是垃圾，空气也没有现在这样好，这就叫旧貌换新颜。"

如今漫步在红穆村的乡间小道上，那山那水，那花那草，那人那事，一一在眼前掠过，在心间滑过。你可能心存疑问：这还是我们过去的农村吗？千真万确，这就是我们美丽的社会主义新农村！

层林翠绿，河流溪水，碧波荡漾。一片片良田，一栋栋民居掩映在青山绿水之中。

三

物质，是幸福的基础。

乡村振兴的关键是产业振兴。只有生活富裕了，才能激发农民投身新农村建设的积极性、主动性和创造性。

为此，在弓长岭区委、区政府的领导下，红穆村始终牢固坚持"两手抓，两手都要硬"的方针，围绕乡村基层社会治理创新为引领，以经济建设为中心，以高标准创建全国文明村为目标，以增强农村自治和服务功能为重点，以规范化、标准化建设为动力，强化基层组织建设，加强乡风文明建设，推进综治信访等工作，村容村貌得到极大改善，社会治安良好。从这几年的成绩单可见一斑：红穆村先后获得"辽宁省环境优美乡村""全国生态文化村""弓长岭区精神文明建设雷锋号""全国文明村镇"等多项荣誉。

这其中的重要举措和方法有哪些呢？付广强、刘廷波分享了他的成功经验：

抓好经济，促进发展，为创建文明村提供有力物质保障。经济建设是精神文明建设得以顺利开展的重要物质基础和保障。几任村"两委"班子，都始终把抓经济放在首位。经济搞不好，老百姓的福利就是空中楼阁。红穆村"两委"班子制定了"以经济建设为基础，以思想道德建设为突破口，以文明创建为最佳载体，为进一步提升村民道德素养，丰富群众精神生活，全力以赴建设现代化新农村"的总体工作思路，调动一切积极因素，组织全村干部群众投身于经济建设之中。

2019年10月，红穆村成立了股份合作社，把全村的资产量化到每个村民手中，年终进行分红，使村民充分感受物质文明带来的成果。

让百姓富起来，好起来，村班子集体深刻认识到，必须要把服务群众搞上去。抓好管理，着力构建服务保障体系。这是实现新农村建设的手段和途径。红穆村以党员责任区为抓手，在村内建立了学雷锋示范岗，组织党员和积极分子在防火防汛工作中开展宣传工作，利用节假日开展慰问贫困户活动和环境整治活动。设立党员先锋岗，定期评比，在强化村干部自我约束的同时，不断提高了群众的满意率。另外，把建立健全各项规章制度作为重点工作来抓，切实用制度保障服务水平提升。村内先后制定了为民服务全程代理工作系列制度和工作人员工作职责，同时将领导带班、人员去向、分工以及联系电话和23项全程代理服务事项的办理内容进行全面公开，使办事群众对代办事项所需材料、办理流程、服务方式、承诺时间等一目了然。

太方便了，村民齐口夸赞。服务群众"最后一公里"得以打通。

服务老百姓，首先，需要服务意识和服务能力，这就需要抓好教育，着力构建高水平的服务队伍体系。村里结合"两学一做"学习教育，通过上党课、专题培训、座谈讨论等多种形式，对党员进行专题培训，把广大党员的思想统一起来，力量凝聚起来，解决人心散乱和党员带富能力不强的问题。其次，重点解决基层党组织软弱涣散问题，强化党内生活经常化，坚持"三会一课"、民主评议党员、党员底线管理等基本制度，切实落实村务公开和村务管理等制度，保障村级组织管理工作规范开展。村里还打造了党建文化室，把红穆村近年来的工作成果通过展板的方式一一展现出来，通过组织党员参观党建文化室，让党员看到了红穆村党建工作成果，增强了党员观念，正所谓在党言党、在党爱党、在党忧党、在党为党，坚定了永远心中有党、心中有民、感党恩、跟党走的信心。

通过几年来民生党建的有效开展，为红穆村带来诸多好处：进一步转变了村干部作风，增强了服务意识。工作责任心得到了进一步强化，提高了办事效率。将各项办事程序置于群众的监督之下，增强了干部勤政为民、廉洁自律意识。进一步提高了群众的满意程度，改善了党群干群关系。民生工程不是形象工程、政绩工程，而是实实在在为民服务的阳光工程、廉洁工程。红穆村的村民办事方式改变了，从"群众跑"到"干部跑"，变"随意办"为"规范办"，因而群众没有上访、投诉事件发生，促进村内各项工作进入了高速发展快车道。

村"两委"班子集体合格不合格，归根结底，就是要多办实事，多解难题，心系群众。随着集体经济实力的发展壮大，资本积累的增多，村党支部决定进一步加大公益事业投资，为民多办实事，多办好事。

在村党支部的带领下，红穆村开始基础设施改造、修路栽林、整治河道、建文化活动广场。

大干，快干！红穆村以强劲的势头全速向未来奔跑。

基础设施建设从此拉开序幕。

向钱看，更要向前看！

的确，没有钱，没有资金进行改造就是空谈。村委会的干部跑断了腿，磨破了嘴，四方筹措，终于有了启动资金。

　　要想富先修路，从道路开始，红穆村原村内主要道路是土路，全部改造为柏油路，生产道路3公里，生活道路25公里，全部逐步改造成硬化路面，共投资200万元。

　　红穆村两个沟基本被马蹄形大山所环抱，雨季山洪冲刷导致桥梁毁坏严重，经常是修了坏，坏了修，为了长远考虑，近几年共投入150万余元，建设加固桥梁17座，彻底解决了山洪暴发、河道毁坏等问题。

　　水是生命之源。如何让村民喝上安全放心的饮用水，是涉及民生福祉的首要的、关键的问题。

　　当然，自然还要花钱。到底值不值得，这有可能是费力不讨好的事情。村干部们没少头疼。折腾来折腾去，最后决定不惜一切代价，必须打井，让百姓喝上自来水！尽管预计总投资120万元，但村委会上上下下一致同意，因为这不光涉及眼前每一个老百姓的利益，还关乎红穆村下一代子孙们的利益，没有健康的饮用水，何谈造福子民呢？恐怕是祸害千秋万代。

　　保证百姓的健康就是红穆村村干部的使命和责任。

　　目前，红穆村已经打了机眼井1个，深度120余米深，主管线已全部铺设完成，分管线正在施工中。现在，已经有一部分家庭喝上了自来水。

　　这在过去，老百姓坐炕头上是想都不敢想的。

　　我们也是城里人啦！

　　人们奔走相告。

　　同时，红穆村对全村进行美化亮化投资建设。增设路灯共220盏，其中太阳能路灯95盏。完善通信服务，网络信号达到100%全覆盖，本村内宽带使用率达70%，有线电视使用率达60%。全村98%的村民家里安装了闭路电视和电话。

　　接着，村里先后投资150万元改造了农村低压线路，投资100万元建设文化广场3个，广场配有照明灯、音响、电视机等设施。

广场舞跳起来，老百姓唱的是《今天是个好日子》。

农村工作任务重，大到党的方针政策，小到邻里纠纷夫妻吵架，都要村干部亲自去做，亲自去解决，工作量大、头绪繁多、情况复杂。"上面分系统，下面当总统"，因此，面对繁重的工作任务，红穆村的干部们有担当、有责任、有使命感，他们把抓好为百姓谋福利、让村民得实惠作为奋斗的初心。得实惠，真受益，事关村民切身利益。"获得感"是一种呼应感、受益感、尊严感、幸福感、安全感、参与感。"获得感"变成呼应感、受益感、尊严感、幸福感、安全感、参与感后，才会"看得见、摸得着"，才会感到满足。人民群众得到满足后，就会转化为推动社会改革发展的根本力量；也只有不断实现好、维护好、发展好最广大人民的根本利益，才会让人民群众得到更大满足。

红穆村直接从村民福利方面着手，制定了福利清单：

一是全村60岁以上的老人除享受退休金之外，在重阳节，村里还将为60岁以上的老人定做生日蛋糕；对六十年以上党龄的人员有生活补助；二是对在村担任过村"两委"职务在村就职满十年以上并且年满60周岁的干部发放退休金；三是村民如遇白事则上门进行吊唁并敬献花圈；四是对精神病患者由村里负责积极主动帮助联系康复医院进行治疗；对贫困户每年给予300—1000元不等的生活补助；对考入大学的学生，村里给予适当的奖励；五是村党支部专门设立了扶贫帮困基金，对全村困难户进行一帮一的扶贫帮困结对，使他们感受党的温暖；六是全村所有村民缴纳农村社会养老保险、农村合作大病医疗保险；七是打造双百志愿服务组织，成立了志愿者服务队，分别有党务监督、村务监督、环境卫生、民意调查、综治维稳、政策宣传、老年志愿服务等志愿服务队伍，按计划开展志愿服务活动。

从一个个辛苦忙碌的志愿者身上，老百姓们收到了满满的获得感。

四

一个贫穷落后的小山村在短短的几年间迅速翻天覆地地改变。为什么？老百姓异口同声回答："老百姓过上好日子，全靠村里好班子，农民富不富，关键看支部。"党支部书记是农村各项工作的直接领导者、组织者、指挥者，只有选优配强村党支部书记，才能保证带正道路，带准方向。

"自从书记上任后，村里变化太大了，大家心气儿都顺了！"

"书记带领大家共同致富奔小康，我们的好日子越来越好了！"

在红穆村走访时，每到一处都可以听到村里的党员群众对村党支部书记及"两委"班子的赞誉声，都能感受到群众对他们的认可和支持。

正是有这个坚强的基层战斗堡垒，才使得红穆村的发展迎来了翻天覆地的大变样。

2009年，弓长岭区被列为国家第二批资源枯竭城市。区委、区政府做出了重要战略部署：认真践行习近平总书记"绿水青山就是金山银山"的重要理念，牢固树立"旅游立区"的发展战略，始终坚持"文化+旅游""1+1>2"的发展理念，积极推动文化和旅游的深度融合，以发展冰雪温泉旅游作为资源转型接续替代产业，把创建国家全域旅游示范区作为推动资源枯竭城市高质量转型发展的具体抓手，大力实施矿山地质环境修复、荒山绿化、水系治理"三大工程"。

百年矿区实现了由矿坑到花海，由"矿粉灰尘雾漫天"向"青山碧水共蓝天"的华丽蜕变，探索出了资源枯竭城市发展全域旅游的运营模式，创造了以全域旅游助力东北老工业基地资源转型发展的"弓长岭模式"。

红穆村是最直接的受益者，也是推动者。

它地处辽阳市弓长岭区汤河镇东南部，全村总面积16.8平方公里，总人口1220人，552户，2个自然屯，目前全村拥有民营企业24家，外来务工人员85人。红穆村山地林地丰富，主要种植玉米，辅助种植大豆、葡萄等经济作物。种植户220户，玉米种植面积1980亩，亩产1200公斤。养殖户5户，年末存栏约400头（只），全年出栏约100头（只），占地面积9亩。

历史文化资源开发、休闲观光农业、特色小镇旅游、田园综合体是红穆村未来发展方向。但全域旅游不是到处搞旅游开发、到处建设景区景点。全域旅游强调的是公共服务体系建设，突出合理布局和保护性开发。对区内红穆村等全域旅游到处都是风景而非到处是景区景点，到处都有接待服务而非到处都是宾馆饭店，真正做到该保护的地方保护得更好，可开发的地方开发得更好。

2003年，辽宁省冰雪运动协会会长崔恩伟斥资1000余万元在辽阳市弓长岭区红穆村建设了辽阳弓长岭温泉滑雪场。经过近二十年升级改造，目前已形成占地1500亩，累计投资2.50亿元的规模，建成各类滑雪道7条，总长度5900米，场地雪造面积达53万平方米。被推选为辽宁省冰雪运动协会会长单位、国家AAA级旅游景区和辽阳市冰雪文化旅游节的指定基地，国家"单板滑雪平行大回转"转训基地、全国青少年"户外体育"活动基地、辽宁省青少年滑雪运动训练和竞赛基地、辽宁省青少年滑雪队训练基地、辽宁职业学院冰雪专业教学实训基地等。

2016年1月31日，银装素裹，瑞雪映辉。

辽宁·弓长岭首届国际滑雪邀请赛暨辽宁青少年"未来之星"冬季阳光体育大会在红穆村滑雪场举行。吸引了来自加拿大、芬兰、西班牙等21个国家的运动员和省内外的滑雪爱好者参加。伴随着与法国滨海夏朗德省关于发展温泉养疗产业合作协议的签订，辽阳市弓长岭区温泉旅游产业与国际接轨。

时任村党支部书记付广强、副书记刘廷波两个人从滑雪场和冰雪节看到了商机。他们把村里人组织起来，开会！

村委会会议室里热闹非凡，大家的情绪被点燃起来。

付广强村支书慷慨激昂地说:"我们的地盘就是宝,红穆村紧邻弓长岭区温泉小镇。每年的游客百万人次。这是多好的商机呀。"

刘廷波赞成道:"干农家院,没有什么本钱,休闲度假加旅游。我看准成。"

张晓敏也肯定道:"休闲度假是城里人最流行的,我们这地方有山有水的,有滑雪场,有汤河水库,有清代穆家坟,有温泉小镇,这是得天独厚的优势。"

在村委会的多方筹措、帮扶下,红穆村第一家农家院热火朝天地干起来了。

刚开始,王旭有点畏难情绪。

村委会找到他,你是党员,放心干,村里支持你!

这样,王旭才卸下包袱,大刀阔斧地建农家院。

落成典礼后,没有游客。王强急得满嘴燎泡。村委会看在眼里疼在心上,村里七大姑八大姨拉关系,总算划拉到第一批游客。大家齐上阵,看着游客们吃得高兴玩得开心,王强脸上露出了笑容。

此后,农家院的游客络绎不绝。

和一些户外群、旅行社合作后,王旭的农家院越来越红火。

在他的带动下,红穆村第二家,第三家农家院相继建成。不但发展了红穆村的经济,使村貌得以改观,附近的农民还可以到农家院打工挣钱。为了进一步招商引资,村党支部决定把全区最大的汤泉谷矿泉水创业园请到红穆村。这是借鸡下蛋。由于企业的入驻,直接拉动了红穆村的旅游经济,考察投资的项目越来越多。

近几年弓长岭区旅游业异军突起,游客们纷纷来到红穆村参观,体验农家乐。白天吃一些绿色食品,登登山,到具有历史文化的穆家坟访古探今,晚上还能够体验篝火娱乐。

美丽乡村沸腾了!

老百姓乐了,从心里往外透着喜庆劲。一提红穆村,再也不是过去的状态了,对外来的游客介绍起来滔滔不绝。

红穆村确实变了,发生了翻天覆地的变化。但是,村干部的干劲闯劲奔劲却始终没变。还是务实的作风，还是为民的思想，就那么透亮的，让老百姓看得真真切切。

每当问起到底是什么让红穆村大变样时，村民们异口同声："党员干部带头干出来的！"

春节期间，红穆村的农家院热闹非凡。辽阳鞍山沈阳等周边省市的人们选择到弓长岭区"滑冰雪、泡温泉、农家院过大年"，已经成为时尚。很多游客看中了红穆村特殊的地理位置，离滑雪场和温泉小镇都非常近，还在山脚下，富有小时候山区过年的元素。

除夕，大红灯笼高高挂。人们在这里守岁、拜年、吃饺子，度过祥和温馨的大年夜。

弓长岭是"中国矿泉水之乡""中国温泉之城""中国最佳温泉旅游目的地"以及省级温泉旅游度假区和全省首批现代服务业示范聚集区。

尤其是作为东北唯一一家滑雪与室外温泉完美结合的雪场，弓长岭温泉滑雪场是国家 AAA 级旅游景区，拥有国际标准小回转雪道等各类雪道7条，可同时接待5000名游客滑雪。

红穆村的发展进入了快车道，村干部们在思考规划更大的美丽乡村宏伟蓝图。

五

小康路上一个也不能落下，这是村党支部对全体老百姓响当当掷地有声的庄严承诺。关乎党心民心。对脱贫攻坚、对困难群众的生产生活，辽阳市委、市政府主要领导想兹念兹。千叮咛、万嘱托，为的是基层群众过上幸福好日子。

艾青有句诗句："为什么我的眼里常含泪水？因为我对这土地爱得深沉……"把群众冷暖放在心间，把人民放在心中最高位置，深深的为民情怀、朴素的执政理念让人感动。这背后，是弓长岭区委、区政府落实党中央、国务院系列部署要求的政治担当，是"不到长城非好汉""敢教日月换新天"的豪情满怀，是兑现"全面小康路上，一个也不能掉队"的铮铮誓言，更是带领全区儿女建设宜居宜业新城区的生动实践。

百年梦想，千年华章。从矿山塌陷区到生态宜居，从资源枯竭到百业兴旺，红穆村勇于担当全域旅游助力资源枯竭型城市转型的先锋，将一如既往地谋求创新发展的思路和做法，继续深入探索"多产相融、多业并举、多点开花"的业态融合路径，为全区的振兴发展走出一条独具特色的示范引领之路！

要让红穆村全部脱贫。

行百里者半九十。越到紧要关头，越要咬紧牙关攻坚。

有梦想、就有希望。有努力、就有收获。近年来，区委、区政府把精准扶贫、精准脱贫作为重大政治任务来抓，脱贫攻坚取得了重大决定性进展。

村党支部选能人，用强人，严把干部入口关。注重发展新党员，按照程序把思想素质好、业务能力强，有一定致富经验并积极要求进步的有志青年及时吸收到党员队伍中，给村党组织注入新鲜血液。全村党员73名（包含3名预备党员），30岁以下党员8人，60岁以上党员10人，大专及以上学历党员13人，退役军人党员4人，党员平均年龄为46岁。村党组织委员4人，实行书记主任"一肩挑"制，平均年龄47岁；村委会委员3人。党员中年轻人、学历高的比例明显增高，有效改善了村里党员年龄老化、学历低的现状。

结合自身实际情况，红穆村党支部先后建立健全《红穆村党支部书记职责》《红穆村党支部议事规则及决策程序》《红穆村党支部目标管理制度》等各项制度，实现制度化管理。

为了让村民真正享有知情权、参与权、监督权，村党支部制定了村务公开一览表，村里收入多少支出多少，让老百姓看得清清楚楚、明明白白。红穆村设立了村民议事厅，村里大事小情由村民讨论后才能决定。

老百姓逢人便说："村里的事，我们自己说了算！"

党群关系干群关系改善，党支部凝聚力战斗力进一步增强，党支部成为战斗堡垒，成为带领红穆村奔向小康村的龙头。

党员活动室、治安接访室、服务大厅、图书室、妇女儿童活动室、支部书记办公室、会计办公室。办公和活动场所不但一应俱全，而且功能完善。

红穆村先后获得"辽宁省环境优美乡村""全国生态文化村""弓长岭区精神文明建设雷锋号""全国文明村镇""国家创建无邪教示范村""辽宁省优秀基层党支部""创先争优先进基层党组织""宜居乡村建设工作先进集体""美丽乡村示范村"等多项荣誉，赢得了镇党委、政府及村民的高度认可和赞赏。

刘廷波说："火车跑得快，全靠车头带。村党支部把增强党员整体素质，提高党员带领群众共同致富的能力作为最重要的工作。"

先富带动后富。村委会把村里先富起来的村民代表和村里落后的几户代表都找到村委会来，大家出谋划策，先富帮后富，结对子，做规划。对党员干部提出要求，要求事事冲锋在前示范带头。

结合农闲和猫冬的实际，村里举办培训班。吃完饭，党员干部来到村委会上课。利用农村党员干部远程教育站点，开展政策理论和实用技术培训课堂。经过对党员干部的培训、辅导，党员素质和为民服务本领得到增强。一批党员摸索出了种植、养殖、农业旅游等方面的经验，成为活跃在村里各个领域的创业致富、带领村民共同致富和引领农村经济蓬勃发展的"排头兵"。

为了帮助村民找到致富出路，红穆村党支部委托区老科协工作人员帮助与省农科院联系，为村民选购种羊。党支部副书记刘廷波风尘仆仆带领农户跑到北京，实地考察澳洲蓝龙虾养殖技术。村干部张晓敏种植的20亩大榛子，让群众看到了"来钱道"，先后有12户跟着一起种植，实实在在给村民带来了收入。致富后，张晓敏无偿为村民提供榛苗和技术，倾力帮助村民种榛子。

"帮助他们致富理所应当，党员就是要为村民多做实事，看到他们都过上好日子，我心里也高兴。"1969年出生的张晓敏，在红穆村工作三十一年，是个直性子，工作狂。

赵烁的个体肉牛养殖场，每年的经济效益可观。他亲自向村民们传授讲解养殖肉牛的技术和方法，其对环境设施的要求、对入栏犊牛的要求、犊牛入栏后适应期的管理和育肥期的饲养管理等。

裴振东结合自己的山栗子种植，亲自到山上给村民们讲解植苗造林、嫁接繁殖和科学管理，易学易懂好操作。

村民们对此拍手称快，大呼获益匪浅。是呀，手把手地传帮带，机会千载难逢啊。

绿色生态农家院是大家普遍关注的投资热点。王旭是最先在村里开办绿色生态农家院旅游的党员，他始终没有忘记乡邻，是这片土地和土地上的人民哺育了他。他把经验毫不保留地传授给周围群众，把投资的关键和风险、失败的教训等都耐心地告诉给别人。在他的影响和带动下，红穆村6家农家院随后兴起。

正是这些党员的无偿奉献，极大带动了红穆村的种植、养殖、农家乐等产业发展，并解决了村里部分剩余劳动力就业问题，增加了群众经济收入。

六

为生民立命，为天地立心。心中唯有装着百姓，才有大爱，才会不畏困难，勇往直前，披肝沥胆，才会志当存高远，敢为天下先。

红穆村的领头羊个个都是敢闯敢干的时代先锋，没有一个是轻易言败的孬种。

当红穆村把建设弓长岭区第一家农村社区服务中心的报告放到区委、区政府主要领导面前的时候，所有人内心都为之一振。

红穆村要做第一个吃螃蟹的人。

会不会被螃蟹扎到呢？

领导没有太多犹豫，而是给予了他们坚定不移的支持。

在借鉴江西、山东农村社区建设成功经验的基础上，红穆村结合自身条件，多方筹措投入资金40万余元，集管理、教育、服务、活动于一体的"便民服务大厅"在红穆村正式落成。

"从解决农民关注的热点难点入手、以社区服务站建设为基础，以开展社区志愿服务活动为起点，把社区服务逐步深化，不断创新思路，努力搭建造福群众的有效平台。"

便民服务大厅可不能是形象工程啊！上级领导提出要求，村干部带头约法三章：坐班、服务、解难题。

村里实行八小时坐班制，为村民们提供一站式服务，把《便民服务手册》发到每家每户，手册里面内容丰富，细致周到，包括各项代理制规定、服务指南、服务电话等等。

村民说："过去办一件事要跑出村，而且来回跑好几趟，现在可不一样了，不出村各种手续一次就办完。"

天壤之别，天地之差。便民服务，服务到老百姓的家门口。"家门口"是老百姓最熟悉的地方，也是社会治理的"第一道门"。

红穆村以建设综合性便民服务平台为抓手，着力搭建服务百姓、服务民生平台。完善便民服务范围。结合农村工作实际，红穆村把宅基地审批、农村低保、五保户申办，还有独生子女证的办理、计划生育准生证办理、合作医疗卡补办、各类证明的开具等都纳入便民服务范围之中，最大限度地为村民提供方便。同时，扩充服务大厅功能。为了保障集体和群众的利益不受损害，村委会还免费为村民提供起草各类土地承包转让合同、协议的服务。还设有矛盾调解室，村民谁家有解决不了的问题，可以到这里由工作人员帮助协调，将问题解决在萌芽状态。

有了便民服务大厅作为基础，各项组织建设得到延伸，全域便民服务格局也初步形成。为畅通群众诉求渠道，全镇第一家村级的"两代表一委员"工作室在红穆村挂牌成立，老百姓坐上了诉求直通车。为充分发挥网络平台交流作用，红穆村开通网上微博，广泛收集村民群众意见，很多网友的留言和建议第一时间反映到村委会。

近几年，红穆村年轻人都到小镇或城市里打工，留守老人现象日趋严重。为了解决老人的照顾难题，村里研究决定兴办博爱养老院，开设专门的日间照料室。

这又是一个创新和创举。可以说，服务群众不仅仅是物质方面，还包括对身心健康和精神文化的重视。开展养老助老新模式，是红穆村发展中的一个里程碑，具有深远的社会意义。

早上，村里的老人们兴高采烈来到养老院，看电视、健身、娱乐，中午集体围坐一起，吃着可口的集体餐，晚上再回到家里居住。

《礼记·礼运篇》云："故人不独亲其亲，不独子其子。使老有所终，壮有所用，幼有所长，矜、寡、孤、独、废疾者，皆有所养。"

安享幸福美满的晚年，是每位老年人的期盼，也是每个家庭的关切。有效应对我国人口老龄化，事关国家发展全局，事关亿万百姓福祉，事关社会和谐稳定，对于全面建设社会主义现代化国家具有重要意义。凝聚众智、集聚众力，美好愿景正在红穆村变为现实。让人民群众的获得感成色更足、幸福感更可持续、安全感更有保障，这是村委会和党员干部面临的一道现实课题。

在开办日间照料室的基础上，村里决定把文化生活搞起来，让老人和赋闲人员的业余生活更加丰富多彩。首先积极营造良好的文化氛围。一方面加大投入，建好办好老年活动中心；另一方面，依托村文化广场，组织村民群众开展体育竞赛、文艺演出、健身表演、歌咏比赛等文艺活动，满足农民群众日益增长的精神文化需要；同时设计载体，提高活动质量。村里积极组织村民参加"美丽庭院""好媳妇""双学双比""巾帼建功"等评比活动，并涌现出张丽等一批"美丽庭院"户。通过举办喜闻乐见、各具特色的活动，使村民在自我教育、自我评价中享受到精神文明建设的成果，从而大大调动了广大村民参与文明村建设的积极性；最后，围绕建设绿水青山、鲜花村庄、最佳居住生态村目标，切实改善村民的居住环境和生活质量，努力搞好环境建设，让村民与城市居民共享现代文明。

生活好了，富起来了，村民的道德、法治、文明等素质就要跟着同步提高。

长期以来，红穆村一直把村民道德建设当作一项大事来抓。先抓制度，强化外在约束，制定了符合村情、民情的《村规民约》和《评选文明农户、五好家庭户、美丽庭院户活动》发放到各家各户，要求村民们认真学习，遵照执行，以此来不断规范村民们的言行举止；其次，抓引导，强化内在养成，鼓励广大村民争做"四有"新人，推动创建文明村工作不断向广度和深度发展。

为提高干部群众的法律意识，实行民主选举、突出民主决策、实行民主监督、搞好民主测评，认真落实"依法建制、以制治村、民主管理"等制度，大大提高了广大村民的参政议政能力，使广大群众充分享受到政治上的民主权利。同时，在村民中大力开展社会主义荣辱观教育，大力培育弘扬"团结、拼搏、诚信、文明"的地域精神。倡导移风易俗，婚丧事简办，革除陋习，引导农民树立正确的世界观、人生观和价值观。积极倡导诚实守信，履约践诺的风尚，培育形成新的信用关系，支持经济发展。积极开展和谐家庭、和谐村组建设，广泛开展社会公德、家庭美德教育，培育良好的思想道德品质和文明社会风尚。加强和改进农村未成年人思想道德建设，进一步构建和完善"三结合"教育网络。

创建的过程就是自我提高的过程，贵在坚持，重在落实。红穆村"两委"班子深刻认识到，美丽乡村建设是一项长期、艰巨的工程，不可能一蹴而就，要实现农村更美、农民生活更好的目标，红穆村的美丽乡村建设"永远在路上"。目前，红穆村正以创建乡村治理示范村为动力，为起点，以高质量发展加速向前。

七

树发千枝根共本。

回到红穆村的历史上来。当时留守穆家坟的守将的后代，只有丁、袁、徐三户人家。而如今，这几户人家可谓代代兴旺。这其中，有道难解的历史之谜，需要我们沉静下来去思考。

红穆村的今天，注定是传奇。

尽管时光拉长，距离再远，但丢不掉的终究是文化与精神的本源。红穆村的山水和土壤里，蕴含着什么？是矿藏？是能量？世世代代守护的又是什么？

是对自然对生命对祖先的一种崇拜和敬意吗？

同样，在弓长岭区这块神奇的黑土地下面，蕴藏着铁矿石、硅石、石灰石、木纹石、铅锌矿和温泉矿泉水、饮用矿泉水，的的确确称得上风水宝地。西汉、两晋时期的古城遗址在秋风春水中茕茕孑立。年复一年，春水染绿了汤河谷，秋风吹熟了不老莓。

百年的点滴涵养和持续浸染，在辽阳乡村，这种千村美丽、万村整洁的行为，已经成为一种信仰，一种价值观。美丽红穆村，美丽弓长岭，是厚积于历史深处的一次薄发。只是，需要机缘。

核伙沟是辽阳县东部山区的小山沟。20世纪80年代末，辽阳市内一批画家被这里的迷人风景和淳朴民风吸引，纷纷来到这里，以"面向自然，对景写生"为创作宗旨。渐渐地，让名不见经传的核伙沟享誉省内外。

再后来，弓长岭区瓦子沟农家乐被辽阳市内作家、艺术家和休闲一族发现，进而推广开来。

眼下的红穆村，正等待这样一次契机。

这一天终于来了。

2013年4月，红穆村迎来了一伙人，他们是拍电视剧的。听说村子里来了剧组要拍戏，男女老少们都出来看热闹。

山沟沟沸腾了。

秦卫东、小李琳、李勤勤、涂凌、张洪杰、李振宇、贾承博等演员在制片人王君的带领下，举行了开机仪式。外景地选在红穆村，这对红穆村来说，是天大的喜事。恰好，电视剧的名字就叫《喜事儿》。

这部剧是由沈阳华视文化传媒有限公司和东阳天艺其盛文化传媒有限公司联合出品，金牌编剧高满堂耗时三年、精心打造的第一部城镇生活大戏《红白喜事》（原名《喜事儿》）。

据沈阳华视文化传媒有限公司总经理崔菁女士介绍，《红白喜事》这部电视剧题材新颖、人物鲜活、直面现实、轻松愉快、民风浓郁，是一部接地气但又非常时尚的城镇生活大戏。

拍完《喜事儿》，果然是喜事连连，好运不断。而后陆续又有电视剧来此取景，为红穆村宣传自己提供了契机。

上海东方卫视、辽宁卫视、搜狐新浪娱乐等媒体探班采访接二连三。一时间，弓长岭区的红穆村出名了，引起了巨大的轰动效应。

八

眼下，开发穆家坟历史文化和神女峰的生态旅游，建设融历史文化、绿色生态、民俗康养于一体的乡村田园综合体和特色乡村小镇是刘廷波心中最大的愿望。

穆家坟皇封的茔园面积大约10平方公里，分东西两座茔园。

乌苏氏西茔园坐落在穆家屯北山西侧，有清代坟墓129座。5座祖茔墓安在一高台处。其形如太师椅。上首南侧为八世祖"渣努、佟佳氏"之墓，北侧为其弟"渣木奇、赤希理氏"之墓。下首南侧为九世祖"巴尔柱、桑达氏"之墓。北侧为九世祖"富岱、舒穆禄氏"之墓。中间为九世祖"穆成额、喀尔沁氏"之墓。

乌苏氏东茔园坐落在西茔园东侧，该茔园有清代坟墓32座。康熙六年十一月二十六日，朝廷根据乌苏氏族八世祖渣努和九世祖穆成额等人的功绩，追封渣努父亲孟古讷为通议大夫、从三品，追封母亲费门氏为"淑人"、三品夫人。随后，渣努夫妇的茔墓被从原东海女真族海兰迁葬于此地，为东茔园之祖。其下所葬者多为驰骋疆场、献身战役的英烈。

乌苏氏族茔墓规模宏大、古树参天，有许多珍贵的文物，在东西茔园中，有龟驮二龙戏珠、九眼七透大石碑4座。辽阳文物部门于1982年将其中2座收藏，现存辽阳博物馆内。在茔园中还有日晷和石柱兽（俗称"华表柱"）。

面对这样一种独特的文化资源，刘廷波抑制不住内心的情感。他激动地说，穆家坟有着丰厚的历史积淀，红穆村要围绕渣努和努尔哈赤"把兄弟"这一特殊关系，梳理挖掘出相应的故事和传说，结合乌苏田园、清朝祭祀、民俗风情等进行多元化的开发利用。

神女峰是红穆村的最高峰，险峻秀美的自然景观加上人文景观，必将红穆村建设成具有绿色生态、历史文化、民俗康养的特色小镇。目前，红穆村正与辽宁五合科技股份有限公司进行合作，倾心打造红穆村满族文化旅游园。

在乡间漫步，映入眼帘的是小楼别墅、果林鲜花。到处洋洋洒洒，神清气爽，给人一份妥帖感和富足感，让人在不经意间放心地交付出自己的呼吸。

远山如黛，近水含烟。

这一片土地不做作，不刻意，天然流露，融化在风里，融化在雨里，将人的周身包围，挥洒着淡然而清新的香气。

这一片土地在吐故纳新，剔除杂质，在抵挡侵袭，在生产新的养分，在架构新的时空，在创造新的天地。

为了这片土地，红穆村人在区委区政府的领导下，正全力以赴、不惜代价、悉心呵护。

良好的生态环境是最普惠的民生福祉，是村民们触手可及的绿色福利。红穆村曾经森林覆盖率高达99%，尤以油松为主要木林品种，但这个村子一度砍树成风，后来遭遇一场山洪灾害，让村民吃了当头一棒。保绿色、不砍树，成了固守的信念。有过犹疑，也有过诱惑。因为苗木生意，收入是很可观的。红穆村人几经衡量，铁下心来不砍树。

"山上的林木是我们最大的财富，绝不会再让它们受到伤害。"现任村党支部书记刘廷波说话时的语气，感觉这些林木就是自家的孩子。

既然生态有自身的逻辑、定理和法则，那就应该尽心遵守与爱护。

生态优先、绿色永续的理念被广泛认可，是"千村美丽工程"推进过程中结下的果实。

保护自然环境，呵护人居环境，过绿色、低碳的生活，在弓长岭成为一种习俗、一种时尚。

前往红穆村入住民宿的游客，会收到房东的"环保提示"。垃圾分类存放；就餐时不剩饭剩菜；野外不准丢弃塑料袋……这些"环保友情提示"，在红穆村的游客中已经习以为常。

事是小事，但让人在言行上变得小心起来。没有规矩不成方圆。

哈先生是一位户外驴友，经常和大家一起到红穆村一带进行徒步穿越。很多人不经意丢弃塑料袋。哈先生告诫每一个队友，一定要把塑料袋带回去，按要求丢弃到垃圾中转站。

"环保生态不是嘴上喊的口号，而是从小事做起，从你我做起，而且要形成自觉的习惯。"他说。

绿色象征着生命，而发展绿色经济是当前最富有创新活力和前景的一种经济活动形式。而绿色营销是绿色经济的关键支点。

在互联网时代，并不是遥远的热闹，乡村也有进入的方式和途径。2021年1月，作为省委选调生来到红穆村的大学生村官于博（村党支部书记兼村委会主任助理），就经常在直播平台上帮助推销当地的土特产和旅游介绍。在他和村妇联主席张晓敏的带动下，村里土特产的种植户和经销户，都加入直播行列，受到省内外粉丝的追捧。很多人对红穆村的历史和风光产生了浓厚的兴趣，纷纷组团到弓长岭进行旅游休闲度假。

美丽乡村是景区，是花园，美丽资源正在转化为美丽经济，美丽家园铺开美丽画卷。

红穆村就像是一粒火种，将弓长岭区和辽阳千万个村庄的活力引燃，一盏盏灯连缀起来，灿然一片灯海。

这片灯海中，属于红穆村的那一盏尤为明亮。

在红穆村，美丽乡村建设绝不是头脑过热的产物，而是村集体决策的结晶，它是要有规划的，也是要有创意参与的，乡村也有优质资源，乡村居住、城里就业已经不是设想，返乡创业算不上什么新闻。

现如今，红穆村广招天下有识之士到这片热土上投资兴业。

红穆村，这株"小红花"，正在迎来"大春天"。

九

美丽乡村建设，造就了万千美丽乡村。

改善农村人居环境，事关广大农民根本福祉，事关农民群众健康，事关美丽中国建设。《农村人居环境整治提升五年行动方案（2021—2025年）》不久前印发，将推动村庄环境从干净整洁向美丽宜居升级。

小康不小康，厕所算一桩。2021年，红穆村相继启动了饮用水进户和"厕所革命"。

步入红穆村的老百姓家，会看到卫生间里墙壁贴着瓷砖，干干净净，坐便器、热水器、洗衣机一应俱全，和城市家庭没有两样。

"轻轻一按，哗啦一声，尽数冲走。夏天不臭，冬天不冷，而且随时可以洗澡。"王旭非常满意，"现在孩子们回来，都愿意多住几天。"

小厕所，大民生。近年来，辽阳市坚持因地制宜、分类施策，综合考虑村庄区位、人口规模、产业布局和未来发展，科学确定方式方法，推动厕所改建和生活污水一并治理：

一是合理确定改厕方式。辽阳市主要采用水冲式室内厕所的改造方式，2019年完成2.50万座改厕任务。在50个创建省美丽示范村整村推进改厕工作，改厕率达到85%以上；二是采取多种方式进行水冲厕所改造，通过政府主导、村民自建、引进社会资本三种方式，全面推进农村厕所改造。已经启动实施10个村整村入户改厕工程，完成改造1108户；三是加快公厕和旅游厕所改造步伐。计划建设65个村无害化卫生公厕和5座A级农村旅游景区厕所，2019年年底全面完成任务。

2020年，完成17654户农村厕所改造。其中，美丽示范村基本普及农村卫生厕所，55%以上农村户用厕所实现无害化改造，整洁村的农户卫生厕所普及率达到85%。随着"厕所革命"这块短板加速补齐，农村的人居环境也越来越美丽舒适。

美丽乡村，美丽中国。

它让理想中的村庄落地开花，让美丽中国、美好生活的样子有了坚固的基石。它在中华大地上激起的涟漪，看得见，摸得着，孕育着动人的美，越发辽阔，越发深远⋯⋯

刘廷波望着红穆村的山山水水，一草一木，深情地谈及他心中的蓝图：

未来，一是我们要结合穆家坟、神女峰等旅游项目开发，在招商引资的基础上，做好相关政府配套前期准备工作；二是打算采取农业旅游合作社的形式，做好农业项目的开发与经营。协调农户以租赁、合作、入股方式参与建设；三是改造20户具有满族特色及关东传统特色的民宿，利用闲置别墅经营养生民宿。支持五合公司把红穆村村委会作为游客服务中心，打造成弓长岭区的旅游新业态和新亮点，让红穆村更加美起来、富起来、好起来。

我们被这种呕心沥血鞠躬尽瘁为人民服务的公仆情怀和担当精神深深折服。红穆村背后，不仅仅是一个刘廷波，一个张晓敏，而是区委、区政府和市委、市政府千千万万个和他们一样的人，站在时代的潮头，坚守着初心使命，砥砺前行。我们应该为美丽乡村感到喜悦和幸福，更应该为美丽乡村的建设者们献上崇高的敬礼！

临走的时候，刘廷波、张晓敏、于博出来和我们告别。

渐行渐远，山谷的一簇簇红花，在万绿丛中跃动，鲜艳灿烂又热烈奔放，和风细雨，鸟语花香。红穆村沐浴在美丽的春光里。

好大一棵树
——振兴中的窦双树村

李大葆

引 子

向一座村庄进发。

那是一处将身子紧紧依偎在城市边缘的乡村，并以树的名义，向世人宣示自己壮丽而独特的存在——

窦双树村！

在公共汽车上，我放逐着对它的猜想。从辽阳城热闹的商贸中心登车，经过不多的几个站点，便进入了村境，在村委会站下车，看看手机，所用时间不到二十分钟。

由城市进入这座村庄，使用的物理时间如此短促，而我欲进入它的内核，探知它的肌理，体会它的心律，跟随它的呼吸，需要怎样的一段精神跋涉？

正是早春，向阳的街柳，渐鹅黄，渐柔软，渐舒张……

凌云街由东到西，缓缓前进，窦双树村用庞大的身躯迎接着它，有如树冠围拢着树干。看过这一带的地形图，道路和村庄组成的形状，也恰恰是一棵树的剪影，贴合在平展的土地上。

在窦双树村，树，升华了自己，并立此存照，纪念与之相伴的村庄，岁岁年年……

那是怎样的一片风土，一幅风俗，一番风情，我好奇，这个村庄为什么要用树命名自己，在历史的风中，这棵树，有着怎样的高歌和低吟？

一、每一棵树的密码里，既有阳光，也有风雨

事物往往是在拆分和重组中发展的，窦双树村也经历了"合村并组"的震荡。这一点，可以从一个叫大望宝台的自然村说起。

我们向哪里去？是哲人关于人生形而上的终极思考，也是大望宝台人形而下的彼时纠结。自从合村并组的消息有了动静，身处其中的人们便坐不住了。你们村合不合？跟谁合？合了以后会怎样？2003年早春，这样的问号，像甩不掉的钩子，扯着村民们的心。

组织起来，早期共产党人的农村经验，在改革开放后的新一代面前，再度成为行动指针。历史之所以有惊人的相似之处，凸显的便是成功做法的屡试不爽！

当年搞合作化，将分散农户联结成互助的集体，分享了人多力量大的果实。而今，人口少，地域小，经济力量薄弱的小村小组合成一定规模的建制村，众人拾柴火焰高，效果的红利，足可期待。市里、区里、镇里，一层层的动员会，临到村里，没有二话，执行去吧！

我翻出当年的红头文件，在字里行间体味着党的政策与时俱进的智慧和可贵。正像一些典型在发言稿中说的：相应的合村并组，有利于优化农村规划布局，夯实农业统筹协调发展的基础，拓展村级干部选拔视野，缩减村委会运行管理成本……诸如此类，简单点说，就是把一定的资源、能源、人口、产业重新整合，以求得更大发展。

道理是这个道理，大伙儿都认。可是落实到以往单门独户过日子的各个自然村，却又发现各个村子都揣着自己的"小九九"。

240

多数大望宝台人愿意合，他们珍惜这个“时来运转”的机会。他们觉得只要那个地方不比自己差，就可以义无反顾地扑过去。

光脚的不怕穿鞋的。

当年，大望宝台村集体经济拮据的程度，远不是捉襟见肘的程度。债台高筑的窘迫压力，让他们抬不起头来。

债务伤害着村民的尊严。谁能不要面子？

村干部招待客人，饭店老板问“还记账吗”，不等村干部回答，人家就央求起来：“给结点账吧，买食材的钱都没有啦！”

尴尬不？这饭还怎么吃！

由此可以想到“穷村”是一个什么模样。村子穷了，连村务活动都举步维艰。

村干部也不容易，操了一年的心，一分钱工资拿不到家，媳妇孩子都噘嘴不算，村里人还在背后说闲话。

大望宝台地名的来历，出自一则传说。很久以前，村里的老老少少，几乎同时看见了一匹小马驹在村口徘徊。当时有人在院子里晾衣服，有人在地里侍弄庄稼，有人刚把烟袋锅磕去烟灰，有人从鸡窝里捡出鸡蛋，但啥都没影响人们看见那匹金色的小马驹。它蹦蹦跶跶地跑来，通体金光闪闪，晃得人只能眯着眼睛瞧它。有多少村民，就有多少匹金马驹；村民们各自看到的金马驹，其实又只是同一匹。金马驹在村口“咴咴”地叫了一阵儿，突然，不见了。村民们登上一块高地，瞭望，寻找，一天又一天的期盼，终不得见……

怪诞，神奇，温情，遗憾。这是一个来而复往的寓言，一个可望而不可即的寓言，一个鼓舞人们永不放弃追求的寓言。这是大望宝台人对于富裕生活的期待，殷切而焦灼。

在行政村迎来重组的时刻，大望宝台人眼前又有什么在跃动，发出闪闪金光？

在我前来采访的此刻，这些将近二十年前的往事，许多人还历历在目。在祖祖辈辈生活的土地上，理想每时每刻都在发芽。

贾双树村夹在大望宝台与窦双树两个自然村中间，情况也不妙。

贾双树人调侃大望宝台人："你们打白条的纸还没用完？"大望宝台人回敬了一句："有的村打白条的纸还得借呢！""难兄难弟"的笑声，干哑，压抑，混在一起，加重了苦涩。

贾双树村也是深陷一派窘境之中。

贾双树村人拍着胸脯向镇领导表态："没二话，坚决拥护上级决定，合！"

抢抓机遇嘛。

但贾双树村人主张的"合"是有条件、有选择的，而且那条件是必须是要满足的，那选择也是唯一的。他们看好了"邻居"窦双树村。

而此时的窦双树自然村，波澜不惊。

他们心里有底：村子人口足够多，地面足够大，况且，上面也没有动他们的意思。里不出，外不进，窦双树村人安然如常：合村并组关我何事！

时任窦双树村党支部书记的刘家义无惊无扰，他眼前的日子正常得一如昨天。刘家义去村里上班，与相遇的乡亲打招呼："该干啥干啥，咱管好自己的事得啦！"于是拐进了村委会的院子。

刘家义心里有底，有"消息灵通人士"曾告诉他窦双树村仍然自成一个行政村。

办公室的门锁还没打开，手机响了。号码陌生，但声音耳熟："在村里吗？我到你那儿看看。"

刘家义听出来了，是区委书记的电话。

"大领导哇，中间隔着镇里那一层，直接给我这个村干部打电话，什么情况？"刘家义在心里嘀咕着，不由得绷紧了神经。

区委书记到窦双树村现场办公。上午来的，下午没走，晚上也没走，第二天上午没走，晚上又没走。一个区委书记在窦双树村两天两宿没挪窝，这是破天荒的事。刘家义全程陪着。

刘家义不陪着也不行，书记就是冲他来的。

按照人口、土地规模窦双树村可以仍然独立成村，有关部门的预案上也只是将水泉村与唐庄子合并。可是报到省里审批时，因为水泉村是少数民族村，有政策不能合。怎么办？只能让大望宝台和贾双树合了。可是，他们本来就都揭不开锅，若再合在一起，"穷上加穷"，还能活吗？还是不行。

道儿只剩一条了，即：大望宝台、贾双树与窦双树合在一起！其实大望宝台、贾双树也早在背后瞟上了窦双树村。

事情来了个一百八十度大转弯，顿时，刘家义眼前一片模糊。他想起前几天大望宝台和贾双树人看见他时的诡异表情，还有本村人对他的提醒，狠狠地"嘿"了一声，说道："我咋都没反应过来呢！"连连拍着自己的脑门。

区委书记掰着指头，说了一堆并村的好处。刘家义听着，不点头，也不摇头。大道理他都懂。但是，他有压力。这压力来自本村的百姓，他们心里能舒服吗？村里的积累是大家的，动谁的奶酪谁愿意？刘家义的压力，也来自他自己的不情愿。他太了解那两个村的情况了。大望宝台村1000多口人，干群矛盾突出，班子换届配不齐，集体不但没有攒下家底，还债台高筑，其中商贷借款就140多万。贾双树村呢，人口近2000人，背的银行借款及个人高利贷更多，共计约450万元。群众集体上访是家常便饭，上级连派两任优秀机关干部任村支书都被告走了，两届村委会选举都未能成形，也是全镇的"老大难"村。在刘家义眼里，"乱"比"穷"更挠头。想一想，就压力山大。

一个家庭的荣耀，不在于一两个儿女的富裕，而是众兄弟姊妹中一个受穷的都没有；兄弟姊妹中难免有一个要要性子，但总是摔盆子摔碗的，日子就没法过了。虽说合村并组只是当时乡村整个进步动作中的一点点微调，但它却关乎那片乡土的生动嬗变，关乎更多人迎来的命运转机。

区委书记最后抛来一句话，说："这事儿，我们没权利搞本位主义，你我都是党的干部！"

区委书记戳到了刘家义的软肋上。

"算你狠！"刘家义在心里说。

区委书记说："区委全面考虑过了，决定由你做三个村合并工作的临时党支部书记。"

夜深了，区委书记发出了鼾声。他一块石头落了地！

刘家义没有睡意，目光透过窗棂，天深邃，星眨眼。"实现同步小康"，这个突然而至的重任，让刘家义寻找着自己的历史站位。

棘手的问题随之而来。

有人问："三村合并后，村名叫什么？"

有人问："新村委会的办公地点设在哪儿？"

更有人关心新班子的组合："原来三套班子的干部，谁去谁留？"

刘家义不忙着回答，他需要倾听，需要在广泛的倾听中形成自己的主意。坐在小板凳上，听讲，白天在大树下，天黑了，回屋，还是坐在小板凳上，听讲。贾双树村有几个人看见刘家义按兵不动的样子，沉不住气了，"这几个问题他不说出个道理来，咱就上访去！"他们开始串联。

从城里退休赋闲回乡的一位老党员干部，在贾双树村里临时管事，颇有威望。国庆小长假第一天，刘家义不安排家人活动，也不参加亲朋宴席，屁股坐在了这位老同志家里。

"不怪人家当过领导，政治水平真是高哇！"刘家义本来就是来听讲的，何况老同志又健谈。从"三个代表"到村务公开等等，一下午在院子里一直唠到太阳落山，蚊虫不知从哪里飞出来，直往脸上扑，老同志硬是又把刘家义让进屋，依旧娓娓道来。后来，刘家义见他确实有点累了，就瞄准机会，抢过了话头，说："能不能让我以临时党支部书记的名义谈点意见？"

刘家义考虑了很长时间的话喷涌而出："一、如果你认为我这个书记不合格，你可以马上向上级党委报告，我可以接受组织处理，立即辞职。二、在组织没有撤我职务之前，请你服从领导，支持我开展工作，执行党支部的决议。三、我不同意你参与非组织形式的上访活动。四、我希望你劝阻你的亲属，不参与'闹访'。五、群众提出的那几个问题都不是在村这个层面上可以确定的，但我尊重大家的意见，只要有可行的方案我也可以汇报给上级……"

老同志的表情不断变化，惊愕，木然，点头。他长出了一口气："所谓合并后争一个村名、办公地址啥的，还不都是虚荣，怕人认为大望宝台和贾双树不存在了。"

至于合并后村"两委"班子成员构成，老同志赞成刘家义的设计，即由3个村民小组各出两名成员在村"两委"中交叉任职，不论窦双树组大，还是另外2个组小，都是2个名额。并且由各组决定候选人，再走任命程序。

三套班子变成了一套班子，干部去留，这个棘手的问题迎刃而解。"好主意，有胸怀，有境界！"老同志拍着刘家义的肩膀，把他送出很远。

刘家义脚步轻松，但肚子咕咕叫。经过一天的交流，他饿极了。

2003年10月31日，三村正式合并，新的窦双树村委会进入工作元年。2006年5月，经区委组织部审批建立中共窦双树村委员会，3个村民组分别成立党支部。

挂牌那天掌声起伏，整个村子激动不已。

二、前人栽树，后人乘凉

很久以前，凌云街南面是一片空地，北面也没有人家。站在辽阳城头向西北瞭望的人，一望无际，悠悠白云之下，一无所有，凌云街细如羊肠，不时被荒草咬断……

不知何时，瞭望的人眼前有了一个黑点，这黑点又墨迹一样洇开，扩散。不知从何而来的迁徙者，放下零星的家当。一处土坯房出现了，门前又栽了两棵树，这户人家姓窦。树用伸展的根须奋力握紧大地，也在岁月中分枝开杈。树站在哪里，哪里就是一户人家。瞭望的人发现，有了一户人家，接着就会有几户人家。树举着他们的姓氏，释放着一座村庄生长的密码。

树，为这片土地的开发史，镶嵌了一幅寓意非常的插图。

我在这一片土地上采访，与树结伴而成的地名，不乏三四个，一一向我诉说着它们的记忆。

就说窦双树村吧，在中国农民开始分得了土地的时候，已经聚集了36座门楼。日日夜夜，农家院里被犁铧、车马、种子、汗水以及梦想充塞。小村在春夏秋冬中伸展，像树木的生长，留下或深或浅的年轮。

村中最早栽下的那棵树苗，已经有了庞大的树冠。不知从哪一年开始，树荫之下有了一个偌大的碾盘。有一个叫窦贵山的人，在乡亲们烟袋锅的明灭中，或沉默，或兴奋，始终身在其中。这情景，带着岁月的包浆，悄然化作了人们的深情怀念。

老书记窦贵山，从新中国成立到1983年生产大队撤销，他带领广大村民谱写的创业传奇，直到现在，在村子里仍然是人们津津乐道的话题。人们发出赞叹之声，尽管他已经逝去。

人心是一块试金石，忠奸立辨！

我在村中走着，在行道树的窸窣里，做一个虔诚的听者。

78岁的王雅梅，1969年初中毕业后在生产队当小组长，1970年入党。她对我说："你经过的凌云街，当年是土道，难走的劲儿，就别说了，老窦头领着村民进城往回拉炉灰，反反复复地垫，虽然仍然还是将就着走，但毕竟加高了基础，雨天少蹚水，晴天少起灰了。"王雅梅关于老书记的记忆与这条路有关的还有：一到下雪天，老书记就扛上铁锹，往村西边的部队机场走去，社员见了，都会自动跟着，义务扫雪的队伍在这条道上，越走越长……

76岁的舒文广，当年一直是生产队干部，他说："老书记是市人大代表，也是省劳模，还上北京开过会，在天安门城楼上参加观礼，他领导的窦双树村是'红旗大队'……"

现今 68 岁的王丽梅当年回乡参加劳动时，窦贵山还当着书记。她回忆说："那时候一天工同样给 10 分，周围的村值几毛钱，他们大队就值一元三四，是别的村三四倍，谁不红眼睛啊！都想方设法到咱这儿落户。"

刘家义比王丽梅小三四岁，虽赶上窦贵山带领班子的时间稍短，但也经历了老书记那阵儿打造的集体经济的辉煌。那是个劳动力用的手套、土筐都是队上发，不用自己筹备的时代。

经济拮据时期的农民，敏感地尝到了缕缕甜味，尽管细微，但是难忘。围着大碾盘闲聊的他们，念着老书记的好。

无须掩饰，窦双树村在行政体制的探索中，也是交了学费的。长达几年的村务瘫痪，都是摸索过程中不可避免的挫折。

不过，终于在 1995 年春季，催生了一个新的村党支部。

"窦双树村民组也'穷'过！"刘家义与我说这话时，时间已经拉开了二十七年的距离。

当时，村民们用以聊天的大碾盘已经不知去向，但村民的声音还是渐渐有了共同的指向。年轻的"小义子"成了话题中心。经历过窦贵山时代的长者，唤着刘家义的小名，亲切而喜爱的神情无须掩藏。

镇党委听到了来自窦双树村的呼声。

刘家义进入组织部门的考核程序：时年 38 岁的共产党员刘家义，自小在窦双树村长大，22 岁时在村里办企业，当厂长，之后又在外地做了几年买卖，近两年又回到村里。

"更主要的是他为人正派……"镇党委锁定了目标。

1995 年 5 月，刘家义走马上任。迎接他的是村里留下的 60 多万元的债务。刘家义饭碗没端起来，就接到了到镇上参加紧急会议的通知；还没进办公楼，就被上访的村民堵在了路上；在办公室刚坐下，门就被一脚踢开了；刚刚准备睡觉，关灯的一瞬，窗玻璃"啪"的一声碎了。

王雅梅说："家义书记总是在笑声中接待村民，但是，对要横的也不怕。"一天，来了一个人"要说法"。推门就说：若是不答应他的要求，就要刘家义的一只胳膊、一条腿。刘家义没怕，告诉他："只是一只胳膊、一条腿的，坚决不给；你想要，就整个人拿走，零打碎敲地，没劲！"那人顿时语塞，心想：比我还横，又闹了一阵儿。刘家义在那儿看自己的文件，不一会儿听见那人扔下狠话："你等着！"悻悻地走了。刘家义耐心地等着。好笑的是，那人再也没来找他碴儿。

老书记窦贵山也总是在笑声中工作的，可他也有横眉立目的时候，得看冲谁。刘家义心里有个榜样，村民也说他有点像窦贵山。窦贵山当了半辈子书记，百毒不侵。

债，是拖不黄的。但钱从哪来？

办企业，做买卖，市场经济海洋里的小试身手，使村支书刘家义明白了一个道理：向管理要红利！

土地承包，场地出租，集体经济组织攒下的家底，不能一下子分光花尽。"钱在刘家义手里会下崽儿！"老大姐说起刘家义，眼角眉梢都是爱，老书记有了接班人啦！王雅梅记得生产队时，老书记向社员倡议每月都要给集体献点工，一个人10分、8分的，影响不了个人生活，但聚少成多，用在集体上，也好应付个急事啥的。刘家义深知其中奥义，村委会的金库里也该"年年有鱼（余）"。

王雅梅在刘家义当支书时是村"两委"班子成员，2001年到年龄了，才"恋恋不舍"退休，"跟家义书记一块儿干了六年，不是愿意当官，是舍不得班子的工作氛围。"王雅梅说着，两眼含着泪花。

老书记窦贵山的奋斗精神回来了，而且有所光大，像村中的老柳树顽强不灭，在刘家义的心里坚如磐石。

"其实，集体经济稳定了，村干部也好当。"刘家义像老书记那样举重若轻。刘家义早早来到办公室，办公室还是原来的样子。他随手操起抹布，拭去桌角上的灰尘，不易被旁人察觉的灰尘，他看到了。

村是中国最基层、幅员最广的地方。人们发现：没有一定的集体经济，村就涣散了，乡村社会就将地动山摇。

三年后，以前留下的"窟窿"抹平了。"咱村儿的'工分儿'又值钱了。"村民脸上的自豪似曾相识。"别的村愁没钱，我们村愁钱花得不妥当。"刘家义不是卖弄，不是搞怪，他托着的聚宝盆里，是几代人的汗水和心血，他告诫自己：莽撞不得！

窦双树村的生活开始好转，春天般欣欣向荣。

"钱如何来？"我问。

刘家义没有马上回答，而是打了一个比方："家里的暖气出了点小病，有的人晚上下班后，自己捅咕捅咕，到半夜修好了，没花一分钱；有的人，懒，睡到第二天太阳老高，也不去修，一来二去，小毛病成了大故障。自己修不了了，找人吧，起码得给人买盒烟，换个新配件，更得花钱吧。这费用，多少天能挣回来？"

好日子是干出来的，也是管理出来的！这个理儿，让窦双树村的聚宝盆钱不断溜儿……不出几年，前任的亏空堵上了，而且有了盈余，成了"富村"。

当初那几年，也有人对窦双树村党支部的一些做法有过质疑和担心，这令上级党委把刘家义"盯"得更紧。正确路线确定之后，干部就是决定因素。然而，改革处在深水区，许多过程充满艰险，上级都没有准主意，基层更是在兜兜转转。能干成事，难，不出事，也难！

2003年，原来的窦双树村，由于大望宝台村和贾双树村的加盟，扩张为一个"大"窦双树村。刘家义在突然间接受了这个现实。他有短暂的不情愿，但是没有沮丧，更没有慌乱，他想好了：复制和完善"昨天"摸索到的经验，让它在新的程式上继续运行！

当然依旧是先要还债。那是些不良债务，是应付款，是欠村民的活命钱。据统计，合并村后的两年时间内，通过对原大望宝村、原贾双树村清产核资，盘活集体资产，清理不良债务，和调动原窦双树村库存资金，为大望宝村和贾双树村民小组各化解了50%的不良高息借款，为他们还拖欠干部工资等应付款前者114.6万元，后者196万元。

刘家义说这是“统一管理”。有的村民噘嘴，“我们的钱也不是大风刮来的，你怎么能说动就动?”刘家义说，村党委还有另一句话呢，叫“分别核算”。原来，挪到大望宝台和贾双树的钱也是要还回来的，只不过他们可以拉开当，容个空儿。刘家义相信通过村委会“统一管理”后，这两个村民组再通过各自经营，每年还是可以有收入的；再经过“分别核算”的关节，“谁的孩子谁抱走”，这两个村民组的债也就渐渐地自行消化了。“这叫亲哥们儿明算账，也叫无息贷款。”大家都听明白了村党委的政策和策略，这不就是刘家义书记说的“管理出红利”吗?

那两年，在保证3个自然村水、电、路等“硬件”正常运行的情况下，咬牙推行偿还高息贷款和发放已退休回家的村干部工资这一举措，对合并后的建制村的稳定起到关键性作用。

路子蹚得确实艰辛，但是没有披荆斩棘，哪有平坦道路可走?

2021年7月的一天，庆祝建党百年的大会上，窦双树村委会的大会议室里，党员代表、村民代表济济一堂，观看电视直播，畅谈心得体会，人们特别兴奋。刘家义代表村党委做报告，他说：“我郑重宣布：截至本月，大望宝台村民组不但还上了最后一笔借款，还有200万元的结余。这就是说，整个窦双树村委会既无外债也无内债啦，并且3个村民组每组都有存款。大望宝台的200万元是最少的，多的呢？保密！”刘家义以抑为扬，调动着大家的情绪。

“哗——”台下的掌声立即响起。刘家义挥着手，示意大家停下，那2个村民组的家底还没露呢。可是，这掌声却长久地响着，他再怎么示意也停不下来。最后，刘家义自己也控制不住了，也跟着鼓起掌来。

掌声持久，犹如对应还债时间的漫长，一路筚路蓝缕，那是整整十八年的不懈努力!

花开花落，一棵树决不放弃生长的理想。虽然时值盛夏，人们的心情却沉浸在一片阴凉之中，甩掉债务的日子，好爽！

三、树的歌声里，每一片叶子都参与了合唱

金马驹回来了，大碾盘也没有消失。当年乡亲们在老柳树下围着大碾盘的交流，给今天的村党委一个启示：让它变成了"圆桌会议"。

村部会议室的桌子，一旦改变了往常的"队形"，村民就知道：要议论大事啦！

"圆桌"形式，当然没有主席台，参会的村干部只给一个名额。他不必正襟危坐，参差在参会者中间，只代表自己；其他参会者，都是各村民组推荐的代表，每个人都可以畅所欲言，而且"都必须带着嘴来"。

征占土地补偿问题，村内基础设施工程建设问题，都是村干部、特别是一把手最难处理的事。因涉及家家户户的具体利益，"上边有帮着说情的，下面有闹套的"。一些人到村部找，到家里找，"不找你们闹，找谁？反正你村干部说了算！"这在今日乡村这是普遍现象，弄不好会引发群体事件。如何应对，的确是在考验村干部的执政能力。

近年来，窦双树村的变迁前所未有地迅疾。凌云街北侧当年的36家门口，早已街巷纵横，房舍毗连，有人回顾说："这情形是近二十年间的事。凌云街南侧形成了密集的村落，也是在不知不觉间发生的。"整体上看，窦双树、贾双树、大望宝台3个自然村几无间隔。除了村庄体积的自我膨胀，地处城乡接合部的地理位置，它也不断受到城市力量的影响。诸如城市延伸、城乡基础设施同构等现象，必然使传统的田园状态迎来挑战。面对地理环境所受到的挤占、融合甚至撕裂，窦双树村的变动更为剧烈。

窦双树村党委一班人认识到，自己的工作方法必须与时俱进，

常变常新。

毋庸置疑，没钱的村大都盼着有土地被征占的机会，但征地后头就疼了：这补偿款怎么分？刘家义去区里开会，跟与会者交流经验。有些村干部颇有气魄，说这有什么难的，自己是怎么想的就怎么分配呗！手起刀落，一派大将风度。

刘家义不敢苟同，也颇有自己的体会——

> 我们村头一次分配占地补偿款时，矛盾也非常突出。每天来找的人不断，有拿着报纸来的，也有拿着《土地法》来的，横的熊的都有，来了说啥的也都有。
>
> 办法终究还是有的，召开村党员、村民代表圆桌会议呀！
>
> 我们特意将大会议室的桌子摆成一圈，会前宣布今天的会议没有主次，任何人发言只代表个人观点，村干部中只一个人到场，负责宣读文件、讲解政策，只认真听取、记录大伙儿的发言，当场归纳出多数人的意见，然后拟订出初步方案。
>
> 当然这不算完，再将爱闹事爱上访的人及特殊关心此事的村民组织起来召开大会，还是听取意见，收集情况，拟订方案。
>
> 两种方案都有了，就印发出去，在全体村民面前曝光，并让村民在对比中充分讨论，决定自己的取舍。

村民讨论的时间设定为十五天。这期间会有许多有趣的事情发生：那些有意见的人，会再去做另一些人的工作，意在扩大统一战线；此时，村党委也允许他们那样做——"圆桌会议"可以有个分会场。而不愿意做同盟者的村民，又因对方的方案中有侵害自己利益的条款，反而会聚集在对方家里质问，闹得不可开交。村干部每天都要开协调会，进行劝导，从矛盾聚焦人变成了"和事佬"。没到十五天，准备闹事的人主动提出撤回自己以前的意见，并央求村委会尽快推行另外的方案，他们也好"解脱"。

民主的过程中包含着宽容和宽慰，但集中后形成的决议则要求严肃对待。无论哪个方案，只要是在代表绝大多数村民意志的表决中通过了的，"大家都要接受！"

窦双树村把这项工作做得有条不紊，接下来还做什么？刘家义说：

> 村党委抓住时机，召开党员代表大会，同时，决定成立占地补偿分配领导小组，成员在村民代表当中选举产生；成立占地补偿分配监督领导小组，成员在党员中选举产生。党委书记负责政策指导和纪律检查，群众有问必答，违纪问题一个也不放过。
>
> 最后的方案经全体村民表决后，送到区纪检委、区土地局、市土地局、省国土资源厅审核备案，公示十五日，一切妥当了，开始分钱。

窦双树村的"圆桌会议"，充满了民主气氛，也是群众智慧的不断凝聚和升华。个别人也许仍然小有不满，即使有点骂声，也都转到那些当初"挑事儿"的人身上了。

这是一个比较成功地转移矛盾又顺利地达到了工作目标的例子。窦双树村第一次补偿款分配完成后，第二次占地时的"圆桌会议"，就没那么"磨叽"了。

刘家义说，"圆桌会议"不一定非得紧锣密鼓地开，有时候"休会"一段时间，反而更奏效。

贾双组自来水管线因年久失修经常停水，每次维修，也仅是小修小补，可是挺不了多长时间就又坏了。更恼人的是，不但按下葫芦漂起瓢，而且隐患四处开花，越临近节日越是出事故。

2014年8月，村委会决定全面改造。可是，施工刚开始，就被"逼停"了。当时村党委已决定着手申请改造自来水管线的国家补贴资金，村委会只承担小部分。但贾双组村民小组中的个别人出于私利，散播谣言，煽动村民阻止工程进行。施工的人拄着铁锹，挖也不是，不挖也不是。个别人继续做工作，入户鼓动老百姓说自来水水够喝，工程难以向下推进。

面对年久失修无法利用的自来水管线，面对几百户吃不上水的村民，村党委如果决定继续改下去，不同意的人又会去闹事；如果不改，吃不上水的村民也不能答应。如何做才能化解危机，考验摆在了村党委的面前。

村党委召开贾双组党员、村民代表大会，说明情况，并且决定工程干不干由村民表决。

征求意见的单子发下去了。

绝大多数村民在"不同意"一栏上签了字。

这个结果，让村干部大吃一惊，也很懊恼，这不是好心当成了驴肝肺？

不过，村党委还是主张走民主程序，决定把名单张贴出去。名单公布后，没有一个人公开声明字不是他签的。因此，施工队打道回府，村干部铩羽而归。

工程停了，准备借机搞事人也失去了把柄。

"圆桌"一时间寂然无声。

而三天两头停水的贾双组村民怨声渐起，不是冲着村干部，而是冲着当时稀里糊涂就表了态的自己。

当时"吱声"的人，反倒无声了。

此时，村委会再次围起"圆桌"，把自动恳求改水的村民让进会议室。虽然，他们也曾有过"不同意"的表态，但既往不咎，统一认识，总会需要一定时间的。"陈谷子烂芝麻的翻出来，无助于密切乡亲感情，朝前看！"当年碰过一鼻子灰的村干部说。

"圆桌会议"是方便村民"说心里话"的平台，由大碾盘的"功

254

能"转化而来，凝结着一个村庄温馨的历史经验，同时，又注入了新时代共产党人的管理理念。"如今的窦双树村由3个自然村合并而成，管理起来必然需要多重思维。"刘家义对"两委"成员说。

村民代表大会表决的掌声在"圆桌"周围响起，贾双组改造自来水工程于2016年9月再度开工。

2010—2015年，高铁、站西专业市场、铁路专用线等城市建设项目，都涉及了窦双树村集体及村民的土地、房屋、温室等生产设施的动迁。这些村庄大事，老党员舒文广是观察者、见证者之一。"没发生一起群众闹事的事件，确实有'圆桌会议'的作用。"他不无感慨地说。

乡土中国的底里，是礼俗社会，"熟人"社会。费孝通在解释乡村人际关系的"差序格局"时说，这里的"每个人，都是他社会影响所推出去的圈子的中心"。窦双树村此时的"圆桌会议"，以及此前的围拢着大碾盘的闲聊，显然充当了个人意志向集体意志转移或联结的舞台。"圆桌"的利用更为刻意和深化，已经成为乡村"大事"的决策工具，陪伴着村民把日常生活打理得更为和谐。

村委会的实质，是一处"说理"的地方。

"做好村干部，首先一条就是会化解矛盾。我们每天都在矛盾中生活，有问题有矛盾你躲着不行，硬往前上，矛盾就激化。村干部一任三年，今天得罪一个，明天得罪一个，农村还有个家族关系网，到三年换届时，你就会有麻烦。有好多优秀村干部，干了三年，落选了，为什么？不是工作不行，政绩不行，而是干群矛盾激化。所以说，当村干部不仅要会工作，还得会解决矛盾，化解矛盾。"在区里、市里组织的开展农村党建工作经验交流会上，刘家义如是说。

不漏环解，不打折扣。"圆桌会议"在窦双树村取得了个人意志表达、梳理进而整合、优化的效果，可谓乡村行政经验中的有效模式。

四、再嫩弱的树木，也不放弃茁壮的期待

我们的突然出现，使王桂华老人有些不知所措。笑容从眼角绽开，皱纹如分披的菊花，满脸的灿烂，一把攥紧了村干部王俊的手。紧接着，又唏嘘起来，"我拖累了大伙儿。"颤抖的声音，像被什么划伤的微风，嘶哑而细碎。王桂华的心情是复杂的，有感激，欣喜，又藏着无限歉意，甚至自责。

"我的儿啊，他咋会这样？我都窝囊透了！"王桂华哭述着，我知道了她命运的一波三折。

新婚宴尔，王桂华有过一段惬意时光。但是，没几年，丈夫得了急病，来不及治疗，就永远离开了她。那时，她盖新房时借的钱，不仅没有还清，还拉扯着两个孩子。亲属看她生活实在困难，就给她介绍了窦双树村一位赵姓单身男人。再婚的王桂华带着两个儿子住进了后夫的三间土屋中。不久，她与后夫爱的果实呱呱落地，也是一个男孩儿。

别看王桂华在村里没有亲戚，但她有了自己新的家庭，乡亲们看着也高兴。老夫少妻带着三个小伙子过日子，虽然紧巴点，但他们勤劳，填饱肚子不愁。

"好日子马上就在你眼前啦！"乡亲们鼓励她。

"谁说不是呢！"懦弱的王桂华从来没有这样自信过。

无亲无故的一家人，生活在一片诚挚的乡情中。村民远一声近一声的寒暄里，洋溢着朴素的慰藉。日子展开着，像窦双树村一马平川的土地。王桂华放牧着十足的得意，放眼所望，没有什么可以担忧。王桂华窃喜着，有时趁着没人，还哼几句小曲。高兴是无法掩藏的。

命运弄人，坏运气又偷袭了她。老年的后夫死了，大儿子结婚另立门户了，她的小儿子越来越沉默寡言，20多岁后连表情也丧失了。3间土屋再度由盈变虚，沟沟坎坎的生活不等她开门，就拥进了

屋内，扫荡了她往常的欢愉。3间土屋随着主人的日渐老迈，走向支离、破碎；病儿寡母的日子，塌了。

在窦双树村的几天采访中，一直想看看王桂华的3间土屋，也想看看她的新房子。于是，跟着王俊走进了这个贫困户的院子。

王桂华身材瘦小，步履缓慢，有些弱不禁风，一头白发被风撩起，但谈吐真挚，思维不乱。她把我们让进她的新房子。为了防寒，房子迎阳的一面，多栅出一米多宽，用塑料薄膜包着。房子里外三新，除寝室外，厨房、卫生间、小储藏室俱全。暖乎乎的。

我看见一个30多岁的男子。我跟他打招呼，他一点反应都没有，他就是王桂华挂在嘴边的那个得了病的儿子。是的，所有的喜怒哀乐，都被他统统抛掷了。他的眼睛里封严一潭死水，对我们的到来不起波澜，视而不见。他的屁股卡在炕沿上。那姿势，既不是坐，又不是站，怪怪的。临来时我听村医张雅娟说过他的病情，但见了，知道我的估计还是太低了。他这般"目中无人"，谁能想到！

这是一位重症抑郁症患者。他对这座新房子的温暖、洁净毫无感知，对院子前面的旧房子的龌龊同样一无所知。他对身处的世界，完全隔膜。为了给他治病，王桂华花光了积蓄，家里能变卖的也一件不留。在诸样扶贫对象中，因病致贫，是其中一种。况且，"这种病是不可逆的。"村医张雅娟说。

"2018年雨季以前，他们住在老房子里。"顺着王俊指的方向，我看见一处地窝子似的建筑，那就是当年的3间土房。建筑时就因靠近沙坑，而常受水淹；后来房身下沉，外面的地面垫高，雨季总是被积水倒灌，屋里像个澡堂子。

门低矮，我猫着腰进去，一股霉味扑鼻而来。间壁墙东倒西歪的，房顶露了几道缝子，村干部印陆在外面喊，让我快些出来，"危险会随时出现。"她担忧。我小心翼翼挪动脚步，生怕动作大了，有哪片瓦盯上我。

我走出来，告别了那个破败的所在，那里有王桂华的难堪和叹息。

王俊说，当时村党委一班人没少在这个小院进进出出，党委的决议也是在这里形成的：先由村里垫资，给他们母子盖个新房！

新房是在村民的掌声中奠基的。"啥叫精准扶贫，这就是！"王桂华的邻居对我说。

"从年收入不足4万元到现如今的收入翻倍，从以前居住的土坯房到现在的3间大瓦房。短短一年时间，窦双树村村民魏富林在村里的大力扶持下，走上致富之路，实现了由贫困户到小康户的华丽转变。"在一篇发表于2020年6月的新闻报道里，记录了这样一段话。

时任村第一书记的金旭说，那一年里，他跟在村党委书记刘家义身后，"在村里的扶贫路上跑了1万多公里"。路漫漫，情浓浓，每一个脚印都不可磨灭，也不会磨灭。

截取一个小镜头看看：村干部一干人，在魏富林的牛圈前指点着。2间牛圈里，共有大小黄母牛6头，有的已经有了身孕，越发的大腹便便，可爱极了。在金旭的记忆里，当时魏富林站在牛栏旁，看着自家的肉牛膘肥体壮，毛色光滑，脸上的笑容也牛气十足。"这个情景不知为啥记得那么清。"金旭说。魏富林甩着手上的饲料，与村干部们握手也不是，不握也不是。他正在用柴胡秸秆尝试着配制饲料，两手沾满草屑。村里组织养殖培训时，他参加了，学到了技术要领。

魏富林人生过了大半辈子了，从来没养过牛，压根儿也不想养。如今走上这条道，完全是被"逼"的。窦双树村人均耕地0.255亩，主要以种植玉米为主，怎么折腾也"抠"不出几个钱来。收入拮据，日子过得举步维艰。村干部看好他的精明和勤奋，就让他转变思路，发展规模化养牛。村干部到家里"逼宫"，一次不行，就两次、三次，直到把他拿下。魏富林知道自己的弱项：没有本钱，赔不起；没有经验，干不起。村党委给他壮胆：不是缺钱吗，好，先扶持他买回2头；不是没技术吗，好，安排他外出参观学习。

魏富林建好了牛圈，把挑又挑选又选的黄牛赶进去。听完了专家的讲座，又上网找来资料，自己干不过来，就把老伴也叫上，"整天忙得不亦乐乎"。他对金旭说："感谢党的精准扶贫政策，感谢村党委，我算是赶上好时候了，养牛不但让我脱了贫，还有了更大的'野心'！"他滔滔不绝地说着，手上的活计一刻也没有停。

魏富林尝到了甜头，胆量也越发大了。"下一步我打算多养几头，多挣点钱！"他看着自己的"家底"，目光傲然。

刘家义在他的肩头重重地击了一拳："好一个'牛气冲天'！"

2021年11月，窦双树村委会院内的公示栏里，最新版本的低保名单开始面向世人。印刷这份名单的材质和工艺采用的是塑胶喷绘。村党委的想法是，让它禁得住风吹雨淋，也禁得住时间对精准扶贫的验证。为了方便任何人任何时候都可以查看公示栏里的任何信息，村委会院子的大门全天候敞开，这样的刻意，早成惯例。"尤其涉及福利方面的事，村民都愿意清清楚楚的。"刘家义懂得老百姓的心思。

低保对象是动态的，生老病死，情无恒定。根据最新公布的这份名单中的数据，我粗略做了一番统计，现有历年确定的低保人数为：

2007年8月11人；

2009年2月1人；

2009年8月2人；

2011年6月1人；

2012年4月1人；

2012年8月1人；

2012年10月1人；

2013年11月2人；

2014年10月1人；

2015 年 2 月 1 人；

2016 年 9 月 1 人；

2017 年 4 月 1 人；

2017 年 12 月 1 人；

2018 年 6 月 2 人；

2018 年 11 月 2 人；

2019 年 1 月 1 人；

2019 年 7 月 1 人；

2019 年 8 月 3 人；

2020 年 5 月 2 人；

2020 年 11 月 2 人；

2021 年 8 月 1 人。

窦双树村现有 4462 人，低保对象 39 人，占比不到千分之一。且保障额度由每月 230—528 元，中间有 20 多个档次。

确定低保对象，确定具体金额，一直处在"现在进行时"，其工作之细微之细致之持续之精准，步步为营，考验的是村干部能否把人心摆正。"我们给村民一个明白，村民就相信我们清白。"这是窦双树村干部的共识。

我看到王桂华得病的儿子也在这份名单之列。

王桂华母子搬进新房子后，免去了以前伴随着他们的"房倒屋塌"的隐忧，但是，他们没有劳动能力，生活上又没有其他经济来源。怎么能帮上一把呢？

办低保去！

然而，障碍还是出在那 3 间土坯房上。它有房照，房照上标注的面积超过 100 平方米。按政策，这是个坎儿。能不能住人不论，实际值不值钱不论，怎么说也是一份财产吧？但是，那房子就摆在那儿，想变现也"有价无市"。

难道就此扔下王桂华一家不管吗？乡亲们都知道王桂华母子是

"真困难"，村党委也同意把王桂华报上去，但缺少"硬件"。

王桂华不是有个得病的儿子吗？他的病情能不能成为"拿得出手的条件"？送他到专科医院确诊一下，让科学说话！村党委专门立了会，不放弃任何一线希望。村上出钱，车送车接，刘家义全程陪同。

"以前咋没想到诊断一下呢？"乡亲们都在等消息。

检查报告回来了，王桂华的儿子的确病得不轻。王桂华的低保申请毫无悬念地获得了批准。

王俊给王桂华母子的经济情况算了一笔账：每月的低保金、中央财政的补贴、养老金以及村里给老年人的补助，几项加在一起，应该每月过千元，基本生活费用没有问题了。

邻居们给王桂华一家送吃的，送穿的，是常事。节日里，王桂华的餐桌挤上了好几道"硬菜"，好像邻居们在搞厨艺展示。王桂华母子到张雅娟诊所看病、取药，都不收费。2021年村里搞厕所改造，在她家做示范点，所需设备均免费。金旭从慈善总会申请了一笔钱，给4户贫困户买煤，也有王桂华一份。

村里确定的低保对象，都是反复筛选的，"比选状元还难！"有的人背地里放怨气。但是，"人情保""关系保"，在窦双树村没门。有人想要找人"通融"，结果是被上了一堂课。"对不符合标准的，一律劝阻。"王俊说。

致贫的原因，各有各自的不同。对个别低保户，保障金是不能一次性交到他们手里的。"村干部帮他们花。"刘家义说。

有位低保对象，是智力障碍人士，根本不知道钱是干什么的，更别说多少面值了。村党委指定一位干部帮着他买这买那，粮食、衣服、餐具，缺啥补啥，不但及时送达，还把账单记得清清楚楚：日期，单价，数量，证明人，一项都不少。"怕有村民质疑呀，也怕纪检来查呀！"那位干部说完，笑了。

有位低保对象爱酒成瘾，不，是酗酒成性。村党委议事时决定：他的保障金也得由村里控制着花。他不同意，借着酒劲儿找上门来，头一句话就甩出一顶大帽子——"你们这是在侵犯人权！"他认为国家给他的钱，就应该放在自己的兜里。

以前是放在他兜里的，上午发的好几百元，中午呼朋唤友酒桌上狼藉一片，下午从饭店哩啦歪斜回家，脑袋上的包在哪儿撞的都不记得。刘家义不接他的话，不恼不怒，听他自说自话。面对一个醉酒的人，最好的办法是等待他从无趣的亢奋中回归正常状态。

"保障金要细水长流地花，一个月的费用，一天就造没了，剩下的二十九天咋过？对得起国家对你的照顾吗？"等他清醒过来，刘家义看准了机会，提高了调门。一声棒喝，对方醍醐灌顶，服了！

扶贫工作的良好效果，的确出自"精准"。"精准"，是指导思想，也是工作方法，不能落下一户一人，且具体到一人一策，是基层党组织的职责所在。

五、只有得到了阳光和雨露，树才能郁郁葱葱

窦双树村村地处的位置，使它生落在比"申"字形还要纵横密集的路网里。东西走向的凌云街穿过村庄，长度5公里，其中靠东部2公里左右的路段两侧，各种字号的商店超市、美容美发业、托幼机构、诊所药房，满足村民生活需要的产业门类挤挤挨挨。这片三产活跃的社区，每天早早便拉开帷幕，展示着自己的热闹和繁华！

在四通八达的街巷里，生面孔穿梭往来，无可计数。但生面孔毕竟是生面孔，驻村不几天的金旭还是被村里人"盯"上了。许多人还不知道这个青年人，是上级挑又挑选又选派来的优秀干部。"是谁家的新姑爷吧？"人们揣度着。

之所以往这方面想，王丽梅说因为出于一种思维定式。"咱村儿的姑娘十有六七不想嫁出去！"王丽梅说完，就是一串自豪的笑声。

村子富得流油吗？不是！

村子美得如桃花源吗？不是！

"莫笑农家腊酒浑，丰年留客足鸡豚。"窦双树村的自得其乐，在于它被人们感知的幸福指数，在于幸福指数的不断上升，在于村里人对幸福指数的理解。

性格外向的王丽梅，快人快语。"从小到大，我都是这村儿里人。不优秀嘛，没嫁出去。"幽默的她在卖关子。幽默是智者的专利。

王丽梅在生产队时当过记账员，现在是村里义务网格员。"咱村儿还行。"王丽梅一口气说了窦双树村的许多好处。一是离市内近，到辽阳市中心也就5里地，"过去一抬腿骑上自行车，不一会儿就跑个来回"。现在更方便了，28路公交车在村里通过，仅村里就设4个站点，25路设3个站点，哪儿近哪儿上，都是二十左右分钟来往一趟；二是城镇化的蜕变趋势越来越快，虽然是乡村管理体制，但民生设施如道路、燃气、自来水、超市等，已经与市区深入同构或接轨了；三是它还保有乡村的宜居性，"相对宁静，空气新鲜，眼下这可能是最大的优势"……

"村子的人气也挺浓。"站在王丽梅身边的一位男子不失时机地插话。

王丽梅把丈夫王树声介绍给我们，"他是'嫁'过来的，外来女婿。"王树声也是幽默的人，说自己是"梧桐树引来了大公鸡！"

王树声也出生在农村，他老家那儿，村子空了，荒草进了院子。他谈到自己在窦双树村生活的心情："现在就是高兴，生活上一点压力也没有。国家大政策好，村里小环境也好，没愁事。"

王树声在窦双树村生活了将近五十年了，"他乡成故乡"，他早就和窦双树村捆在一起了。"这条凌云街你看到了，还有村组里的街巷，横是横竖是竖，它们最早是土路，不是冻土疙瘩崴脚，就是泥泞巴浆的，起先往上垫炉灰渣，后来炉灰渣也不行，就铺沙石，现在是柏油，完全好了。"王树声还说到了路灯，"现在走夜路也不摸黑了"。

邹绍刚老人说他也是"嫁"来的。他本是城里人，在工厂上班，年轻时也有机会把媳妇带到城里，但他不知怎的就被窦双树村的环境吸引住了，把家安在了村里。"我和老伴儿的结合，真正叫工农联盟！"如今已是耄耋之年的他，风趣，闲适。

他把我让进家里。进屋是要脱鞋的，否则，会弄脏他的地毯。脚感暄软的地毯，增添了居室的温馨。一个长条沙发，铺满了从窗口涌来的阳光。

"燃气也进村了。免去了烧柴，既卫生、安全又省事，跟住城里一样。"说到燃气利用，他说村里好些人家还添置了燃气壁挂炉，接上暖气片，或是把水管盘进炕里，温度可以调节，令人怀念的热炕头"变脸"了。

谈话间隙，他还说到了水："自来水二十四小时不断，用多少都免费，你只管拧个水龙头。"

他又说到了电视。"村民看电视也不用花网络钱。"电视是他和老伴儿最爱，近年来换了两三台，越换屏幕越大，画面越清晰。中央电视台今年的开年大戏《人世间》，58集，老两口跟了一个多月。20世纪60年代至改革开放后的中国巨变，"普普通通的老百姓，不仅能吃饱饭，穿暖衣，住进窗明几净的大瓦房，过年过节都是十个、八个大菜，家家户户都有电视机、洗衣机、电冰箱、电话、手机……这部剧里演的这些，也代表了我们窦双树村的经历，一模一样的。"邹绍刚感慨着。

我见到了当年的驻村第一书记金旭。乡亲们知道了这位在村里走来走去的小伙子不是谁家的新女婿，都改口叫他"大兄弟"。金旭说他本是来为新农村建设鼓劲儿的，到窦双树村后看到人民群众在"更多的获得感"中的喜庆劲儿，反而不断受到鼓舞。金旭给我一份资料，是村委会近年来基础设施建设的费用清单：

　　　　投资20多万元，为全体村民免费安装有线电视网络；
　　　　投资300余万元，新铺了18公里的柏油路和2万多平方米的田间作业沙石路；

投资34万元，为原贾双和望宝台组改造了自来水管线；

投资100余万元，建设自来水净化厂，使村民饮用上放心水。

除此以外，村民还揣着一笔"幸福账"，费用也是由村里支出的：

天眼工程，覆盖全村各条街巷路口，全天二十四小时监控，为村民的生产生活安全发挥了很大作用；

煤气工程，截至2020年3个村民小组，都完成了燃气安装工程，村民和市民一样使用上了清洁能源；

环境卫生，3个村民小组全部添置高标准的垃圾箱及专用清运车，保洁人员穿着的也是黄马甲。

文化广场，每天有近百人参与的秧歌队、舞蹈队，自娱自乐，喜气洋洋，成为传播正能量的阵地。

林林总总，我看到了村党委为乡村振兴所下的大力气。金旭说还有一笔支出没提到，那就是65岁以上村民都享受的生活补贴。这笔钱的发放时间，窦双村民组从2012年起始，贾双村民组从2016年起始，大望宝台村民组也将在不久的将来启动。这是由各村组集体经济积累的情况而决定的。

这也是一笔大钱！

据王俊统计，仅2021年一年窦双树村民组的这部分支出，就有75万元。

有人风趣地说，在窦双树村人越老越值钱。从年龄档次角度说，没错。村党委决定，目前符合条件的老年村民每人每月的标准是：窦双树村民组65周岁以上100元，70周岁以上150元，80岁以上200元；贾双村民组65周岁以上50元，70周岁以上100元，80周岁以上150元。

除此，老年村民还有一笔退休金。在国家出台农民也可以办退休的政策时，村干部就动员村民交保险金。一次性交5万元钱，到退休年龄时，可以马上拿劳保。广大村民抓住了时机。

王丽梅亮出了自己的"小金库"。他们夫妇不到70周岁，现在每月有1600多元的进项。"在乡村靠这笔钱过平常日子，没问题。"王丽梅继续说："同时，心里也觉得敞亮啊。如果没这笔钱，向儿女伸手，每家就是600元，也是给他们增加经济负担。当老人的谁愿意有心理压力？家庭矛盾往往就是由钱引起的。"

窦双树村老年人享受的福利待遇还有农村合作医疗补助，每年350元，拿来发票就报账。

"一旦我们不在了，村里还有2000元的丧葬费呢。"一位老人拍拍胸膛，补充说。

"我们还是希望大伙别生病，每个人都寿比南山！"刘家义说得大家笑声一片。

"民心是最大的政治。"实际上，老百姓的爱憎往往也是以自身利益的得失为出发点的。

我在村里走访，老百姓谈到"幸福指数"时，都给村"两委"竖大拇指：村干部够用啊！如果他们把集体的钱祸害了，再巧立个名目，老百姓还不干生气？"像窦双树村给老年人发补助的村不多，所以我留在村里不出去，算是做对了！"王丽梅的幽默总是不失时机。

"这些福利待遇的推行，使群众得到了实惠，使村党委在群众心中的地位得到进一步加强和巩固，从而使全村各项工作得到了全面深入开展。"太子河区委在介绍窦双树村情况的材料中所下的这个评语，涉及了共产党人的初心，涉及了党的执政理念。

每一个人都不是孤立存在的。窦双树村从老人入手，找到了"把改革的成果更多更公平地惠及全体村民"的一个重要切口，他们知道，一位老者，不只是一个家庭，而是一个家族的关于尊严的牵系……

以人民为中心的发展理念，在窦双树村正持续而坚实地贯彻着！

六、虽说没有相同的叶子，但它们却共同烘托了一棵树的风采

窦双树村委会办公楼夜晚的灯光，是有说道的。村民渐渐发现，灯光亮在哪个房间，亮了多久，其实是指向了不同的活动和话题的。

晚饭后那段时间，一些人从村里各个方向聚拢而来；也有从村外特意回来的，他们虽然迁出了村庄，但没忘记往回赶，脚步有些匆匆。这些有着共产党员身份的村民，无须接到通知，无须有谁提醒，多少年来，形成了一个不约而同的行动习惯。遇到这种情景，村民都知道这一天一定是当月的第一周，第一周的周三。

有些事情成了习惯，想忘记都难。村里的"主题党日"活动，约定成俗。

金旭于2018年8月底驻村，没几天就赶上了"主题党日"活动。

"为什么非得在晚上开展活动？"金旭感到好奇。

"村里党员在市内打工的多，在村里有自己经营项目的也多，不能耽误他们白天的时间哪！"刘家义解释着。

金旭看到那些打工的党员，回村时还是一身工装，脸上敷着奔波的疲惫，来到会议室时，却特意把衣服换了，整洁而体面，精神头儿十足的样子，让人想到"精神面貌"几个字。

傍晚这段时间，许多人可以下班了，而王妍想脱下工作服却不容易。她虽然没离开村子，却经营着一家饭店，正是饭口时间，附近大管厂来用餐的工人缕缕行行的不断线。贴厨的儿子看到王妍换下白围裙，冲她噘嘴："我们都忙得脚打后脑勺，你还去开什么会？多耽误事！"后半句话，王妍最不爱听，眼睛"立"起来了，巴掌差点没甩出去。

灯光亮在大会议室里，参会者陆续聚齐。老党员始终占据着"党日"活动出席率的前排。建党百年时，全村有党员157人，党龄在三十四年的占绝大多数，获得"在党50年"纪念章的就有18位。几位好姐妹招呼着王妍，王妍不好意思与她们靠得太近，尽管换了罩衣，她仍然觉得毛衣里藏着煎鱼的气味。

　　金旭说每次活动，时间都不长，一个半小时左右，但内容"抓人"。金旭讲的是议题的吸引力，是活动后的效果，也是活动前的设计。"每次活动都要有实实在在的内容，若不然，怎么叫'主题党日'呢？"

　　窦双树村的"主题党日"活动是村党委政务决策的前奏。村委会准备着手的工作，哪怕是修一面墙，在上党委会决议前，都会在党员活动时抛出来，听听党员的想法，既是集思广益，也是发动引导，对村党委最后把关定向来个"前置审批"。

　　党员们说，参加这样的活动值得，既学习了党的文件，知道了最新的上级指示，也参与了村里的政务、村务，对全村总体建设及家家户户的切身利益都有实际作用。

　　"我是共产党员！"通过"主题党日"被叫得越来越响！

　　诸如村小学校旧址利用、土地承包经营权转让、修筑村路的招投标等一系列重要事项，党员们都充分发表意见。王妍的饭店在村里调整了4次位置，既得益于村里对营商环境的打造，也得益于党员们出主意、想办法的热情参与。"话又说回来，我作为一名党员，也不能总顾着自己赚钱哪！"王妍说的是真心话。

　　青年女党员杨洋家动迁到了市内，但党组织关系还愿意留在村里，每次党日活动她都赶回来参加。有一次活动结束的比较晚，末班公交车过点儿了，杨洋看着天上，黑咕隆咚的。杨洋由家到村里，要倒两次公交车。金旭看她面有难色的样子，就让她坐上他的车。像杨洋这样住在市里的党员还有几位。从此，金旭就是他们的热情司机，把每个人一一安全送到家。"反正我也回市内，顺路。"金旭说。

"主题党日"一月一次的间隔毕竟长了些，而每次又总留些意犹未尽的遗憾，于是"党员活动微信群"建立了。大会议室的那束灯光，折射到了手机屏幕里。现在金旭结束驻村任务已经过去半年多了，但他没有退群，每次点击，他都会久久打量那些熟悉的面孔……

村民对郑晓芳的职务有些弄不懂。我们一起到王丽梅家走访，男主人问她："你就是新来的书记？"郑晓芳回答："是书记助理。""啊，也一样，差半步的事！"男主人好像有些醒悟。"两回事。"郑晓芳笑着，没多做解释。

"村里来个妹子叫小芳……"风趣的村民把她镶进了歌词里。

郑晓芳是省委安排来村里锻炼的青年干部，我遇见她时，她已经来窦双树村半年多了。"这里人多，事儿多，正规。"这是她对这个村的深刻印象。"因此，忙，累。"郑晓芳的表述，简捷，准确。我了解到，在3.46平方公里的村域上，流动人口不计，本村就有1559户4662口人，村民大都从事种植、养殖业。村域内还有驻村企业36家、三产40家。郑晓芳的话里，暗含了一条逻辑线。人多，业类多，从业者成分复杂，必然工作量大，同时，村"两委"在管理上又特别求真、求实、求效，工作起来必然费时费力，忙自是题中之意了。

在郑晓芳的切身感受中，像"5加2""白加黑"这等状态，村干部们已经习以为常。

郑晓芳发现村干部的办公室里都自备着饼干、面包，他们的午饭、晚饭隔三岔五都需在办公室解决，而且，还不能准时。"比如说中午饭，十一二点来办事的村民，跟你唠哇唠，一下子就叨唠到快下午1点了；下午来办事的人，推门进来，以为你是刚上班，又接着唠……"刘家义摸出了规律："下午两三点钟，上门的人少。"也许这时刚吃上几口面包，镇里找你开会的电话就响了。下午五六点钟，是开村班子会的最好时间，村"两委"成员下村的也该回来了，到镇上开会的也正好带回了任务，接下来就开会研究事吧。一人手里拿一样吃的，边走边急着往嘴里塞，到会议室门口时，拍拍手上的饼干渣、面包屑，一顿晚饭完活儿。

小会议室里的灯光，是村民最为关注的。他们知道，村里的许多大事都是在这盏灯下决定的，它与村里每一个人都有关。书记刘家义推开小会议室的门，看见杨硕已经坐在自己的位置上了，面前放一摞材料。在实行"书记、主任一肩挑"前，杨硕任村主任，行政事务一大堆，后来，他虽说改任副书记，但工作量没减，干劲也没减。刘家义说这是"班子成员分工不分家"。

虽然只来半年多时间，郑晓芳没少参加村班子这样的"晚会"。每每此时，郑晓芳想：小会议室里的这片灯光嵌进整个办公楼里，会像什么呢？她希望像花蕊儿，告诉人们：有一种美丽在盛放。

这"美丽在盛放"有时也出现在村干部的办公室里。

2020年深秋，一场大雪覆盖了田野。入夜，村干部印陆的办公室越发凉起来。她忙着在合同文本的空格中填上一系列数字。

康佳集团征地的事定下来了。市里、区里、镇里、村里，方方面面的责任，都找到了具体的必须扛起它的肩膀。而且，完成时限卡的很短，从测量、认定、当事人签字到基层组织盖章，给村里的时间只有一周。窦双树村被征用的土地虽然是200亩，却涉及230户村民。根据国家土地转移规定，每户都需签订两个合同，每一个合同又得一式6份。这些，还不是摆在印陆面前工作量的全部。被征走的土地，落到原来具体人家的头上，多的几亩，少的仅有半分，必须一一算出来，同时要注明边界，230户的小地块核准后的总数，必须与既定的大地块数字相同，而且，大地块的四至也得既与图纸标注的可丁可卯，也得与邻村的土地无缝连接。总之，必须准确无误。

印陆白天已经忙了一天，但还是没有干完。"合同上的每一空位都不是随便填上就行的。"印陆搓了一阵冻僵的手，看看手机，22点了，她给丈夫打了个电话，嘱咐他带着孩子先睡，不要等她。

丈夫在沈阳上班。那天是星期六，工休，特意赶回来陪媳妇孩子。印陆是村党委委员、村委会经管员，职责所在，忙起来哪还管是不是休息日。本来一家三口想要出去玩一天，一周一天的小团圆哪！"计划没有变化快"，他们习惯了。丈夫把5岁的儿子哄睡了。孩子眼角的泪珠，落在丈夫的手背上，刚开始是温的，不一会儿就凉了。丈夫来到村部，顺便给媳妇带了件厚一点的衣服。

"明天上午要跟当事人一份一份地签字，下午就得给镇里报上去，周——早镇里还要给区上报。在咱这儿可不能给人耽误了。"印陆又看了一下手机，已经是子夜1点了，时不我待，已经进入了她所说的"明天"了。印陆又敲起了键盘，一刻都不敢放松。

丈夫坐在一旁陪着印陆。他没有怨言，他知道哪一位村干部都曾经不止一次地挑灯夜战过，刘家义有过，杨硕、王俊、贾云秀、张明明有过，就连上级派下来的"大兄弟""小妹子"们也有过。

东方渐渐露出了鱼肚白，凌云街上响起了脚步声。人影晃动，那是赶早市的人，晨练的人，也有将要前来办理合同的人。

村部的灯光，又一次悄然融入曙色里。新的一天开始了。

不论是当年的"三级所有，队为基础"的组织模式，还是今天的村委会自治体制，村庄作为一个实体，在村民内心深处的理想认知，其实始终是一个放大了的"家"的概念。邻里守望，只有放在村庄的平台上，似乎才可以更充分地展开，它词义所含纳的图景，才可以得到更名副其实的对标。

不只是远去的人才有乡愁。

当年的窦贵山就是把生产队当作"家"来操持的。"当家人"跟着"家"的感觉走。那时，一旦哪家村民有事儿，老书记就会把劳动力分成两拨，一拨搞生产劳动，一拨去帮忙。有人回忆：他家盖的3间房，高门楼、大瓦房不说，工钱一分钱没花，社员投劳，队里记工，"我只管提供开水"。提供开水的人也到别人家干过活，同样是队上派的。我为人人，人人为我。乡情由一种"规矩"包装、点缀着，是当年窦双树村不错的创意，生产、生活在集体所有制的框架里，并非泾渭分明。

当年村民建房的场面，是一帧风景。施工日以继夜，"提供开水"的人家把灯泡安在院子里，用高高的杆子挑起。雪亮的电灯洒下偌大一片光晕，留在人们的记忆里，暖暖的。

"红旗大队"的"精魂"，在村子里徘徊。

村庄在每一次的日出日落中，绽放梦想。

乘势而生，逐时而荣。

我还是控制不住回到对树木的文化想象中去。通过树木，我找到了述说窦双树村的衬景和语感。请允许我将一棵树与一座村庄加以比对及互证，进而认知它们一种相似的精神脉象。

"由脱贫到振兴"，是一个否定之否定的过程，是阶段与阶段的连缀。窦双树村的发展历程，也说明了这个"进行时"过程的跌宕本质。对富裕社会日益攀高的"动态"想象，在乡土中国治理体系的运转中，是不可或缺的润滑剂。窦双树村的实践说明，通过促进村集体资产的积累和升值，加强分配中的制度建设，为增进人民群众的获得感提供保障，金马驹才会不请自来，"老大难"也能悄然退场。可谓如一棵树的"本固方可枝荣"。

窦双树村地处城乡接合部的特殊位置，其所持的改革样本，必然也是个性化的。当然，他们所面对的"城乡关系"，还需要进一步协调；他们血脉里的"工农联盟"，还有如何巩固的大文章可做。"枝是地上的根，根是地下的枝。"这个以树命名的村庄，可以寻求更加美好的可能。

村庄是村民的共同家园。这个空间，是心理上的，因乡情而紧凑；这个空间，又是物质上的，因村民权利与义务的结实捆绑，而成为触手可及的物化存在。像树木年轮的奥义里，既有阳光雨露，也有风雨兼程，在村庄生长的密码里，权利到哪儿，义务亦结伴而随，企及理想境况的实现，终归在于土地的主人。

是树木覆盖了村庄，还是村庄浇灌了树木。春夏秋冬，树一年一度自我重建，村庄也在与时俱进地扬弃取舍着什么。

我在窦双树村中行走，与一棵又一棵树不时相遇。如果还用树木比喻，我觉得村庄坚强的党组织就是挺拔的树干，村民就是繁茂的叶子。这里关涉了担当，互助，尊重，关涉了生命在茁壮成长中，遵循了某种规则和法度。窦双树村人描绘着自己的生活图景。在他们的时间里，如果只生长物质的丰富，必定是不完全的，在丰产的玉米、蔬菜大棚、花卉大棚、观赏鱼养殖之外，还不该缺少精神的光芒，于是，在他们的光荣榜里，又有了好婆婆魏杰、好媳妇王妍、好子女贾亮、诚信店主王丽梅、庭院环境好的王雅梅、邻里关系好的任宝春、见义勇为的朴学东，以及王丽梅、王树声的"平安家庭"，张雅娟的"最美庭院"……

　　风翻动每一片树叶，昂扬合唱。

　　"树木是反映我们生活状态的一面镜子。"这句话，请借给我，说与眼前这一座村庄。恰巧，它以树命名了自己。

后 记

　　这部报告文学集《锦绣乡村》，是为迎接党的二十大而作，也是我市乡村振兴成果的文学呈现。

　　习近平总书记在中国文联十一大、中国作协十大开幕式上讲话中指出："时代为我国文艺繁荣发展提供了前所未有的广阔舞台。推动社会主义文艺繁荣发展、建设社会主义文化强国，广大文艺工作者义不容辞、重任在肩、大有作为。"为落实习总书记的讲话精神，结合"十四五"时期乡村振兴战略全面推进的时代主题，报告文学集《锦绣乡村》应运而生。

　　因为出版时间的要求，作家的创作时间只有三个月。其间有两个月，因为疫情严峻，作家不能进村采访。这对于每一位作家都是一次挑战和考验。挑战采访效率，挑战创作实力，考验他们对乡村振兴战略的理解和乡村变化的生动表达。可赞的是，他们都如期把稿子发到了我的邮箱中。这就是辽阳作家的敏捷才思和责任担当，以及训练有素的整体创作风貌。之所以这样说，是因为《锦绣乡村》是继《情牵也迷里》《誓言无声》之后集体创作的第三部报告文学集，前两部的创作也是在时间紧任务重的情况下高质量完成的。省内有作家说："就文学创作而言，辽阳是报告文学城。"这话虽然有些过誉，但是，辽阳作家确实是将创作和现实结合得最紧密的队伍。集体创作，反映新时代，是辽阳作协的特色亮点，也是完成新时代文学创作使命的最好实践。

《锦绣乡村》中的故事，真实地发生在辽阳大地上，发生在广大农村，发生在我们身边。这些普普通通的村庄，在党的坚强领导下，发挥地域优势，发掘地域文化，使村容村貌、产业结构、生活水平、精神面貌等等都发生了翻天覆地的变化，呈现出一派山清水秀的锦绣景象。我们的作家，用手中的笔将这景象背后的艰辛、坚持、收获和畅想描摹出来，这既是乡村振兴的成果展示，也是对农业、农村、农民的时代解读。我们相信，读者会从中体味到与从前不一样的乡愁。

文集付梓之际，我们首先感谢市委组织部，没有组织部领导的大力支持，就没有《锦绣乡村》的创作出版；感谢县（市）区、乡镇组织部门的积极协助；感谢参与此次创作的每位作家的辛勤笔耕；感谢接受作家采访的乡村党员干部和村民的热情配合；感谢春风文艺出版社及责任编辑姚宏越的鼎力相助。

由于创作时间紧、编审水平有限，书中不妥之处，诚请广大读者批评指正，并提出宝贵意见。

钟素艳

2022年6月22日

图书在版编目（CIP）数据

锦绣乡村 / 钟素艳主编 . —沈阳：春风文艺出版社，2022.8（2023.8重印）
ISBN 978 - 7 - 5313 - 6312 - 5

Ⅰ.①锦… Ⅱ.①钟… Ⅲ.①报告文学 — 作品集 — 中国 — 当代 Ⅳ.①I25

中国版本图书馆CIP数据核字（2022）第146114号

北方联合出版传媒（集团）股份有限公司
春风文艺出版社出版发行

沈阳市和平区十一纬路25号　邮编：110003

永清县晔盛亚胶印有限公司印刷

责任编辑：姚宏越	责任校对：于文慧
封面设计：郝　强	幅面尺寸：145mm × 210mm
字　　数：285千字	印　张：9
版　　次：2022年8月第1版	印　次：2023年8月第2次
书　　号：ISBN 978-7-5313-6312-5	
定　　价：75.00元